苔青会不失消

袁凌 著

中信出版集团 · 北京

图书在版编目(CIP)数据

青苔不会消失/袁凌著. —北京：中信出版社，
2017.2（2021.3 重印）
ISBN 978－7－5086－7194－9

Ⅰ. ①青… Ⅱ. ①袁… Ⅲ. ①纪实文学 作品集 中
国-当代 Ⅳ. ①I 25

中国版本图书馆 CIP 数据核字(2017)第 001952 号

青苔不会消失

著　　者：袁　凌
出版发行：中信出版集团股份有限公司
（北京市朝阳区惠新东街甲 4 号富盛大厦 2 座　邮编　100029）
承 印 者：浙江新华数码印务有限公司

开　　本：880mm×1230mm　1/32　　印　　张：9.25　　字　　数：138 千字
版　　次：2017 年 4 月第 1 版　　印　　次：2021 年 3 月第 9 次印刷
书　　号：ISBN 978－7－5086－7194－9
定　　价：45.00 元

服务热线：400－600－8099
投稿邮箱：author@ citicpub. com

目 录

卑微的力量(代序) 1

卑微者 1

血煤上的青苔 3

尘 16

北京局外人 32

九岁女孩和奶奶的命运门槛 55

出生地 69

寂寞沂蒙 71

在地雷上寻找家园 97

汉水的祈祷 124

大凉山生活：日常的和忧患的 151

生死课　185

海子：死于一场春天的雷暴　187

兰考弃儿　224

高墙内外的留守　241

砷冤的赎价　261

卑微的力量（代序）

一

小时候，外婆是院子里最沉默的人。

外公端着随时会教训人的烟杆，穿对襟大褂的身影笼罩了整个院子。外婆却是搁在角落里的一把干柴，没有多余的水分和气息。声音也消失了。在人前，她是穿过屋顶下光线的一粒灰尘，是外公烟锅里揉碎的烟叶，只有消逝的一丝苦味。她活在世上的时候，像是已经过世。生下了所有成家立业的舅舅，却像是辈分最低的人，无人传递她的姓氏，我这个外孙，不知道她的娘家和名字。

但一个坚实的身影和一缕无尽温暖的气息，留在我的记忆里，比其他的大事更长久。记得那年我的生日，所有的人都忘记了，连同妈妈和我自己。外婆却把我叫到院角，把一个煮熟了冒着温热的鸡蛋递到我手上，告诉我今天满六岁。这个鸡蛋，是从妯娌们拿的供养中存下来的。心中没有数字的外婆，记得院子里所有孩子的生日，用自己小小的物力，为他们留着一个念想。

另外一次，外婆和大舅娘在出猪圈，我在圈旁玩耍。我喜欢开春时猪圈被翻起来，散发出一冬储藏的气息，含有玉米秆和茅草的芳香，却又混着一种深沉的腥味。外婆使着薅耙，挥动胳膊的姿势坚实有力，跟我平时在院子里见到的大不相同。或许在人多的场合，她主动缩小了自己。忽然，外婆的薅耙碰到了什么东西，她弯下腰在粪里捡起了那个东西，看了一下，扬手向着我扔过来："拿去吧!"

那个圆圆的小东西划出一道闪光的弧线，落到我的脚下，是一枚一分钱的硬币。这是世上能有的最小的钱了，不知被谁丢到了猪圈里，但它被外婆的手从粪中拾起和抛给我的时候，却熠熠发光。外婆弯腰拣拾钱币的姿势很郑重，抛掷给我的手势坚决有力，吩咐的语调铿锵，不容置疑，我再也没有见到过比那一刻更有力量、决心和权威的外婆，像是瞬间获得了魔力。

即使外婆变成了泥土，院子最终消逝了，那个鸡蛋散发出的温暖气息，和那个抛掷镍币的坚实姿势，却会一直留在我心上。

在童年，外婆这一代的有一层人，她们像是别人生活的背景，已经没有价值，随时可以拿掉。但实际上，她们却比那些在前台活动的家长和队长更可靠。像是砌筑田地的石坎，长了发黑的青苔，长年沉默，没有抽枝发芽的风光。但抽掉了它们，田地会即刻崩塌，收成化为乌有。也像是田地本身，孕育了这里的一切，却从不发出响动。只有俯伏触地，才能听见摩挲泥土的风声。

相比起那一刻在猪圈里挥手的外婆，妈妈是个生疏的魔术师。爸爸不在场的情形下，她试图用家中短缺的劳力和物质，养活自己和三个孩子。她的道具不够用，常常捉襟见肘，四处露馅。她的手法是一味节省，省到尽头，仍旧面临无粒之炊。她拿不出外婆给的一个鸡蛋和一枚沾粪的镍币。冬天到头，阁楼只剩糠秕，铁锅无从修补。当贫穷无望的年景明明白白摆在那里，她仍旧不能放弃，也不能当着孩子们哭泣，只能把泪水留给枕头，织进针线。

在妈妈那里，没有什么是不值得节省的，连同衣服上一粒灰尘，因为要用挑回来的水洗掉。没有理由是可以用于放弃的，即使锄头奈何不了老天爷，那也要挖个坑给他看。

当我成年以后开始写作，我最先想要记叙她们，却一直找不到合适的语言。她们不是时代的纪念碑，也够不上无名英雄。像土地一样，不反射光线，但质地无可怀疑。她们又是田地中的脚印，收集了汗水和收获的重量，标明世代生活的路径。没有她们，我无从确认真实和方向。

不论走出多远，我的文字小径是从她们廾头。

二

十四年前，我放弃学院的道路投身记者行当，面对一个隐晦却严峻的矛盾。

作为采访者，我和同行们接触生活现场的机会比常人多，几乎可能成为任意一种生活形态的见证人。但这也意味着，他不是任何一种生活，包括他自己生活的当事人。从到达现场到离开，有限的周期里，他来不及参与当事人的生活，触及他们生存的质地，就已经离开，带走的往往是一些表面的片段。奔波于别人生活现场的同时，他自己的生活不能算是一种扎实的经验，甚至远远比不上一个从事实际职业的普通人。写出的稿件，似乎具有某种意义，却又像承载它的纸张，逃不过朝生暮死。

入行之初在重庆，深夜接到一个离异母亲的热线电话，说女儿因为春游交不起费用服药自杀，危险还没过去，想我赶过去看一下。午夜我打的到了石桥铺，顺着黑暗弯曲的路线，爬上一个棚户区的半坡。这里没有路灯，也似乎没有正式的窗子，只有一些棚壁的缝隙里透出光线。我来到一座透出光线的屋子前，里面有胆怯的应答声。打开门，一眼看见整个屋里的情形。所有家中的器物放置在地上，从箱子、水桶到脸盆、床，绕了一圈。没有一件东西是安置在架子上的。在这些环形摆放的什物中间，有一张床，是母女二人睡的，似乎是屋子里唯一有色调的处所，暖色的被子下面，睡着一个少女。这也是屋里唯一的秘密。

我感到一种不安，这里所有的生活都陈列在我的目光下，没有回避的条件。我取得了这样的权利，打量母女生活的所有内情，连同因为缺少一次春游费服药的少女，现在只能藏在被子下，不愿意在陌生人面前露出头脸，我只看到她一团黑发。

这样的情形，平时我是不应该打量的，其中似乎含有禁忌，即使是她们贫瘠的生活中，也有着珍贵之物。现在我却取得了这样就近的权利，坐在少女的头边，听女人讲述离异后母女的经历。承担抚养费的男人忽然杳无音讯，她带女儿去南方寻找时，小偷从屋顶上打洞下来，把电视机和一床毛毯，一件冬天穿的皮袄都拿走了，现在屋里因此没有电器。我感到迷惘的是，我的角色似乎只是一个倾听者，不知如何参与眼前的情形。我不能真正触及她们的生活，尽管所有的物品摆放在地上脚边。

第二天女人打来电话，让我不要报道，孩子怕传出去受影响。我生平中第一次夜间采访无果而终。那个屋子里地上的情形，长久地留在我记忆里，近在咫尺却又无从触及，曾经发生和未来面临的一切，无可补偿。我知道，看似有某种特权的外表下，我在深处是完全无力的。

同样是在棚屋里，我见到过被强暴生病死亡的幼女，所有的证据都消失了，似乎一件让人无法面对，又无从愤怒的事实，让报道找不到合适的标题。在十八梯的石阶上，卖报的老人中暑死去，身上还穿着晚报统一的黄色马甲。一张登载了当天大小新闻的报纸，捂着他的脸，来不及追加上他自己的一条豆腐块消息。

即使是深度报道，受制于不短不长的周期，和题材领域的变幻，似乎在大集休时代，不断从一块生荒地转移到另一块地里，也很难说具有真正的深度。那些从网吧仓促敲击或者在宾馆艰涩成篇的报道中，所谓深度只是一种似是而非的逻辑，人和生活现场充作了逻辑的背景。我和很多同行一样，以赶场的速度奔波在中国的各个省份里，很难静下心来想想自己见证了什么。对于那些卑微辗转的生活，我甚至称不上是一个合格的证人。

在北京望京附近一间平房里，我见到一个非典过后患上股骨头坏死后遗症的女人，她坐在炕上背对我，整理周围大大小小的药袋，这些是她作为接受医学试验的对象领来的，作为一个原籍外省的保洁员，她没有资格分享首都的医保待遇，也无钱接受昂贵的高压氧舱治疗或者置换关节。她的肩背没有抗议的锋芒，只现出微微佝偻中的重量，却使我无法面对这个背部。

在山西灵石，矿洞里还弥散着为了抢矿点燃炸药包的烟气，松软褪色的煤灰淹没了整个山地，清晨全村所有的担子围在仅有的一口深水井周围，既像是犹有生机，更近于即将到来的衰亡。矿工的新坟土上，长短插着几支点燃的香烟，是他在世时光些许苦味的安慰。时间停顿在人吃煤和煤吃人的节奏里，而我们只能在这里住宿一晚，忙于回到县城，洗去钻入皮肉的煤臭。那些黑洞洞的井口，就像是通向地狱之门，载着矿工们的箩筐在其中消失，我们等不到他们下一班上来，也降不到他们所处的生存底部。

即使偶尔取得了轰动的新闻效应，解决了某个具体问题，甚至达成某种制度改良，仍无从改变沉默的背景，一时的效应很快在时光中耗散，没有存留之物。

有时我面对一张岁月亲自着手雕刻、没有省去任何刀工的脸，会想到，这位在底层生活，砌筑了社会根基的长辈，明明拥有比我深厚珍贵得多的人世经验，却甘于沉默，寄望于我替他们表达和呼吁，申述他们保留自己生活的权利。大多数时候，他们想要的权利，也无非是能够继续沉默地生活。

看着他求助的眼神，像当年的外婆面对外公痛击的烟锅，向身为孩子的我呼吁。这是一个几乎不可能完成的任务。

在这个任务面前，逻辑和观念都没有究竟的意义，甚至包括空洞的情感。诚实地面对他们的沉默，感受其中质地，保留被磨损掩蔽的真实，与事件性本身同等重要。在很多年中，我保持着第一次在棚屋中感到的禁忌，仅仅还原事实本身，避免文学性的嫌疑。一切抒情和形容的文字，不能触及他们生活的质地，出口的同时已经轻飘虚弱。在浮泛的事实、过剩的情绪和他们真实生活的分界之前，我只能止步，不愿意搬弄这条界限，制造似是而非的风景。

当喧嚣一时的事件归于沉寂，他们仍旧回到阴影中沉默地生活，事实似乎已经被报道多次，甚至变得陈旧，生活本身却并未被传达出来，在轰动和遗忘的镜头切换背后，是一直漠然无视的视野。他们仍旧只是生活剧场灰色的布景，是没有机会购票入场的主角。

三

什么是他们的意义？在卑微灰色，不乏粗俗的外表之下，在看似单调的苦难和不公正之余，他们的生活，有无不可替代的价值？

在国境线附近的稻田里，一位十七岁被地雷截断双腿的农妇，双膝跪在一条沉重的铁皮板凳上，收割看起来比她高的稻穗。她的工作还包括带孙子、放牛、喂猪、做饭、缝纫、赶集、申诉。

三十年来，她的双膝磨穿了十几条木凳，生育了两个儿女，造起一所房子。看起来她像是一个孩子，比她放的牛、割的稻穗、喂养的鹅、睡的床都低。但她在铁质板凳上磨砺的位置，却高于我们所有的人。

家乡的山沟里，一位在矿难中失去双眼的老年人，整张脸变为了青色，爆炸中的煤灰透入了他的面皮，“面具”再也无法摘下。但在这张黑暗的、透不过一丝光线的面具背后，他依靠摸索和内心的知觉，重建了自己的整个生活。从屋里的活路，到五亩坡地的劳作，养大求学的儿女，送走生病的老伴。在人们因为远方风景撂荒家乡的时候，失明的他成了这方土地的守望者。他的身影不是矗立的巨人，倒是绵绵匝地的青苔，铺成修复世界的小径。

在一张土屋里无法摆脱的床铺上，下身受创干枯的年轻人，用幸存的上肢，二十年如一日地穿针绣鞋垫和十字绣，编织瘫痪休克的时间，供养自身和家人，让生活的灰烬重获骨血，甚至开出花朵。

生活剥夺了他们大部分的可能性，只留下了仅存的立足之地，有时看起来相当于一条蚕、一匹围绕磨盘的牲畜、一个除了内心发条不能移动的钟表的位置。但在这个仅存的位置上，他们生活的质地和纹理，比显眼舞台上的布景更切实。在一只小板凳上或一条山沟里，在资源极度稀缺和国家意志的左右之下，他们对于人性底线和在世意义的成功维护，成就或许超出大张旗鼓的文化、信仰和时代变革。

这是由于他们贴近生存地面的在世方式，比消费体系追求的舒适更为可靠，也更诉诸内心的直觉。先圣孔子认为，文明丢失之后，应当到乡野中去寻找。时代意识喧嚣沉沦之际，重建人性和文明根基的力量，来自于卑微的田野地面。

面对他们收敛、俭省与沉默的生活，需要和他们一样降低内心，克服不适，贴近日常生存的质地，寻回对供养我们的物质的感觉。

需要一种同样节制、朴素又内向的语言，在人性的地平线面前保持缄默，让不可言说的自行发声。像面对棚屋地上陈列的物什，和床上干枯的年轻身体，唯有倾听，放弃表达。虽然表达，是我唯一磨练的技艺。

我想完成这近于不可能的任务，为卑微的力量，作无言的见证。

卑微者

血煤上的青苔

王多权的窗户闭着，窗外几乎看不出雪米子的飘落，如同十七年来这间屋子里的时间流逝。

从西安出发，穿过亚洲第二长的秦岭隧道，从安康上游的汉江水库入口，顺岚河上行两百来公里，一直往深处走，到达八仙镇。如果你以为到了世界的尽头，到王多权的家还得往里再走一段。他家在豹溪沟顶头自生桥的院子，在院子里是走到头的一家。别的矿工也和他一样深藏着。

因为他们是残废者，是人生还没来得及展开就被命运的被单收敛起来的人。

熬是第一项，就像制糖

十七年前，王多权在山西矿洞里遭遇了一个人的矿难，胸部以下的脊椎神经被逾吨重的煤块切断。离开现场之后，他的人生位置被定在了这间土屋的床铺上。

这是一个被消音的过程，没有镜头的聚焦，没有不惜一切代价抢险的场面，没有怒斥和追责，甚至没有温床一样的腐败。自然，也没有总理严令之下统一标准的赔偿。王多权在表哥的黑口子上干活，尚在赔本的表哥给了两万块，到家已经不剩下什么。那是一个人命行情和现在完全不同的年代，死亡的代价不高，因此也容易使人想到死亡。何况，对一个废残的矿工来说，活着的成本是他看不到头的一个大数，甚至超过现在福布斯榜上首富们的资产。

王多权让母亲买安眠药，说是失眠。母亲去到镇上的药店，医生问了情形，告诉她儿子要的不是睡眠。母亲开始提防，不让房子里出现带刃的东西，墙上的电线使她忧心忡忡。

王多权对母亲说，防，你防不住。死，有千条路。

即使只是用这条床单，即使只是用自己的牙齿，也能够自杀，这是王多权想好的。但是活下来却没有这么多条路。王多权想到了家里的一样土产——麻糖。糖是熬出来的，就和瘫痪在床上的后半生一样。前半生只有二十年，王多权上了初中，烧了两年木炭，谈了对象，虽苦犹甜；后半生只是受苦，要熬上多少年，才能尝到一丝苦中的甜味？

家里年年要熬麻糖。王多权也就一年年熬了下来。

对于在矿难中不幸地生存下来的矿工们来说，在所有生存要诀里，熬是第一项。

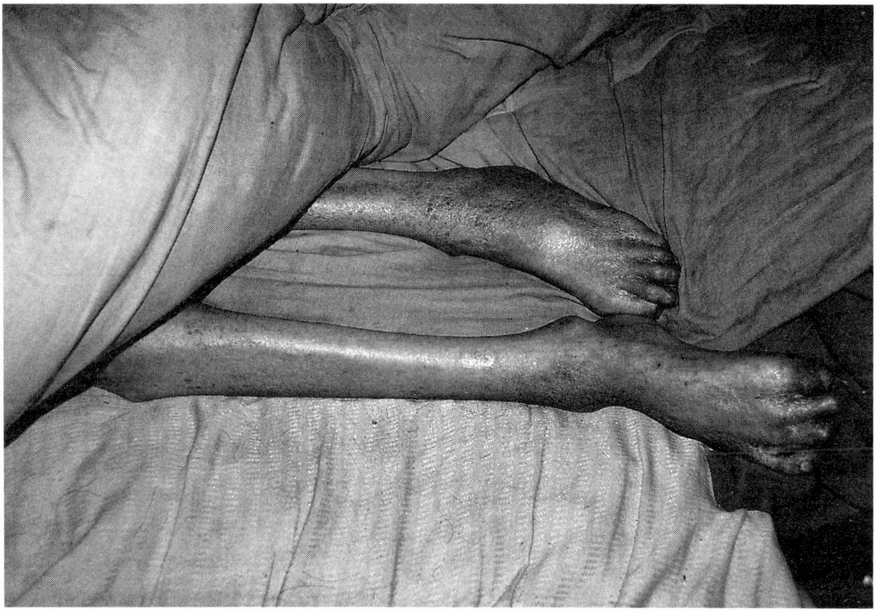

王多权：上半身成人的躯干之下，是萎缩成孩子的腿。

那场哑炮爆炸事故后，竹园沟的邹树礼在山西医院的病床上，熬过了最初的黑暗时期。是完全的黑暗，连人蒙上眼睛在黑暗里能够看到的那种光的斑点也看不见。像是从下井时的罐笼中不慎摔落，坠入一个永远也坠不到底的矿洞。

最初一个月，他总在想着摸索着下床，越过病房里另外一张床铺，攀上窗台然后略微用力一跳，也就把黑暗一起坠毁了，像用力扔下一只热水瓶。

时间，只有时间，把黑暗熬炼得可以接受一些。让别的感觉生长出来。

熬制的过程太长，不是每个人都能熬过来。在八仙镇街一间不起眼的卷闸门里，杨波已经在一张病床上躺了七年。七年没有让世事好转一些，小时候因为一场脑膜炎成了哑巴的杨波，无法对侍候的母亲表达他的焦躁，只能使劲抽烟和喝水。“心里火上来了，一夜要喝一电壶。”母亲秦万美说。杨波的腰眼上长了四个两寸宽、四寸长的褥疮。双腿变成了我们在乌干达难民照片上常常看到的两根骨头，和王多权或其他伙伴的一样。

或许，正是因为对下身毫无感觉，使他们敢于把这样的痛苦承担下来。蛇蚤河的黄国林掀起被子，让我们看到他大腿上的疮口，已经深到骨头，塞着一坨卫生纸。“你怕不怕?”掀起被子之前他问。但我更多是被那股恶臭震住了。“肛门烂完了。”他说。

王多权曾说，十七年里想到死有千百次。“但现在已经熬了这么久，死的心情也淡了。”刚回家的时候，因为胃坏了倒苦水反酸，水米不能进，家里给王多权买好了棺材，“冲一冲”。棺材进门之后，王多权的胃倒意外地好了起来，似乎在死亡门槛前打了个激灵，把迈过去的一条腿生生收了回来，不管以后还能走多远。

不是所有人都这么想。在竹园沟紧靠山坡一间老屋的床上，如今只有失去了双腿的刘光友一个人躺着，表兄三年前在这张床上上吊。表兄在冒顶中压断了尿管，身上没有干的时候。他虽然有双腿，却羡慕刘光友能坐在轮胎底子上，跟别的单身汉玩牌。摆脱不了的尿骚味，使他失去了熬下去的勇气。

针脚编织时间，大路边留着湿润

高章平在双河口大路边过了八年，以前是在山上的十年。

他有一所小房子，是用补偿款的最后一千元起的。那时卧床的高章平感到了真正的危机，母亲已经衰老得不能继续弄来柴水养活他，他会像一条搁浅的船，在山顶上遇难，还捎上母亲。

之前在舅公的提示下，高章平学习康复，拉伸上身已经萎缩的筋脉，直到能够坐轮椅。这是一个疼痛的被极度拉长了的过程，高章平一个人完成了。但是坐着轮椅在山上做不了什么。高章平向村委申请批一块地基，自己住到大路边上，做点小学生的生意，也能指望小朋友照顾。村里批给他一分河岸地。

但搬下来之后，小学校撤并了。高章平只能靠五保生活。由最初的一天一块，涨到后来的一年一千，到一千四百四十，到两千四百，到去年的两百五十元一月。一条河能养活一河人，一滴水能养活一朵苔藓，高章平用两张钞票安排一年四季的用度，自己腌酸菜，烧天然气省煤块，用便宜五分钱的价格买米面，还出烟钱请人种了一个小菜园，拔菜时请过路人帮忙。

坐在轮椅上，高章平打理着一个正常人都不会完全自理的一切：切菜煮饭，用大盆架在砖头上洗衣服，在篱笆上晾干，生炉子烧水，上下床，上厕所。厕所是大路边最干净的，便槽用一块石板盖住。

大小便永远是最困难的事情。多年中高章平学会了掌握大便的时间，像所有长期卧床或坐轮椅的难友一样，他五六天才大便一次。小便终究不怎么能控制，只能记着少喝水，另外在衣服下面带着一个导尿管。外人看不到这个导尿管，小屋里也没有飘散着洗衣服的芬芳以外的气息，虽然这只是廉价洗衣粉的香味。晾在篱笆上的衣物也晒出了好闻的味儿。春天来了的话，这间河岸上的小屋气息会更加清新，有一些蒲公英在菜园里和路旁开起来，小屋看上去像最大的一朵。

王多权不能像高章平坐轮椅上厕所。但他把握住体内一种特殊的感觉，得知大便的时间，能够自己收拾。自从小学撤并，母亲带着小侄女去镇子上陪读，父亲在地里奔命，他必须学会自理。他用双手把自己萎缩的下肢翻过来，像少年时在山上炭窑里翻弄烧成的木炭。

大小便自理是一切尊严的门槛，那些绝望了的难友正是倒在了门槛外面。但过了槛并不意味成功。躺倒之后被无限拉长的岁月，仅凭熬终究是熬不到头的，床头电视机或者收音机的所有节目接起来，也不能填充一生的长度。如果一个矿工在残废之后多少类似于正常人那样生活，那他一定有些另辟蹊径，遵循着一种持之以恒的灵感。

最初几年，母亲常陪在王多权床边纳鞋底，卧床三年之后，王多权开始学针线。起头是给赖在床头伴自己消磨寂寞的小侄女做一双小鞋垫，然后是鞋子。再一步开始赠送亲戚。王多权在上学时纳过铺盖，缝过扣眼，他的针线很快拿得出手。那些缠枝花卉，随着在这张床上的岁月层叠，在他的想象中和针脚下变得越来越繁复，超出了母亲和普通纳鞋垫的人的程度。王的鞋垫开始有人买，从做工简单的几块钱一双，逐渐上升到几十块，直至卖出一百块一双的“天价”。

从去年开始，鞋垫的面积又容纳不下王多权的心思了。

他想到了面积更大，绣功更加复杂的十字绣。眼下王多权的床头上方悬着一幅未完工的十字绣，内容是“家和万事兴”，床里还收着一幅成品，画面是大朵簇拥的富态花朵，大约是花开富贵。开始十字绣之后，王多权很快进入了入迷状态。“晚上七八点开始，做七八个小时。白天十二点做到下午五点。”他并没有给自己规定了工时，但总是在一针一脚中织出又同时忘掉了时间。

和墙上与小侄女合画的水彩相似，这些刺绣依照的针脚图案与市面上没有两样，但在这间小屋里，却似乎有些别的气质。就像阴坡的竹园沟，对坡土地晒化了的日子，沟里还积着有些变成蓝色的雪，沟里多数的年轻人是单身汉，似乎在坚持着什么。

没有人确切知道，邹树礼坚持的是什么。回到竹园沟以后，邹树礼用十九年时间，一点一点学会了从家务到坡上的农活，直到完全恢复失明以前的劳力。他的上坡时间是晚上十一点，这

王多权的劫后人生，像一幅未完成的刺绣，永远无法添上“花好月圆”的标签。

大约是睡得最晚的人家熄灯的时间。夜晚不会增加他眼前黑暗的强度，寂静使摸到草木露水的感觉更真实。他在坡上一直干到凌晨四五点，当露珠浑圆成型，最勤快的邻居起床的时候，他回家休息，到中午十二点再出坡，做到下午五点钟。

贝克特说，世界是一条用七天时间赶制的蹩脚裤子。竹园沟的地形，正像是一条溪沟岔开的两条裤腿。在长达十六年的黑夜里，邹树礼终于把这条裤子完全摸到了头，有些地方比睁着眼时更明白。他种着四亩来地和菜园，前几年还喂着两头猪。养活自己之外，还补贴在镇上开食堂的儿子。

在竹园沟的山坡上，不少搬迁的人家土地已经荒废，邹树礼种植的玉米和魔芋，像是破旧裤子上新鲜的补丁。

爱要加上罪，父亲献出了鲜血

秦万美知道，儿子没有希望了，就像打了钢板的脊背烂出的洞，怎样也填不起来。

但是她要把自己全填进去，“还精绷一天，就照顾他一天。”以后的年月，则希望他的后人接得上。后人是眼下在上学前班的小孙子。

秦万美让媳妇承担白大的照顾，把繁重的晚上留给自己。架子床头连着儿子的床脚，床头上安了一个小灯，方便一夜三次起床为儿子翻身。

在心里，她并不只是在为眼下这个瘫在床上的儿子翻动身体，还为着从前那个人见人爱的老三。“会撒网钓鱼，会打枪。晚上拿大手电上山，金鸡都躲在树扒里，被他拿手电一照，就不动了，一枪一个。”作为娘，她无法把这两个儿子区分开，像镇上有些年轻媳妇，一看人送回来不是好手好脚的了，就不认人了，三两年拖死，拿着补偿款改嫁。

秦万美觉得，同样是哑巴的儿媳妇还没跑的原因，是杨家当街的楼房，日常不断线的零钱，和自己的百般维持。

父母与残废儿子之间的关联，并不只是爱，倒像是加上了罪。去年一年，秦万美在街上两家小吃店义务刮土豆，得到土豆皮喂老屋里的猪。在医院工作的大儿子觉得她没事找事，秦万美却觉得这样心里畅快。今年秦万美的腿里长了骨刺，她也没觉得有多难受，倒像是更能体会到儿子脊背里的感觉。狮坪村二道沟口的刘云付，大儿子死于塌方，二儿子得了尘肺，刘云付侍候了他十年，去世时肺里只剩下一把黑心棉。幺儿子又在打工中出了车祸，落下脑震荡。刘云付是文化人，当过并村前的会计，但他逐渐认定自己属狗，就得按照一条狗的命运生活，失去所有的后人。这样想通了，刘云付觉得心安。

相比之下，单纯的夫妻男女情分，就像同林的鸟，在大难面前显得单薄了些。自生桥的王礼敬四十岁那年因为卷扬机事故双大腿截肢，在家里过了六年，像个孩子一样，时常由妻子背进背出。当着外人，妻子流泪说他“生不如死，死了还好些”，王礼敬沉默不语。

二道沟口院子的伙伴张成友和冉秀富在同一场冒顶中遇难，冉秀富的媳妇李小梅带着两个上小学的儿女和一笔欠账，改嫁给张成友的小弟弟张成义。“孩子有了新爸爸，也就不提往事了，再提就有影响。”冉的遗像也烧掉了，留在李小梅记忆中的，是在山西火葬场里冉秀富修整过的遗容，“红润润的，就像有喜色”。过年上亮的时候，两个孩子由继父带着去给生父上坟，李小梅不便在场。

王多权那年去山西是为了挣钱结婚，出事之后，未婚妻嫁给了王多权的弟弟。但因为家里负担太大，终究改嫁他人，留下了小侄女。弟弟和王多权一样人才出众，不乏女孩子喜欢，但她们却难以面对家里一张床铺的现实。

在她们之先，世界对这张床扭过了头去。

王多权卧床之后，多年里没有办到残疾证，镇民政科的人说，这个证没有意义。汶川地震的时候，王多权给民政局写信，要求捐献鞋垫和反映低保的事，民政局领导上来了一趟，送给王多权一只轮椅。

但王多权仍旧没有拿到低保。低保金被移为工龄补助，由往年的村干部领取。一个镇上的能人说，低保也是看能力，就是应该由他这样的人得。

石水沟夏秉强的两个儿子先后在山西井下死去，一个儿子得病死亡，八十六岁的她自称“所有亲人都死干净了”，却没有领到低保，村上认为她大儿子六年前的事故赶上了好政策，赔得多。大儿媳妇刘厚碧说，这笔赔偿都被儿子用于起房子了，婆婆和她自己的口食，都只能靠她一个人在地里奔。

乡人说，八仙镇山高苦寒，土地养不活人，除出门打工别无活路。李小梅的现任丈夫依旧在下矿，眼下辍学的儿子又进了铜川的煤窑。除了多嘱咐两句小心，李小梅做不了更多的什么。煤改至今，很多人仍旧在老乡、亲属开的黑口子里下矿，每年开春出去的人，总有一些没有完整的回来，变成了灰，或者失去了四肢神经。每一条山坳里都埋着遇难的骨灰，每座老屋的床铺上，都可能躺着慢性死亡的身体。人口不到三万人的八仙镇，隐藏着上千座矿工的坟墓，和上百名残废的矿工。

他们的亲人也成了落伍者。落伍者的数目不少于前行的人群，却像绵绵的青苔铺地，没有醒目的机会。

开春了，青苔无声地修复着这个世界。但煤灰仍旧无处不在，渗进了遇难矿工们的骨灰里，邹树礼的脸上，和尘肺病人的胸中。但已经看不出怵目的鲜血。没有什么比血更新鲜又易于陈旧的了。

但远离矿难的现场，仍有地方在流血。夏秉强的二儿媳在丈夫遇难后，跟着男人们一起抬石头挣钱，因为个子矮，被顺杠子滑下来的石头压死了。去年夏天，因为想在屋旁砌一口井，熬出更好的麻糖，王多权的父亲花费了整个春天，从河里背沙和水泥上坡，一个人砌好了一口水泥井。水井封盖的当天晚上，父亲为从学校回来的母亲和小侄女做好了晚饭，突然说胸口发甜，似乎是提前尝到了熬成的麻糖滋味，接着大口的血喷涌出来。王多权只能听见小侄女惊慌地呼叫，和父亲一声声更微弱的回答。等到母亲喊人回来，父亲已没有了呼吸，他的胸前和四围，洒满了最后的热血，像一个矿难现场。

那天王多权感到，父亲是把所有的血献给了自己，使他再也不敢想到死亡。

邹树礼的脸，有爆炸中浸透了煤灰，像“青面兽”杨志，曾让小孙子害怕。

尘

亡者在世受熬煎
听我歌郎道一番
你在山西为好汉
抛下妻子挣银钱
到头做了家乡鬼
一抔黄土实可怜

正月初五，陕南的夜空飘下雪米子，触面含有疼痛。天气陡变，院坝里新添的几点灯光，和丧歌一起抖索起来，坐夜的乡邻凑近了火炉。都官吩咐歌郎，开歌头烧纸的地点离大门近些，孝子只有两个女孩，跪远了受不住。

这是一场陕南山区常见的葬仪，逝者的灵柩停放在堂屋，歌郎带领孝子围绕棺材整夜行走歌唱，亲戚乡邻围炉坐夜，陪伴最后逗留家中的亡者灵魂，清晨落土为安。在亲友们看来，棺材中的死者尚有知觉，能呼吸领受生者情谊，并非只是尘土的遗骸。

稍为特殊的是亡者黄均兵的身份年龄：四十六岁，尘肺病矿工，死于2013年农历除夕，正是一家掌灯吃年夜饭时分。

黄均兵没有奢望亲尝年夜饭，他只是想吃半个橘子。刚在妻子刘金芝的臂弯中仰坐起来，肺里的气立刻接不上，只好马上倒下，中断的呼吸却没有回来。小女儿手里剥好的半个橘子，成了他留在世上的最后念想。他没有呼吸到2014年新年的清冷空气。

作为一个有呼吸和感到疼痛权利的人，他实际上过世更早。命归尘土之前，肺部已提前化为尘灰。芸芸无计的矿工，在山西的矿井中出卖了廉价的劳力，却无偿搭上了呼吸的权利。

失去劳动力之际，他们的性命像弥漫的粉尘毫无价值，在远离国家、社保和法律的地界飘落，亲人的手指也无从握住。

在陕渝鄂三省交界的平利县广佛镇，更著名的是华南虎的传说，尘肺的故事并不动听。拥有一场丧礼和身后歌咏的黄均兵，已属同侪中的幸运。歌郎的唱词并不写实，黄均兵的居家并不亮堂，光线有所欠缺。和多数从高山搬下坝子的扶贫搬迁户一样，买的是原住居民的老土屋，贴近山坡，遮掩在靠马路联排的“新农村”楼房后面，含有初来者的卑微内敛。

由于长期治病的花销和补偿阙如，这些房子内部往往徒有四壁，和斑驳莓苔的瓦顶，正像主人被疾病剥蚀的身体。

在正月初六的丧堂上，火炉旁坐夜的一圈人中，三五成群是尘肺病人或家属，从高山搬下镇子，买了本地居民闲置的老宅子，就近看病。这像是一个尘肺病人的生死聚会，火堆旁的活人背后，有更多逝者的身影，像灵前的烛火闪烁飘动。

飘忽的亡魂中，很多人无缘度过丧堂一夜，得到歌郎言词的讽赠。银池队的谌启冬卖掉了镇子上买的房子，回到高山上自家的老屋场死去，搬空的山村里只有风声。鸡公峡口的柯尊玉在亲戚家的灶屋里断气，相依为命的哥哥正在屋外洗碗。断气前漫长的辗转消磨中，病人们的生计和亲情往往先行断裂。

这份断裂是软弱无声的，没有矿难现场的硝烟和响动，似乎无需问责赔偿。和相邻八仙镇的瘫痪矿工一样，尘肺矿工的余生是一个拉长了的消音过程。连亲人的悲痛也被时光损耗，像歌郎转夜的调子一样低回无力。

但这份断裂又是真的。在富强梦和病人肺部被掠走的呼吸之间，在城镇化的熙攘和像眼睛一样搬空了的山坳之间，有什么东西破损了，什么地方仍在疼痛。

即使，这是微不足道的尘土的疼痛。

赊欠的呼吸

“气不够了。”

刘金芝用这个尘肺病人的成语，描述丈夫的临终。

每口吸气都不顺利，像是利息高昂的赊欠，有一口没下一口。日常最无需代价的权利，成了无法承担的劳作。无处不在的空气，则如借贷者显出了吝啬。

呼气同样艰辛。肺中的废气出不来，拉长为嘶哑的喉音。在寂静的夜里，听起来像是拉坏了的风箱，维系着奄奄一息的生命炉火。

成家立业在鸡公峡高山地带、生下一双女儿的黄均兵和刘金芝，长年感受的是经济和劳力的短缺。为了养家，只有无尽地出卖劳力。没想到有一天，空气会不够用，呼吸要拿钱买。

去世前几个月，黄均兵吸掉了二十几钢瓶氧气，外带众多的吸氧包。这些数字背后是累积的负债，像勒紧的喉头不可持续。

“氧气打得没希望了。”前年10月的广佛镇病房里，文清香不忌讳地谈着丈夫林志学。林志学半躺在病床上，对着床脚斜倚的氧气钢瓶。仰卧并不能使他觉得舒适，他坐了起来，佝下头。这个姿势也没能使他呼吸得容易些。他往前倾倒，手肘和头部倚住生锈的氧气钢瓶，似乎最后的依靠。这是他生命中最后一瓶氧气。

文清香刚从东莞的玩具厂车间赶回来，她只请了二十天假，有人说她是“专门回来拔管”的。在医院病房里，脸色鲜艳、一身红色工装的文清香抱着一岁多的孩子，似乎是对面如死灰的林志学的某种抚慰。却又使人不免悱恻地感到，这对夫妻或曾相濡以沫，眼下却咫尺天涯。尽管他们一起呼吸着病房中有药味的空气。

睡眠是另一项奢侈。白日黑夜，没有一种姿势可以片刻安顿，没有一秒钟可以用来入睡，只能勉强靠着。也就没有可能解脱呼吸的重担，没有在无知觉中放弃呼吸的机会。清醒却无力地感受肺叶的风化，数算自己剩余的呼吸，直到最后一口。去世之前，胸片上只剩下一把黑心的棉絮。

棉絮似乎即刻要燃烧起来，却又在缺氧的胸腔里闷熄。柯尊玉去世前的一个多月，每天晚上要喝掉一热水瓶水。三九寒冬，黄均兵总说自己心里烧，要脱衣服，体温计却测不出。“让他喝水，他又不肯，说没用。”妻女只能一次次把他掀开的被子又盖上。

空气的短缺稀释了血液，循环微弱，看似完好的四肢已成摆设。最后一个多月，黄均兵的大小便都在床上，由刘金芝和大女儿拾掇。血流循环不足以供养视网膜，松河村二十九岁的李仁平在去世前半天，告诉妻子说他看不见人了。

呼吸欠缺之下，食欲变得不重要，床头柜上的洋瓷碗里，瘪瘪地干结着半碗剩下的面条，似乎已不适合称作食物。身体单单靠着呼吸供养，日渐衰竭，然而在呼出最后一口气之前，并不提前退场。

退场之际，身体衰竭到了不能想象的程度。“说是皮包骨头，他是皮都包不住骨头。”中等身个的黄均兵，去世时只有五十斤左右，上初一的小女儿黄燕已可抱起来，“像小弟弟”。提到这里，她眼泪下来了。柯尊玉去世时的身体是“一包刺”，扎疼了哥哥的手指。

最终的离世，看起来是宁静的。身体完全放弃了求生的斗争，没有恐惧和疼痛挣扎的体征。尘肺救助组织“大爱清尘”，曾经用监听仪器录下垂危矿工肺中的声音。像是落满尘土的磁带，只余嘶嘶的回音，让人怀疑，生命及一切有价值之物，在这里本来就没有真正存在过。

甚至也算不上有一场真正的死亡。

白色的阴影

2011 年秋天，谢有钱站在半溪湾的庄稼地头，将一捆刈割好的玉米秆子抱上三轮车。万物成熟干枯，院坝上收割的玉米成堆，未剥开的苞壳半露着金黄色。

这看起来是一幅完好的收割者油画，却在不起眼的地方破了一个洞。

一年多前，在铜川矿务局医院里，长年抱着钻机打眼的谢有钱，被医用钻头在自己的胸腔上穿了一个眼，像在矿坑底层排涝那样，抽出胸腔里的积水。

胸口上有了这个洞之后，谢有钱不再是一个完好的矿工，被矿上辞退，并无补偿。回到家乡，他也不再是一个完好的农民，不能干重活，爬上坡。半溪湾玉米地里的收割场景，只是他勉励支撑下的最后一幕，再也不会重现。

在黄均兵的丧礼上，谢有钱凑拢着炉火，避免使变得敏感的胸腔经受寒意。他已经放弃了老家的庄稼地，在镇子附近过着无所事事和打针消炎交替的日子。街上的热闹他并无份额，搬下镇子目的是便于就诊。

棺材里的黄均兵身上也有一个洞，只是在肋部。他和炉火旁的很多伙伴一样，也曾经是能干的炮工。在山西和甘肃矿井下的诸多行当里，炮工是工资高、有技术含量的角色，一般要和包工头有老乡或亲戚关系才能抱上钻机。

炮工是雪白的，白得望不见自己的手指，白得要用钻机的风将脸上身上的粉尘吹干；运煤工和渣工才是人们熟悉的只露出眼仁的黑色。尾随炮工开创的工作面，裸体背着一袋袋矿渣匍匐而出的多是大凉山区的彝族人，在矿工们的行话中被称为“背佬”。炮工身上的白色粉尘和他们抱着的银色钻机一样，在黑暗的井下是某种颜色的骄傲。

抱上钻机，需要某种老乡或亲戚人脉。20 世纪末山西矿井的“战国”年代，数万矿工云集金矿产地繁峙县沙河镇，广佛镇人曾叱咤一时，他们推举“领袖”，械斗火拼掉了贵州人，占据了繁峙国有大矿和“黑口子”的劳务和承包权，延续至今。以后又扩张到甘肃，广佛镇涌现出连绵成片的炮工，带回家乡的工资变成了松杉河两岸第一批洋楼。往往走到一条沟岔深处，迎面撞见扎眼的贴瓷砖门面。

没人想到瓷砖的颜色会黯淡，炮工会成为炮灰。谢有钱的一个哥哥，并不会打炮，只是帮着扶了两个月钻机，“两个月就够了”。如今这个哥哥已经躺在地下。即使是渣工，由于总被老板催促在放炮后烟尘未散时进入工作面，也会被株连。

一个如今身价过亿的“大老板”当年从矿工行列中一路打拼出来，肺部也积下了灰尘。当躺在手术台上等待插管洗肺的一刻，顿时感到“性命成了很悬的一件事情”。在洗肺后的观察室里，他想到了留下遗言。

白色的粉尘附着肺泡，变成 X 光片里完全的黑色，像一件下井穿的棉衣，无论怎么样的冲洗也不能使其透明。二期以上的，像棉衣穿久了经不住冲洗，只能等待慢慢腐朽。更多的人，由于无钱清洗而坐等腐蚀。

2012 年秋天，我在广佛镇中心街头遇见向德才，他完全是黑色的，身形从肩头向下削减到极致，似乎除去了世间任何身外之物。他站在两架摩托车、一笼呱呱不息的活鸡和一家“太阳雨”热水器的门面之前，吸收了小镇落到他身上的全部光线，却不挥发出任何活气。

这个我童年的玩伴与同学，自从父亲在颤泥荡的庄稼地服敌敌畏去世之后，已经在山西各处的煤矿里度过了二十多个春秋，像影子一样飘荡，只有年节偶尔在家乡现面。我问他有没有去查过尘肺，他有些不好意思地说，还没去查过，但有些担心。

我们似乎都看到了检查的后果。向德才的亲哥哥向德林，个子略高一些，经历、面容和身形却和弟弟完全一律，在前年查出了尘肺，眼下只能回到山村里，和老母亲一起依附哥哥度日，在院坝里晒晒太阳。在春天的李子树下，他说到自己半年来加重了许多，只能走平坡路，经常咳嗽，继而无言。

李子树在他肩头落下淡白色的阴影。从很久以前，它在那里，生长着，扩张着范围，却无从察觉。直到有天将一个人完全占有，变为黑暗。

死亡的预备

最初的日子，不易忘却勤劳的习性。头一次在广佛医院住院，王祖成对拖了个把月的消炎不耐烦，挂念着家里的几桶蜜蜂，背着媳妇悄然回了家。

打电话过去，他正在爬坡回上湾的路上，手机屏幕里似乎传来喘息。你气换得过来吧？一两步的气够，连爬几步就不够了。那你能爬得拢吧。家里有两桶蜂子，要分桶了。我用一天时间，慢慢总爬得拢。他的解释听起来是慢条斯理，似乎为避免被他人指摘冒失，还带着一点压抑下去的微微兴奋。我听见了野蜂漫天飞舞的嗡嗡。

不知道王祖成让他的蜂分桶了没有。年底在镇医院重见，他已经说不出话，像林志学一样佝偻在床沿。无法把眼前这个面如尘灰的人，和电话里显得年轻而有几分羞怯的声音联系起来。这是一张提前化为尘灰的面容。

王祖成在查出尘肺之后，仍旧出门下了几回矿，“稍微能做都出去了的”。柯尊玉的哥哥柯尊贵，起先在广佛镇街上卖菜，亏本之后又回到鸡公峡口打豆腐卖。生计之外，他们并不容易在内心接受，自己已经从生活场地被放逐，和从前那个养家立业的人完全无关。闹阳坪村的小伙子李元国十六岁出门下矿，生病后长期被人喊“殃鸡子”，自尊心强的他不肯住院，最后吐血身亡。

一些人讳于检查，他们害怕从确诊的一天，完全失去正常人的身份，被昨日的世界遗弃。无可避免地，他们会成为废人，放弃先前的念想，退回求生的唯一本能。

先前的家长和青壮年，忽而变成乡村中一群特殊的人。他们像秋天的雨点一样没有颜色、质地和用处，落进土地也没有声音。

他们是无辜的游手好闲之徒，花尽自己先前挣到或者没有挣得的钱。

从最初的检测开始，性命走上一条迷离变幻却又全无出口的道路，注定的走向是一步步后撤，在费尽周折之后回到原点，刘金芝的说法是“从远往近看（病）”。只有少数幸运儿能够豁免。

这也是一条抽丝剥茧之路，真相稀少，谎言和幻象并立，把以前的血汗积蓄层层剥去。最后一齐破灭，余下一贫如洗的病体，撂回到镇医院和土屋的病床上。

二十九岁离世的李仁平成了山坡上一座小小的坟墓，长满时光的莓苔。去世之前，他经过了两年多的辗转，走到了他健康时从未想象的远方。在他就诊的记录上，有十堰太和医院、西安、安康的几座医院，最远到了上海。2007 年 7 月的一天，他自己打了个摩的，执意离开广佛医院回家，第二天就死在家里，完成了这段迂回之旅。一个叫贺军的金矿炮工，住院的履历则包括北京康益德、十堰太和医院、铜川矿务医院，以至北戴河的某家疗养院，花掉二十多万元。

在百度“尘肺”搜索栏中，各种呼吸专科名目琳琅，专家态度亲和，许诺着希望，却鲜有兑现。矿工求生的希望，随着时光和金钱的消耗渐渐澌灭，最后放弃。

以前的家底厚薄，决定着这条求生抛物线的起点高低和轨迹缓急。柯尊玉求医路的起点是在铜川医院，向外侄借钱洗肺，终点是鸡公峡再往深山走的白果坪村卫生室。一个叫万金银的医生为他开了一大包几千块钱的药，最后被柯尊玉在临终前几天扔进了溪沟，一同扔掉的还有 X 光片。

他包矿的外侄，则在洗肺之后症状好转。

所有的“路”费都是自付。像影子一样飘荡在异乡黑口子的工人们，也像影子一样没有合同和医保。即使是在国有矿，也是随干随走，只是包工头手上的一个数字。查出尘肺之后，面临的是断然抛弃。似乎他们的肺，和这个世界毫无关联，只是一种需要躲避的禁忌。

2012 年，慈善组织大爱清尘曾经来到广佛镇，为矿工们体检。“我们就是指靠大爱清尘，却没了下文。”矿工谌赞凯说。在遍地尘灰中，这条仅有的救助线索，显得过于细小渺茫。

少数走上维权路的矿工，发觉进入了一条幽深的巷道，手上再也没有锐利的钻机，无法穿透烦冗程序和权势庇护叠加的地层。广佛镇的病人们大都知道开胸验肺的故事，却惮于仿效。“耽误求医问药，官司没赢人走了。”贺军的妻子说。这是两条难于一起走掉的不归路。

柯尊玉死去后，亲戚托词修房子，收回了兄弟两人曾栖身的灶屋。2012 年初冬，柯尊贵迁徙到了峡口路外边撤并后的小学里，以一月五十块的价格，租下两间准备做灶屋用的石棉瓦平房。

柯尊玉曾经娶了一个云南妻子，得病之后他到妻家休养，几月后就被打发回来。去世之后，他遗下的一口人造革皮箱中只有户口本、一部屏幕细碎破裂的手机，和一张抱着侄女在黄帝陵前的照片，没有家人的任何痕迹。

这个照片上的可爱小女孩，同样和她孤身离世的父亲柯尊贵失去了联系。柯尊贵得病之后，妻子带着女儿出门打工，三年之间再也没有回家。

这个冬天，河风吹透了薄皮的石棉瓦小屋，柯尊贵已经打不动豆腐，他最后的生计终止了。不知道他怎么样度过了最后半年。去年 7 月的一天，有人发现他去世了，人有了隔夜的气味。

他留下的，除了一套锅碗，只有几百块的房租债务，和赊房东的一百五十块黄豆钱。

外侄出钱安葬了柯尊贵，埋在柯尊玉坟墓的旁边。墓地在鸡公峡口外的河坡上，似乎特意为兄弟俩生长了一块平缓地方。

2011 年我曾经和柯尊贵一起，探访柯尊玉的坟墓，当时弟弟的坟头刚刚爬上藤蔓，吐出细小的菟丝。在保留下来的一张照片里，柯尊贵伫立在弟弟坟前，负手低头，神情凝重。他没有透露自己也患有尘肺。

或许那时，他已在心中预备自己的死亡。

身后的裂痕

离开李家坝正街，巷子走到底。一幢有裂缝的土屋，大门虚掩，只留下一条缝，似乎屋中已无人迹。这样露着塘泥土质，没有上石灰的房子，在低山被称作烂房子，像一个病人不宜抛头露面。

推开里屋的门，不大的房间横支着一副床铺，黎远香裹着被子病卧在床上，虽是夏末，已有一丝清冷。

黎远香三年前失去了患尘肺的丈夫，以后她深陷在一场接一场的病里，眼下的这场是持续三天的重感冒。

当年黎远香和丈夫付作能是恋爱“裸婚”的，在街上租房子住，这座烂房子也是付作能去世后哥嫂可怜她出钱买的。床铺边放着几包九九感冒灵，床里叠着几床被子，有一台十四英寸的老式彩电，有些灰扑扑的，是这个屋里唯一的电器。

丈夫给黎远香留下一个十岁的孩子，不喜欢落屋。在这间清冷的屋子里，缺乏对他有吸引力的东西。病中的黎远香，需要自己下床买菜做饭。为了这个孩子，黎远香经受了结扎和随后的宫外孕，以至卵巢囊肿切除。以前和别人一样出外打工的她，身体成了有裂缝的泥房子，一受风寒嗡嗡作响。

孩子成了唯一的盼头，又是重新嫁人的最大负担。一句“不听话”，眼水随即滑落，在枕头边变冷。

丈夫遗下的孩子，是女人们最大的念想和负担。矿工刘仕兵在县医院上吊身亡后，妻子带着四个未成年孩子，无人敢娶，在镇街上做布鞋卖度日。

在广佛医院拔管之后，林志学正午回到罗家院子，晚上八点过世，打了半夜丧鼓。冬天，笔者在罗家院子的老房子里再次见到文清香，她坐在一条磨得发光的长板凳上，脸色鲜艳如故，身旁带有一个五岁的女孩，自从一岁多做了附耳手术，她就不再开口讲话。

这是一幢身世卑微的老房子，它出生时就比别的房子矮半截，墙脚陷在厚厚的褐色煤灰里，门窗像穷人的狭小口鼻。在整个罗家院子翻新为楼房之后，只有它保持着半截在土中的原状，向后延伸演变为窝棚，接着凌乱的水管子。在这间逼仄的老屋下，文清香脸色的鲜艳似乎极不协调，却和身边残疾的孩子一样，恢复了无辜意味。

林志学的岳母坐在同一条长板凳上。这个少女时从远方流落到此的女人，在文家老屋里生养了三个女儿，嫁的三个矿工全部身亡，其中两个是林家兄弟。林志学另一个没成家的哥哥，也寄居在这座老屋里，先于林志学七天死于尘肺。

“老三是个好女婿”，她喷着旱烟说，“我自己出钱，给他打的半夜丧鼓。”任何的心情，都消失在她脸上像烟丝一样的无穷纹路里。

黄均兵去世后，在家里停了六天。

“想到是初几里，不好惊动邻舍，总要让人家过完三朝年。”刘金芝说。

母女三个轮流守着逝者，每夜只是快天亮时分轮流打一会盹。丧礼之上，神志昏沉的刘金芝仍要穿梭忙碌，她的整个人像被悲伤的清水洗涤过了。

对于病中的黄均兵尽心服侍，让刘金芝获得了“好德行”的名声，这也是丧礼上人们愿意来帮忙的一个动机。

“那哪么办，看到他是个活生生的人吵。”对于坚持毫无希望又花光了家产的治疗，刘金芝简单地说。黄均兵睡的杉木棺材，花了四千多块，也是她德行的物证。

黄均兵埋在了自家的菜园里，这是搬下低山之后仅有的几分地，尚存的青色，被下殓的人群踩入了泥土。一场倒春寒，把稍稍舒展了的世界重新包扎起来，连同对季节过分敏感而冒险绽露的地头小花。

亡人入土之后，家里少了个人，刘金芝一直“不习惯”。但她和两个孩子更需面对的，是沉重的债务和今后的活路。丈夫得病那年，读初一的女儿黄琴辍学，远赴江苏做保姆。如今小女儿黄燕又在读初一，父亲的病重让她不错的学习成绩直线下降。

对于这个十四岁的小姑娘，握在手心的橘子，和父亲轻得像小弟弟的体重一起，将成为心上永远的重量。

初六有微雪，却对活人和死人都是个“好日子”，进县城的面包车里挤满了出门打工的人。大部分人的行李装束显示是下矿。

一个人的消失，就像倒春寒结束，什么也没有发生。无人可以说出，什么样的生机曾被摧残。但在心底，一道裂痕已经产生。

中国大约有六百万尘肺病人。每年死亡人数是其他工伤死亡总数的三倍。这是土地上一道巨大的裂隙。弥缝社会肌体的针线，却像是有意放过了这里。

似乎这里已无呼吸，只余尘土。

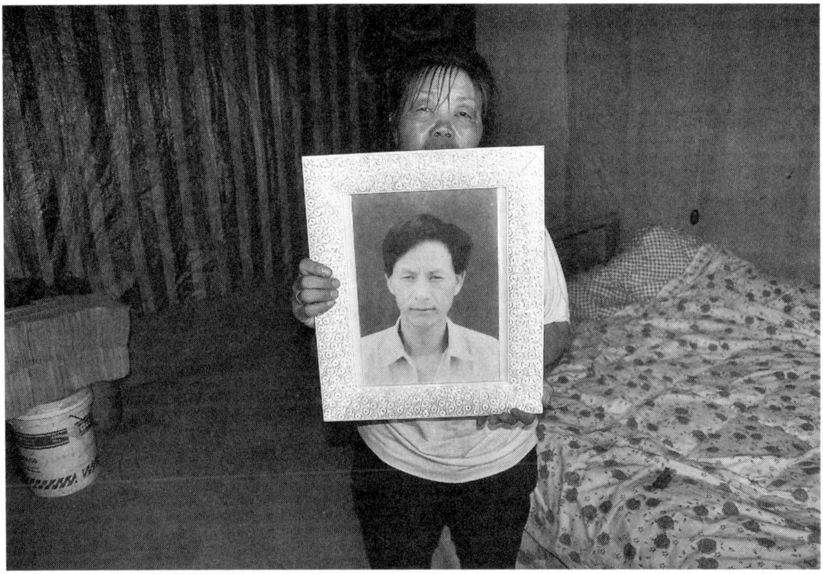

在自家阁楼上，矿工邹春胜的妻子抱着他的遗像。邹在这间阁楼上去世。

北京局外人

2015 年 12 月 7 日，雾霾最严重的一天，北京有史以来首次发布红色预警。天色蒙昧时，许世佩已经给三轮车装上蓄电池，载着堆尖冒梢的黑色大塑料袋包着的货物，驶离东五环货运铁路附近的大杂院。他需要在浓厚又含有一丝凛冽的雾霾中骑行七公里，到达朝阳区姚家园附近的一个早市，在马路边出摊售卖服装。像往常一样，他没有戴口罩。

和他一起骑三轮车离开院子的，是分头前往各个早市和路边摊点的小生意部队，天南地北的口音掺和在辚辚轮毂和电流的嘶嘶声中。人流中有不小的一股是许世佩的“自家人”：骑三轮车载货的有二弟、大妹夫；和自己一起去姚家园的大妹，以及前往各个小区“打游击”的小妹，因为是一对双胞胎姐妹，她们被称为“大双”和“小双”；此外还有坐 300 路前往方庄市场的大姐和姐夫，以及带着两只大袋子、赶大巴前往三河展销会的三弟，昨天他恰巧回京补货。还有其余的远亲近戚。

当三轮车和脚步的杂沓声响消逝后，大杂院安静下来，青烟渐渐散去，回到雾霭笼罩的沉闷模样。

此时，许世佩和大妹已经骑至姚家园市场外的公路，这里的雾霾似乎比五环附近更浓重。支好摊子，摆开服装和小货，两兄妹裹得严实地站在路边招徕顾客，不时跺脚走动。“大双”比哥哥裹得更为严实，脸上多了一副口罩。

许世佩的心情像天气一样晦涩。近来城管对路边摊查抄更严，下午无处出摊，有限的几个马路早市也面临关闭。尤其是大红门批发市场疏解外迁的消息，让他对自己的来年前景失去了信心，“回家”的念头不时涌上心头。这是到北京二十余年以来少见的。

1993 年，许世佩追随姐夫离开安徽老家来京，开始摆摊谋生。五位亲兄妹陆续循踪而至，勾连起远亲近戚。随着大北京的拆迁改造和人口疏解，他们被动地由中心迁往外围，从初到北京的前门，一路撤退到眼下的五环，落脚在这处大杂院。其间备尝辛苦，也曾有过“升级做大”的梦想，却从未能就地扎根，靠着小生意攀附在北京的生活圈边缘，似局外人那样生存。

如今，他们更可能彻底出局。

大杂院身世

大杂院总是在黎明前的黑暗中醒来，比北京多数小区的作息早得多。

凌晨三点多，最先一拨人起身活动，他们是卖菜和水果的小贩，需要开车赶到新发地市场去批货，然后拉到农贸市场出卖。一时间到处是面包车和小货车发动的呼呼声，院子东西头的两个大厕所也热闹了起来。小便池前，男人们列队射出的尿液热气和后半夜的严寒相激，凝成一种新鲜、温暖又凛冽的气息，刺激鼻孔。

紧跟着他们起身的是做早点的摊贩，他们拉亮大瓦数的电灯，在院子里炸油条、磨豆浆。各家捅开的煤炉子飘散的青烟，在纵横几幢平房屋顶结成一层薄雾，看不见却闻得到呛人气息。院子当中的公用水龙头哗哗作响，和豆浆机转动的呼呼声掺和在一起。水龙头需要整夜开着，不然会被严寒冻住。完事之后，他们骑着经过改装的电动三轮餐车，或是开着面包车离开大院，前往各个临近市场的路口。

赶路边早市卖服装和小货的许世佩和弟妹们，是第三拨。他们杂沓的轮毂和电流声消逝之后，天色才真正亮起来，最后一拨前往固定市场的商户吃完早饭，分头赶公交，其中有许世佩的大姐和大姐夫。第四拨人离开之后，大杂院变得空旷，只有近来无早市可赶的许世佩妻子陈根娣和前两天被雾霾呛坏了嗓子的二弟媳等人留守。

直到中午，卖小吃的和一部分下午不出摊的摊贩归来，院子里才恢复了一些人气，一直到傍晚会达到峰值，各家窗户陆续亮起灯光，封了一天的煤炉子再次捅开，飘散炒菜的气味和纷杂声响，还有翻倒煤气罐出气的响动，结冰的屋顶冒出水汽。

到了九点多钟，大多数人已经入睡，大院再次沉寂下来，比这个城市的核心部分提早进入黑暗。它不是老北京胡同里热闹的四合院，倒近于传说中远在燕郊和三河的“睡城”，只是还够不上单元房的层次。

在这处大杂院里，许世佩已经和五个亲姊妹们一同居住了整十年，从开始时的一间房两百块房租，涨到现在的每间四百块左右。其间弟妹们结婚、生子，繁衍了两代人口。他们从没喜欢过这里，却也想不到离开。

十年前，许世佩的长子许晓川放暑假和弟弟一起来探亲时，脑子里对首都的想象被大杂院彻底击碎了。

“很偏，很脏，很挤。”许晓川回忆。从西客站坐了几个小时的车到大杂院，迎面是随处可见的垃圾、大便。父母租住的一间小屋碎砖铺地，要摆货还要生炉子做饭，晚上睡觉，十多个平方要容纳五个人：爸爸和许晓川睡一头，妈妈和弟弟一头，屋里临时支起的一副木板床，睡着爸妈雇的一个帮忙看摊的亲戚。只有一把吊扇驱走人体和气温混合的闷热，爸爸的鼾声更让睡眠本来不好的许晓川难以片刻入寐，只能侧耳听着院子里的动静。从午夜开始喧闹，自家屋的大人也早早起身，一直到清晨父母亲出车后，他才得到了片刻休憩。

眼下许世佩夫妻的居住环境有所改善，在众多亲戚中算是最好的：增加了一间小屋供鼾声太猛的许世佩单独住，以及两个儿子偶尔来探望过夜；床是买的，不像几个弟妹家用砖头垫一块床板；安了空调，添置了冰箱；最重要的则是，花一千多元自己安装了简易暖气，给门外的煤球炉子加装一个管道装置，通到两间屋内的暖气片，生火做饭烧水时，屋里连带暖和起来。这是几家弟妹都没有的，许世佩说是自己“会享受”。

安装自制暖气的起因，是去年南皋一带的大杂院发生煤气中毒，死了一对小贩姐妹，是许世佩认识的安徽老乡。派出所防范煤气中毒，以往在室内生火取暖的带烟道炉子被禁止了。每家屋里还有一个统一强制购买安装的煤气报警器，没有安装自制暖气的几户弟妹，屋中顿时近于冰窖，石棉瓦和牛毛毡屋顶以及碎砖墙皮，几乎没有作用。

比较好一些的像大姐和姐夫、二弟和小妹家用电热毯，小妹还有一个对象送的电暖器，实在太冷时用一会。三弟和大妹两家夫妻则是硬扛着，只靠大被子和人体御寒。

2016 年初的“世纪寒潮”里，院子里的水龙头周围堆结了半人高的冰柱，积雪压满了屋顶，化雪时家家漏水，在砖墙形成雨迹，只好在屋顶下加一层塑料布。但露水仍旧渗入，在塑料布缝隙处结成冰凌，早晚一条条地垂挂。家里不能剩水，不管是在洗脸盆还是手巾的纤维里，水分都会结成冰块，手巾像折叠的石板无法打开。罐子里的煤气也会冻住，需要在地上滚动敲打才能流到二手气灶里。入户排查煤炉的派出所警察感到吃惊，问大姐夫，你们不冷吗？

傍晚独自“打游击”的小妹回到家里，早上煮稀饭溢出的米汤已经结成薄冰，从桌子上揭下来，残留水分的毛巾也变硬了。她没有打开电暖器。这里的电线是老板私人牵的，收费比居民电高得多，一度达到一元五角，仅仅充电瓶，每月就需要支出一百七八十元。给东家收电费的“小四川”是个抠门鬼，一有赊欠就断电。

单身的她没有像哥哥那样自装暖气的原因，一方面是家里人少，另外则是不知道能住多久，明年大杂院是否还存在。

大杂院像一个外来户一样身世不清白。它的地皮从前属于北京市电机厂，起初的房东是河北人，拿钱买下了倒闭的电机厂地皮三十年产权，打了一口机井，建起了几排平房和一幢三层简易楼房对外出租，容纳了二百多租户。近年电机厂又把所有地皮卖给了 798 艺术区，这块地皮的身份因此悬而未决。

建造大杂院的房东已于十余年前过世，继承产业的儿子委托岳父“小四川”打理日常，自己则忙于应付和各个部门的关系，在首都维稳和拆违的夹缝中寻求大杂院的生机。大杂院遭遇过封闭出路、断水断电，平房砖墙上刷上过醒目的“拆”字，但一次次奇怪地存活了下来。

前一段，大杂院遭遇了最近一次严重危机，断电一周。原因是一些卖小吃地摊户在院中做点心，街道办认为有火灾隐患。一旦断电，靠电机从深井中抽取的自来水也停了。徐国能只能开着三轮车从农贸市场拉水回来，或者向大杂院外边的街坊邻居借水，洗脸的次数减到一道，喝水都省着买。家里点上了蜡烛，三轮车的蓄电池也到亲戚熟人家交钱去充，或者去街上的充电站。都以为这次住不成了，不料房东到底打通了关节，恢复了水电，代价则是十几家做早点的摊贩被赶走，其余的人又有了“住一天算一天”的机会。

即使是不遭遇取缔，一旦无生意可做的商户离开，大杂院也将失去生机。和许多北京五环与六环之间的“外来村”一样，它也像是一副随地铺开的摊子，依附在北京的边缘，不知什么时候就会被查抄收走。

摊在街边的生意

许世佩摊子上的货是各种外套，碎花棉袄，以及裤子。妹妹的则是手套、护膝、围巾这样的“小货”。每件货的毛利，大约是40%，顾客砍价到三成以下，就只好作罢了。

12月7日早上，许世佩只卖了二百多块钱的衣服，不到平日一半。

“雾霾天，出来的人少。”许世佩说。旁边卖手套、护膝之类小货的大妹，生意倒要略好一些。大妹二十岁那年来北京就是帮许世佩看摊，以后许世佩一直带着大妹设摊，两人的货配着卖。

好在这处早市是合法的，许世佩缴纳了每月八百块两个摊位的费用，就可以放心摆摊。七点左右，早市和附近的农贸市场大约同步开张，八点半左右，两位穿黑色大衣的男人过来收钱，一些临时摆摊的小贩，按日头缴纳每天二十块钱的散摊费用。相比起妹妹，这些人卖的是更小的货，从镜子、刮胡刀、神香到小收音机之类。光顾这处早市的，既有老北京，也有外地打工者，这些人戴口罩的也寥寥无几。临十二点关张之前，最后照顾许世佩生意的，是一对骑电动车的环卫工人夫妻，买了一件三十五元的碎花袄子。

虽有雾霾，总算天气不是顶冷。前几天冷的时候，“零下十度照样摆”。只是到了2016年初的“世纪寒潮”，许世佩才歇了一天摊。大姐夫李国胜以往摆路边摊时，双手双脚都长冻疮，溃烂流水，人只能不断地跺脚来暖和一点和止痒。遇到下雨，货物遮上塑料布，人披个雨衣站着，夏天则靠一把遮阳伞，一把大蒲扇，迟一些出摊，到晚上十点来钟才收。

十点半左右，早市收摊，许世佩和大妹收车回大杂院。旁边的安徽阜阳摊主下午去另一处马路市场，那里似乎没被城管盯上，但许世佩和大妹在那没有位置。他们以往下午摆摊的地点，在从住处往北走的京旺家园小区路边，但从2016年元旦开始，城管查得更紧，不敢去。

本来周末城管不查，但上周日新来一个卖包小贩，想抢一个卖玩具的老摊户地盘，两人打起来，新来的小贩主动打电话向城管举报，大家只好赶紧撤退，出了摊却没做成生意。

“这两年，城管查得越来越紧，做不下去了。”许世佩抱怨。他连车带货被查抄过两次，每次都是交了罚款才取出来。去年APEC会议期间，妻子陈根娣一辆新电动摩托车被交警没收，一千六百元打了水漂。一般在老式小区里“打游击”的“小双”，前两年丈夫刚过世，一次连车带货被抄走，托了关系，过了一周才取出来。其他的兄弟姊妹也大多被抄过。

“城管来抄，‘群防’打头阵。”许世佩总结说，群防总在前面，负责锁定目标，城管再适时出场。“群防”是近乎社会混子的年轻人，难于防范。

危险并不只来自城管。每日骑三轮车往返十几公里的路，也需要小心翼翼。路过货运铁道的一截，车辆拥堵，车上货物堆得过高，为了防止翻车和撞车，许世佩只能下车推行过铁轨。他的上一辆车，就在前年一次交通事故中报废了。

那是许世佩生平中的一次濒死体验。当时他骑着三轮车在芍药居附近路上逆行，和一辆转弯避让面包车的大公交相撞，许世佩飞了出去，坠在马路上的一刻以为自己已经死了，但回过神来只是手破了皮，撒了一地的货物垫住了他的背。交警到场没收了三轮车，前来收购的人却嫌轱辘扭成麻花的车太破放弃了，许世佩拆下车上有用的蓄电池，装在了眼下这辆上。公交车司机还给了许世佩二百块医疗费，许世佩觉得自己并没有伤，不想去医院，就退掉了。

以后许世佩还在大杂院门口翻过一次车。相比起那次死里逃生，就不算什么了。

日常的辛苦不值一提。夫妻各自出摊的时候，中午饭都在外面买着将就，一屉小笼包就可使爱吃肉的许世佩满意。早市相邻摆摊的一个河南小伙子，不断在数落小摊炸油条和肉包子不能吃，“里面的肉不知道哪里来的，想到恶心”，许世佩并不接话。傍晚收摊回家，两口子才能做顿像样的饭吃，还把早上的稀饭煮好，凌晨起来热一热。有时候煤炉子没封好，火熄了，还要重新生火，饭到嘴时快睡觉了。

早年一个人在京的时候，更是两头忙活。摆摊的中间，从来也不去上厕所，也不敢多喝水。被城管撵的时候，许世佩感觉自己“跟个乞丐差不多”。

除了早市和路边“打游击”，许世佩近来卖货的另一去处，是每逢周三、周日的集日，在朝阳金盏乡亿宏达农贸市场摆散摊。这是北京周边保留下来的少数集市之一。二弟夫妇和两个妹妹也去这里。

2015 年底最后一个周日，亿宏达市场人群熙攘，生意多少好于路边早市，缴二十块钱摊位费，一上午能卖三四百块钱。但在这个大集上，许世佩的生意仍旧低迷，倒是小妹的眼镜小货摊子有些忙不过来，和同样卖小货的二弟夫妇相比，显出她缺了一个帮手的窘境。头天她刚去了大红门进货，路太远没法骑电动车，提着几个黑色大塑料袋，跑了好几个市场，手上越来越重，回来搭的公交车上不仅多交三个人钱，还得领受旁人的白眼，好在集市的生意弥补了辛苦。

唯一没有来赶集的，是三弟夫妇，他们在三河县跑展销会。

展销会由一个大老板发起，租下一块场地，招徕一二百家商户入伙，缴纳摊位租金，卖百样货的都凑齐，打出一个某某展销会的大牌子，名头故作响亮，周期十天半月，一般在北京的远郊区，有时也去到郊县和天津的地盘。一个地方结束了，再换地方，一拨人结伙跟着走。

跑展销会的三弟他们都住小旅馆，晚上展销会场用篷布围住，有保安看着。展销会近年越来越少，展位费由一两千元上升到五千多元一期，几乎吃尽了商户利润，二弟夫妇的两个展位缩成一个，跑展销会是出于不得已。

前年，他们被小舅子拉下水卷入河南襄县的一场传销，回来时丢了早市的位置。他们的儿子许飞讲述，这种传销称作“一千零四十模式”，号称拥有实业，每人缴纳入会费五万六千元，可以当时返还一万多，发展下线到某个级别，可以返还一千零四十万元，宣传者称大家加入的是国家实现“中国梦”的一支特殊战略部队，因此这时必须拿钱退出，“把机会留给后来人”。为了早日达到“一千零四十”级别，有人不惜掏巨款发展下线，好在许飞的父母还只是一共交了十余万会费，相当于一年多生意白做。

不过他们对此深信不疑，为了拉亲戚入会，和许世佩还有别的亲戚都吵翻了，到眼下仍不大来往，成了众兄妹中游离的一家。

从天安门到五环

二十三年前，许世佩第一次到北京投奔姐夫时，姐夫的摊点挂在北京的中心地带大栅栏路口，正对着天安门。

“租主人家一个门脸，东西都挂在墙上，天黑了寄在房东家里。”李国胜说，那个地方是个十字路口，人流很大，但因为太拥挤，能站下来看货的不多。以后由于消防隐患，这种壁挂式摊点被取缔了。

大妹妹也在前门摆过摊，和大姐夫李国胜一起租住在附近的平房。她进纪念堂去看过毛主席，“脸黄黄的，化着妆”，人太多走不动，穿着高跟鞋的她脚起泡了，回来时脱鞋赤脚走回家。1997 年香港回归，天安门广场管制，她一天被堵在家里不能出门。

2002年她离开前门时，大栅栏拆迁的风声已经很紧了。

许世佩的起步看起来更高端，在雅宝路做服装批发生意。他在市场里的摊位挂着服装样品，有人卖货时就让小妹妹看摊，自己到天坛东门的红桥市场去赊购，批发给顾客后再还款。顾客大多是俄罗斯人，“我还学了几句俄语”。这种生意的利润比较高，但不稳定，可能很久不开张，需要本钱厚实。唯恐坐吃山空的许世佩只干了半年，以后却觉得自己错过了唯一一次“做上去”的机会，“要有本钱，从浙江服装厂家直接搞货来卖，能发大财”。

从雅宝路离开后，许世佩转入“地下”，在地铁军博站站台上摆摊卖百货。这也是重复大姐夫以前在西单和前门地铁的路数。来北京过暑假的许晓川常跟着父母在地铁站台上玩，“在摊点中间串，看地铁跑过去，一阵凉风刮过来，觉得很有意思”。大妹结婚之后返京，也追随许世佩辗转各地铁站台，此外还有经营失败回乡后再次来京，在五棵松地铁卖货的二弟和弟媳，以及晚了四五年最迟出来的三弟和弟媳，直到2004年6月，地铁站台摊点被市政府禁止。

离开地铁的许世佩，正赶上北京大面积拆迁路旁违章建筑，索性带着大妹和妹夫卖起了“拆迁货”，打听到哪里要拆迁，就去租一个门面，卖上十天半月，打着“拆迁甩货”的名义，销量比平时能翻倍，“这是心理作用，实际价格和平时差不多”。到卖不动的时候，房子也到了拆迁期限，于是换下一个地点继续“甩货”，“实际是假甩”。这几年是许世佩生意的黄金时期，每年能存下三四万元，供养了两个孩子上大学。二弟和弟媳则辗转北京站和西直门公交站台，直到这两处也被拆迁，也干脆卖开了拆迁货。

随着北京沿街的违章建筑基本上被拆光，拆迁货无处可甩，许世佩又和弟妹们分头跑开了展销会，一干三四年。起初展销会可以在前门、地坛这样的核心城区开办，后来整顿市容渐渐被禁止，撤离到沙河、大山子、顺义远郊。许世佩去得最远的一次是到河北涿州和三河，夏天和妻子一起摊张席子睡在展销大棚下，省了旅馆费。

2008 年奥运会之后的几年里，展销会逐渐外迁，早市却多了起来，一般是和农贸市场搭配经营，许世佩从 2008 年开始在芍药居赶早市，一直到 2015 年，市场被拆迁，换到了五环附近的姚家园早市。妻子则从 2010 年开始在大山子早市摆摊，直到 2015 年 9 月市场关闭，一时无处可去。几个弟妹也大体经历着类似许世佩的外迁经历，离开天安门越来越远。

积累更早、又饱受地摊风霜之苦的大姐夫有段时间也离京回乡，但未能觅得机会，回来后到天桥继续摆摊，从动物园批发市场进货。直到 2005 年天桥市场拆迁，搬到方庄市场稳定下来。

在方庄落脚后，大姐夫曾经和二弟合资，进驻新秀水市场出手一搏。新秀水市场利润达到 60%，但门槛比路边摊高得多，进场费五万，三年租金十五万，另外需十万押金，一下就要拿出三十万资金。三年后资金涨到每月上万元。大姐夫和二弟先是卖品牌童装，以后生意滞销改卖玩具，又赶上秀水调整格局，玩具市场迁往三楼，多方窘困之下，两家在七年之后被迫退出了秀水。二弟夫妇步许世佩后尘，改跑展销会和机场附近的早市。

事后看来，两人都觉得自己没有魄力，不敢放手扩大规模，错过了唯一一次“做上去”的机会。“借钱，就可以做大一些，做精品品牌。”挫败感的来源是本家一个侄子，大胆借二十万元包下万通新世界市场的专柜，做上规模之后在北京买了靠近二环的房子，眼下涨到四百多万，又买了车，彻底脱离了亲戚们的地摊层次。但这样的人在芸芸商贩中实属凤毛麟角，也不乏经营失败负债离京的铩羽者，更多则是像许世佩和李国胜这样抛物线式地下行，与首都渐行渐远。

和经营地点的不断边缘同步，许世佩和弟妹们的住处也经历了外迁，从前门四合院到大山子的平房区，再到眼下到这所大杂院。与他一起在京旺家园摆路边摊的一位河南摊贩，则从西坝河搬到东辛店，再搬到环行铁道附近的平房，“走哪拆哪”。大姐夫提到了北京的“人口控制在两千三百万人”的规划，他直白地说，“北京就不让外地人呆，需要了用一下，不需要了赶走。”

眼下最迫近的威胁，是北京近期公布的大红门周边批发市场拆迁规划。根据政府的规划，2017 年底前大红门将完成疏解升级，一部分市场关闭。大红门的几十家各类市场，是各个早市进货的来源。一旦分流到燕郊、三河等县，意味着许世佩们的生意将难以为继。

“要是被赶到燕郊，宁愿不去，回老家。”这是大姐夫和许世佩共同的想法。年轻些的人们却有些无从选择。“这里拆了，就赶远处的集。”一同摆早市卖小货的安徽阜阳老乡说，他最远赶过廊坊的集市。

大山子早市拆迁后，院子里卖早餐的东北老王一家，已经被迫离开，迁去遥远的广西。临别前老王家媳妇送给陈根娣一只泡豆子的大桶。听说南宁那边是新建的城区，不赶人，“至少图个暖和，摆摊不用穿这么多”。

老家的距离

几年前，妻子陈根娣开始念叨，想回老家乡下养牲口。

以前在老家，妻子养鸡赶鸭喂猪。老家的房子还在，不像大姐夫家的已经塌了。今年没有生意做，妻子准备回去整房子。

这么多年，陈根娣一直想念家乡，“空气也好一点，这里就是挣点小钱”。她从来没有真正习惯过北京，尽管她努力把在农村的生活搬到大杂院里：买坛子腌酸菜，像喂养鸡鸭那样，用卖鱼摊贩丢弃的鱼鳃喂一大群流浪猫，还买来葡萄自己酿酒。两口子用半生积蓄买的房子，在省城合肥，多少也算是家乡，“可以两头呆呆”。

往年每年两人会回家过年，今年许世佩不愿回乡，陈根娣却忍不住赶在过年前自己回了趟老家。虽说父母都不在了，还有几户姊妹家走走，人比在外边亲热。住在大杂院里，看似众多亲戚在一处，但各自早出晚归，见面都少。

许家大姐也想家，家里的老人还在，身体还好，每个礼拜她会给老母亲打个电话。但这么多年，除了今年春天回乡给公公奔丧，她只在北京非典那年回去过一次。

那一次，北京城空了，没有人敢上街买货，李国胜夫妻俩放下生意跑回老家，呆了一个多月才出来。那是最长的一次回乡。长久不住人，家里的土房子也塌了，寄居在亲戚处。两夫妻在巢湖买了房子，离家乡更近，也是个投资。没料到近两年巢湖撤市，房子跌价，又打算在省城合肥买。

许世佩也在合肥花八十万买了房子，几个弟妹大都在合肥买了房，不算高的房价和不算远的离家距离使他们如此选择，花掉了多年做生意的大部分积蓄，至于在北京买房扎根，“想都没想过”。

除了老人，故乡最牵念的自然是孩子。孩子一般是老人带，只有过年回去看看，往往还为了多赚点钱提早回去，在春节前回来，赶春节期间北京的庙会。今年大妹夫和儿女都回老家，大妹一个人却留下来，为的是省一张火车票花销，还能自己赶这边的庙会，两头不误。小妹妹有个孩子在家乡上高中，但她春节也不回去，双胞胎姊妹一起赶庙会。

陈根娣并不认同小妹妹如此。说起当年撂下孩子，她有些后悔，“其实我不该上这儿。要是现在，我就不出来。”

她记得有年春节前，下着好大的雪，两口子要赶火车回北京，小儿子许超扯着手臂不肯放，满脸的愤怒盖不住眼底的悲伤。少年的许晓川对父亲出门印象不深，母亲离家时，才意识到从此是一个人了。有次他在家里哭起来，弟弟问为什么，“我说想爸妈了。弟弟也哭起来。”

读初一时许晓川害了眼病和失眠，陈根娣回去租房子照顾了一年，她一直认为，儿子得眼病的原因是老人没有把家里毛巾洗干净。许晓川高三那年，陈根娣又回去租房照顾两兄弟，最终两个孩子都考上大学来到北京。

许家弟妹们在大院添了孩子，但在北京拿不到准生证，只能回家乡去生下来。出生之后在北京养上两年，要上小学了又送回去，这边上学难，又没人照顾。

老三的孩子许飞出生后来京，五岁的时候被送回家乡。在北京的时候，许飞上过幼儿园，那是他童年的金色记忆，“做游戏、吃饭和睡觉”。回乡之初，许飞很不适应，因为家乡无幼儿园，只好提前放到一年级，上了三个一年级，彻底打消了他对于上学的兴致。小学时他学习一度还可以，上了初中一落千丈，原因是外公再也看不懂他的作业，给了他偷懒打游戏机的便利。

五妹家的女孩子汪静一岁多被带回老家，由外公外婆抚养。父母回家的时候，她一直不肯喊妈，跟着表姐把自己母亲喊“四姨”。“‘妈’这个字我喊不出口。”回家呆上一段，刚刚习惯了，要喊出口了，爹妈又要走了，再度生分下来。

“以后我有了孩子，绝对不会把他丢家里。”汪静说。

陈根娣后悔的一个原因，是因为儿子许晓川在家吃了不少苦。爷爷脾气暴躁，许晓川时常挨揍，曾经罚他不准吃晚饭和归家，只能在屋前檐下过夜。当她第一年春节回家时，看到许晓川在大冬天放一群鹅，手背全部皲裂了，“脸上冻红得像猴屁股似的”。

许晓川回忆，他有一次挨了揍，一路走回上锁的自家老屋，坐在门前哭了一天，想不通爹娘为何不回来。

弟弟许超由姥姥抚养，姥姥比较心疼外孙，这使许晓川潜意识里羡慕弟弟。他长年做的一个梦是，在一条大河岸边，外婆带着弟弟上了一条船，划走了，他在岸上拼命喊叫，他们的船却越划越远，他因为过于伤心从梦中醒来，醒来好半天仍在饮泣。

第一次来北京，许晓川觉得人特别多，“不停有人挤我”。父亲在路边摊上买了一个一块钱的汉堡给他吃，以前他觉得汉堡会很好吃，一到嘴里却觉得特别难吃，“很恶心”。对于北京，他一直隔膜，直到上大学出来。

相比于身为“北漂”的自己，他感觉父母离家乡同样遥远，“父亲干不动田里的活，也呆不惯乡下了。”

许世佩有自己的打算。他的生意细胞是家乡的田园培育的，小时候在田里抓鳝鱼卖，十七岁跟父亲去南通贩米，满舱新米压得水际线齐了船舷；成年后和大姐夫李国胜一道收购遍布丘陵的木材，运到长江南岸去卖。现在回去，“就算下不了田，摆个摊总可以。”

今年许世佩没有回去过年的原因是，两个孩子娶媳妇不太顺利，让他没有面子。在心里，他期待着明年能修好房子，两个孩子带上儿媳妇，“衣锦还乡”。不管在北京呆了多少年，那里才是归宿。

怀着这种念想，许世佩不太认可小妹现在谈的对象。小妹夫是家乡一个镇子的人，前几年在北京发现肝癌，在北京的医院里躺了几个月化疗，实在不行了还是转回合肥，一路回到县医院，最后转回老屋，小妹妹回去侍候了几个月，在家乡过世落土。在北京，人落不了土，只能烧掉。

小妹新近找的对象是理发师，人材看上去还周正，但许世佩一直不满意，原因是男方是甘肃人。一旦哪天要离开北京，小妹妹去向哪里呢？“还是找个老乡妥当。”

“大 院 子 弟”

许晓川从没有想到自己有天会托庇在大杂院的屋檐下。三年前大学毕业，他一时工作不稳定，带着女朋友回到大杂院，在父母的平房里度过了半年。

母亲专门请人修葺了许晓川住的平房：吊了顶，贴了墙纸，买了四脚落地的新床，换掉了以前砖垒的木板床，还在床头挂上了自己绣的“家和万事兴”十字绣，这是她在摆路边摊生意清闲时用两个月绣出来的。如今这间屋依旧留着“新房”的依稀痕迹。

冬天来临，屋子没有暖气，许晓川才和女友离开了这里。以后他找到了新工作，也和女友分了手，不再经常回到这里。在许家下一代次第成家从业的背景下，他时常变动的工作和不稳定的婚姻，成了父母的心病。

两年之后，弟弟任大学生村官期满一时没有工作，又来到大杂院，在哥哥的“新房”里住了近一年。一直到他在一家六里桥附近的会计师事务所上班，头两个月仍旧天天回到这里过夜，因距离太远才作罢。

在许家的子弟中，像许晓川和弟弟这样考上大学来京是例外，大多数是初中毕业后延续父母当年的道路，到北京做生意或者打工。

非典那年疫情过去，大姐夫一家从家乡再度来京，带上了刚初中毕业的大女儿，帮着盯天桥的摊，大姐夫就有了偷偷闲的时间。以后搬到方庄，大姐夫和二弟在秀水街合伙的生意，又由大女儿和舅舅一起打理，直到七年后撤出秀水，大女儿也在家乡找了女婿。女婿是手艺人，来京后不适应，一定要回乡，大女儿也随之离京，以后夫妻又去福建打工。二女儿2005年来京，帮着在方庄看摊，和相邻做生意的一个甘肃年轻人结婚。由于这里的生意不挣钱，一家三口离开了北京，远赴青海格尔木投奔男方的亲戚，帮亲戚打理商场。

过完2016年春节，开张的头天傍晚，准备买盒饭的李国胜夫妻接到了百度外卖的电话，原来是小女儿在网上为父母叫了晚餐。“我在网上订外卖，比你们自己出市场去买方便。”

这是眼下的趋势：新一代来京的许家子女，大都不习惯父母摆路边摊的方式，更想把自己的人生愿景搬迁到网络上。

在大杂院长到快两岁回乡的汪静，初中还没毕业就来到北京，不习惯跟着父母摆路边摊，在大红门批发市场当了半年导购，招徕客人进店购服装，每月可以挣到四千五百元。半年后，她仍旧嫌这份工作抛头露面，自己开起了一家昵称为“我还有大把大把时间陪你”的淘宝店，专卖加肥加大码的男装，“都是胖子穿的”。生意并不很兴旺，但她也没打算回到早市，改行到一家房地产开发公司当文员，待在未装修的新写字楼里接待前来看盘的顾客，按日拿一百多元薪水，同时兼职开网店。为了方便有订单后从市场就近拿货快递，她在大红门市场附近租了房子，只是偶尔回大杂院来。

三叔家的堂弟许飞离开学校后经历更为曲折，曾经在南京和常州的饭店打工，学做厨师，也曾经在建筑工地上当学徒工，都由于不能坚持而半途废弃，“到处走，觉得都不适合我”。比起现实中不断变换的职业，他更感兴趣的是在网络游戏的世界里充当英雄联盟的成员。

到北京之后，他跟着父母去跑过两个月展销会，因为展位费太贵作罢，年末的一段时间他无事可做，只能自己躺在大杂院没有暖气的平房床上。阳历年底，他找到了一份在卖东北大锅鱼贴饼子餐馆跑堂的工作，每月两千五百元钱，但这无非又是一时过渡，“只打算干到过年”。对于未来，他的想法看得出是模仿表姐和堂哥：开网店。

眼下在开网店的除了汪静，还有李国胜的大儿子李立。李立来京后也在大杂院栖身过一段，三年前成家后搬走，妻子以前是卖手机的，现在家带孩子。李立报名参加了北大青鸟电脑培训班，近来在网上开店，卖和父母类似的小货，由于刚起步没有打开局面，仍然需要父母补贴。李国胜提到儿子告诉他的信息：“网上的市场比现实中大得多，双十一天猫卖出九百多亿。一个塘里捞，有人捞到鱼，有人捞到水。”

许家子弟从大杂院向网络的迁徙已经延伸到第三代。许晓川表姐的孩子汪登程眼下在永定门附近的一家天猫店做销售。初中毕业后他上了南昌一家铁路技校，毕业后分配到北京地铁 10 号线上班，担任站务助理。工作单调，地铁公司又规定上班期间不能玩手机，汪登程只能"抱着膀子看着手表指针一秒一秒地走"，两个月之后，实在无法忍受而辞职。低谷中的汪登程被朋友介绍到天猫店当库房配货员，在地下室工作。

为时不久，运营人员的临时出缺给了汪登程"上楼"的机会，他的表现让自己站稳了脚跟，主要从事用各种办法刷单、优化产品文案的任务，"总能让我们的产品出现在搜索榜单第一页"。天猫店包吃住，工资三千五百元，但过于繁忙的工作节奏让汪登程有些想跳槽，"工资还不如客服，想找个有双休日的。"

偶尔回到多年生活过的大杂院，汪静和汪登程都有一种回到昨天的感觉，父辈们早出晚归的路边摊模式，无声中已难以为继。最近的一次职业调查显示，线下零售已经成为最被看低的职业。

但他们自己，虽说已经迁徙到网上，但仍然依附于现实中的批发市场，并无自足的体系。一旦大红门市场分流拆迁，他们起步之初的网店和父辈的路边摊一样，面临生存危机。

前几年，汪静还很喜欢大杂院，现在却有点疏远了，"人多，不安全，又冷"。在记忆中，她和弟弟都保存着大杂院的温暖一隅：当初大杂院的周围有大片成荫的树林，一直延伸到环形铁路之外，夏天下午天气过于炎热，不出摊的大人们在树下摆桌子打麻将，小孩子们就在一旁土里挖洞找知了的蛹，挖出来后装在瓶子里。

对于许晓川，这段孩提旧梦已趋模糊，偶尔回大杂院也越来越步履沉重。春节，他把父母接到了弟弟和自己租住的六里桥单元房里团圆，母亲觉得这样也好，“用热水洗菜方便，不用在大杂院里洗冷水受冻”。年夜饭气氛还算和平，但许世佩仍旧忍不住提起了“抱孙子”的话头，父子间出现了尴尬的沉默。

回到大杂院，许世佩少见地没有和几家弟妹们打过年小麻将。初三他就顶着雾霾出摊，在北京一天，先做一天的生意。“衣锦还乡”的愿景，和眼前的天气一样，看起来还很渺茫。

九岁女孩和奶奶的命运门槛

一

堂屋地面生出了一层青苔，黏土结成鱼鳞。陈年的门槛，不足以隔住门外院坝的生荒气，只是阻碍了奶奶折叠成铁板桥的身形。

奶奶的背已经从腰上完全塌下来，似乎被取去了脊椎，个头比九岁的杨轩还低。门槛对于她近乎天堑，却不时还需提上半桶水。过槛的时候，她把水桶先放到地上，双手举起搁上门槛，再提起放到门槛里边。人随后扶着门槛翻过去。三个动作联为一体。灶屋的门槛无法逾越，奶奶人先越进去，水桶放在槛外，蹲在灶屋地上舀水上灶。

水管子接在门前，积水汇成一条小河，几乎隔断出入家门的道路。杨轩坐着一个小板凳，就着水管子洗菜，手指渐渐在大盆的冷水里变得通红。这是她放学后和奶奶的分工。

在这座湘西新晃县侗族人家的木屋里，仅有的祖孙两人，似乎并非真正的主角。堂屋地面横亘着老鼠打出的蜿蜒壕沟，蜘蛛在残存着“金炉不断千秋火，玉盏常明万岁灯”字迹的神龛张网。屋顶和卧房地板都在自顾腐朽，无声地塌陷，眼前就要断裂。下雨的天气，需要在地上拿盆子接水，室温和潮气同门外没有区别。仅有的人气保存在祖孙同睡的厢房，一床纠结破败的棉絮底下。

家里不肯安分的母猪成为了星期六的主角。从下午开始，它不断地拱破圈栏，游荡到邻居家的圈栏跟前和大门前面，固执地呆着。把身量比自己大出很多的母猪赶回圈，成了杨轩和奶奶不可能完成的任务，不得不求助邻居。

这头母猪有一副成年的架子，膘肉却消瘦到了极致，肋骨根根可数，似乎除了肚子，身上的皮都不够用了。对比邻居家圈栏里的母猪，似乎不属于一个物种。

两家的小猪对比也有一种不真实感：邻居家的小猪晚生二十天，但已经长到一尺多长，个头圆滚滚的，看起来随时可以出手变钱。杨轩家近两月的小猪个头看起来却是奶猪，聚在一起就被垫草掩没，它们本来可能的身量被食物的粗劣短缺束缚，完全消失不见了，就像本地小孩子的个头。

母猪无法安宁的原因是发情，正在等待配种。说好了今天来的走猪人推迟了一天，造成了这种混乱。兽医站的人工授精虽然及时，但价格高出公猪配种二十块，还不能赊欠。因此只能坐等走猪人前来。没有现钱的杨家，在走猪人心中自然排在了后面。

不仅猪食不足，祖孙两人的口粮也成问题。木屋二楼最大的一口瓮里，白米已经挖见了底，只有另外两口小坛子没动。这些米是爷爷在世时存下的谷子打成的，“到明年夏天就吃完了”。杨轩用郑重的语气说，显然是出自奶奶。在奶奶的卧房里，也没有看到本地人家常常围绕在床褥周围的袋袋谷子。楼板上另有一堆生满芽子的土豆，是为明年春天留的种子。此外是几麻袋猪吃的玉米面和谷糠，比人的口粮更为显眼。

把缺少的口粮煮成熟食，弄到人和猪的嘴里，是艰难的事。煮米有一口爸爸留下的电饭煲，杨轩只需要淘好米，熟练地按下开关。但上灶煮猪食和炒菜远为复杂，并非她能对付的事。

发火是头道工序。家里缺少别家的引火细柴，前几天下雨，从树林拾来的松树皮带潮，奶奶佝在灶门口，抱着一根吹火筒，怎样也无法弄燃，灌了满灶的浓烟。这副泥土灶台是爷爷手里打的，对于缩小了身形的奶奶和杨轩来说都太庞大了。但敞口的几口大锅对于猪的胃口却是必需。

总算灶膛里冒出了火苗，猪食微微地冒出了热气，这边奶奶要炒人吃的菜。

站在地上的奶奶够不着灶台。需要一个小板凳，跪在上面，用一个长锅铲伸到大铁锅里，慢慢地炒。就像一个小孩在对付一件过于庞大的东西。实在支撑不了的时候，还不熟悉油盐咸淡的杨轩上手，站在与她身高持平的灶台前，在奶奶的指点下，持长铲一点点地翻动锅里的白菜萝卜叶。杨轩上学的时候，奶奶往往放弃了炒菜，只是一点汤水或红薯对付。

吃饭的时候，奶奶没法上桌，坐着小板凳佝在地上。更多时候，她蹲到门槛旁的地上，饭碗搁在门槛上，这样更方便些。吃饭的中间，她似乎会忘掉了这件事，望着远方出神，脸上是一丝像风霜凝结无从化开的笑容。杨轩则擎着有裂口的粗瓷碗，用力地往嘴里扒着饭粒，似乎在努力抓住有限的吸收营养发育成人的机会。

吃完饭洗碗是杨轩的事，拿一块丝瓜瓤子，踮脚够着锅底，洗一道清一道，涮锅水一勺勺舀进旁边的猪食锅里。

从引火到炒菜一直没拉亮电灯。由于煮饭，祖孙两人每月要用掉十几块电费，奶奶已经习惯了在俭省的黑暗中活动，似乎她在浓重烟熏中半闭的眼睛，并不耗费灶屋里稀缺的光线。晚上临睡，杨轩给奶奶担水到没开灯的厢房里，两人在黑暗里洗脚。

正房锁上了门，在年代深处发黑的木屋，遗留在完全的黑暗中。父亲留下的房间里，被褥在返潮，似乎能摸出水，旧年的音响和电视失声，失去了电器的性质。抽屉里妈妈的相片莫名失踪，怎么也翻找不到，只有一张陈年的结婚证，来自杨轩出生前的年代。一副本地家常的火桶，供小孩子烤脚取暖，像家里废弃塌陷的火塘，只余冰冷，杨轩平时只能去邻居家火塘上蹭暖。风声穿透了瓦檐和楼板，带走依稀的体温。

这座祖传的古老木屋，屋顶下已没有活气，不适宜人栖息。

二

活气被一个个大人的离开带走了。

结婚证上的妈妈，在杨轩满一岁之后，再没有来过这里。

妈妈是新晃县另一个镇的人，以前在县城的发廊里上班。杨轩的爸爸那年三十岁了还没有媳妇，旁人出主意让他卖掉自留山上所有的松木，得到了一万多块钱，买了一个很阔气的包，去发廊里结识妹仔。爸爸对妈妈出手阔绰，初次约会给了一万块钱，妈妈以为爸爸是做大生意的，加上在外日久，也想嫁人，相识二十天就领了证。跟着爸爸来了家里，虽然发现了真相，生米煮了熟饭，也只好结婚生下杨轩。婚礼办得很隆重，爸爸从山顶的马路一直把妈妈背下来。

“她过了一年的好日子。”邻居看着杨轩惋惜地说，“可惜她自己不知道。”妈妈嫌木屋里脏，不让杨轩脚沾地，时常带着在外婆家住。杨轩满一岁之后，爸爸妈妈带着她出门打工。卧房里有一张旧照片，一岁多的杨轩露齿笑着，骑在一辆玩具汽车上，是在打工的地方拍的。对于这张照片，杨轩也没有了记忆。

有记忆的时候，已经回到木屋，身边只剩了爸爸。妈妈终究不耐贫穷，跟别人走了，起初带上了杨轩，爸爸找去把杨轩要了回来，“怕妈妈把她卖了”。奶奶说。一张泛黄的欠条记录了这段分手：协议上说明妈妈补偿给爸爸一万五千元，现给了五千，尚欠一万。

结婚证上，母女的眉眼有几分相似，但杨轩对于母亲完全没有记忆。“没想过她，也没梦见过。”总是带着一副受惊表情的她，茫然回忆说。

以后只有床头的一副“春满大观园”上的美女图片，陪伴孤身的父亲。

父亲有一辆摩托车，接送在隔一座山的步头降镇上小学的杨轩。杨轩喜欢趴在摩托车头上看着风景草木掠过的感觉。爸爸许诺杨轩好好学习，长大了就给她买一辆大摩托。

父亲开始在家干活打短工，杨轩大一点后出门下矿。前年底传来了他在冷水江出车祸的消息。一个吸毒的人径直撞上了爸爸的摩托车，爸爸当场身亡。卧房里的一叠卷宗里，保存着爸爸在太平间的遗照，肿大的头部凝结着血痂，旁边标注着“颅脑重度损伤致死”的法医鉴定。

重伤的肇事者一贫如洗，无力赔偿，最后当地政府补偿了两万块钱，自家把爸爸的遗体拉回来下了葬，没有剩下什么。

爸爸的猝然离开，撤掉了家里最后一根柱子。这之前四年，爷爷已经积劳死了。

爷爷过世的那天，干了一天活回来，晚上脑壳痛，上床躺一会，就再也没醒来。医生说是脑溢血。

奶奶觉得爷爷是累死的。楼上祖孙吃的米是爷爷在世时的积谷打的，烤的木炭是爷爷自己挖窑烧的，灶屋门外垛满的柴禾是爷爷砍的，爸爸离开之后，似乎爷爷还呆在这间木屋里，用余力照料了奶奶和杨轩。

爸爸在世时没有能为杨轩攒下什么。“他也不诚实，喜欢打牌。”奶奶说。

虽然如此，杨轩知道，爸爸走了，生活就不一样了。

“爸爸在时比现在好。”好在哪里，她仍旧茫然，但明白自己和别的孩子有点不一样。以前就不一样，现在更不一样了。

“我想爸爸了。你也想爸爸了。”有次她对着奶奶说。

奶奶想念的，除了爷爷和杨轩爸爸，还有早年死去的大儿子。奶奶一共生了四个仔，结扎后又生了两个，国家要她去再次结扎。奶奶当时腰有病，强行结扎，腰就再也直不起来了。

“家里穷，给大儿子治病花光了。”大儿子有小儿麻痹，好容易养到二十几岁，爷爷奶奶背着去怀化看病，终究还是早早过世。两个儿子先后过世之后，奶奶的心脏出了毛病，加上肾病和风湿，需要三天两头吃药。去年春节奶奶说周身痛，杨轩的大叔叔买了一些药回来。

今年大叔叔说不回家过年了。他自从学校毕业，就很少回来过，也没有钱寄回来。

“他的学白上了，花冤枉钱。”邻居和奶奶一起感叹。大叔叔上的是江西一所专科学院的民族预科，以后又到陕西汉中上学，读的心理学专业冷门，又有些驼背，就业困难，还欠下了几万块助学贷款，辗转在外打工，一直没有成家，工资“四个月还不到一万块”，自用后无甚剩余。

小叔叔以前在家，去年年初也出门打工。邻居说他人有点迟钝，在福建建筑工地上当小工，一月工资只有千把块，也无钱寄回来。

小叔叔过年会回家。杨轩更想念的却是很少见面的大叔叔，时常拿着毕业相册在上面寻找，“他不打人”。小叔叔脾气暴躁，经常打杨轩耳光。杨轩的手背上有两条微微凸起的伤痕，自己忘了是何时留下的，只余惊惶的神情在眼中闪动。

家里的日常收入是杨轩和奶奶的两份低保，加上奶奶的老年保险。奶奶的折子锁在爷爷留下的旧黄铜锁皮箱里，折子上密密麻麻打满了存钱和取现的记录，最大一次的金额是五百元，最近的账户余额则是十七元。

最固定的开销是杨轩的寄宿生活费，尽管有免费午餐，早晚饭最便宜的仍要七元，一月下来要将近二百元。爸爸在时杨轩一周有十元零花，现在变成了一两块，也不是每周都有，用来买本子和笔。圈里小猪没有钱吃补钙补血的营养粉，但掺抗生素的米粉仍旧要钱。田里零星种的粮食蔬菜要买肥料。更大宗的支出则是乡邻人情往来，祖孙俩没有邻居帮衬，在乡土深处是难以维生的。

最近学校有元旦文艺汇演，读三年级的杨轩也想报名，老师说你就不要参加了，“跳舞的衣服要七十元”。杨轩纠正奶奶说，是七十二元。爸爸在的时候，杨轩参加过幼儿园舞蹈演出，穿着五十元一套带褶的裙子。

如今爸爸买的衣服都还是好的，杨轩却都穿不上了。身上的外套是邻居送的，裤子是邻居家姐姐给买的，毛线塑料底鞋子是坎下另一家邻居给织的，里面穿的红毛衣则来自一位天津的“爱心妈妈”。这位爱心妈妈是通过新晃的一个公益组织联系上杨轩的，每年补助杨轩一千五百元学习花费。

这位爱心妈妈还曾想收养杨轩，因为相隔太远不知底细，奶奶又离不开杨轩而作罢。有时祖孙两人争嘴，杨轩会说："我自己去天津。"现实中，杨轩最远跟爸爸到过新晃，见过一次火车，"呜呜地叫，很好看。"

奶奶只好抹眼泪。有时杨轩看着奶奶塌着背蹒跚的样子，会在后面撇嘴模仿，邻居大婶就教育杨轩，不能嫌弃欺负奶奶：

"你们是相依为命。"

三

清早走猪人和他的猪总算来到，母猪配种后安静下来，被顺利赶回了圈栏。配种的钱去坎下邻居家没借到，只好欠着。邻居家早上刚买了两床走村的货郎推销的棉絮，花掉了一百六十块钱。

杨轩是被奶奶从菜地使唤回来取借钱的。趁着杨轩还没去上学，奶奶带着她去菜地移栽青菜秧。

家里现有的一块菜地是撂荒的水田，冬天剩余的青菜被鸡啄得狼藉一片，不够人吃了，奶奶另外育了一块秧，趁着这两天天阴合适移栽。

昨天奶奶已经背了几次猪粪去菜地，每次只能背一小袋。下坡的小路被牛蹄毁坏了，布满了积水的深洞，奶奶只能一步步挪移，背部看去和膝盖贴在了一起，承受着粪袋子，一手还拿着一把锄头。

奶奶在菜地里翻土，拌匀堆在地里的猪粪和腐烂的松树皮，挖出茬口。杨轩的任务是走过田埂去扯来菜秧，一棵棵摆在茬口上，奶奶再挖土覆盖菜秧再撒上一点复合肥。这是杨轩第一次摆秧撒肥，爸爸在世的时候负责锄地覆土，摆秧的活是奶奶干。奶奶吩咐着杨轩把距离摆均匀，肥料不要撒太多，会烧死菜秧。

“她能干的活，愿意（干）。”奶奶翻得腰痛了，垂着腰休息，眼睛从下面看着杨轩微笑说。

冬天的地里气息清冷，杨轩吸溜着清鼻涕。她学着奶奶的样子，拔出地里的草根，扔下坡坎。有一下她停下来，发现土里有个白色的圆球，用小棍挟出来，划破看了看，是一包霉。奶奶又喊她摆菜秧。

菜地的活干了一半，杨轩要去上学。带上了一双换洗的旧鞋子，爸爸买的充电暖水袋却没有拿，因为学校里充电要花钱。她也没有其他同学提着烤火的小火盆，镇上卖三十块一个。

奶奶特意给杨轩书包里装上了两个塑料袋。堂屋墙上还挂有几个这样用过的塑料袋，没有洗干净，里面是残余的饭粒和油污。这是杨轩在学校积存剩饭，星期五带回家人吃或喂猪的袋子。

四块钱一份的营养餐饭量是固定的，杨轩往往吃不完，“老师说不该浪费”。她把袋子藏在课桌肚里。有时奶奶去街上取低保，顺带背着背篓卖点小菜，也会去学校取走剩饭袋子。

墙上挂着的油腻袋子旁边，有孤零零一张花千骨人物大头贴，这是本地小学生流行的装饰物，课桌和书本上往往贴得天花乱坠。杨轩的书本和课桌都干干净净，“贴在书上不好，往下一撕，课本就烂了”。更实际的原因则是，买大头贴需要用零花钱，三块钱一叠三十二张。

奶奶佝在门口看着杨轩走上小路。去学校要走一个小时。连绵的上坡路有些湿滑，杨轩的书包显得过于沉重。

在这条上学路上，杨轩遇到过一次危险。她和另一个小女孩被一个精神病人截住，“疯子”给另一个女孩抽烟，把杨轩抱进了路旁的窝棚里。杨轩和伙伴尽力反抗，拿石头砸他，疯子放手了，杨轩和伙伴连忙逃走。出了这件事之后，疯子从本地消失了。但像走村销棉絮的货郎这种外地人，仍然是潜在的风险，横亘在她从九岁到长大成人的漫长道路中。

下午到达步头降小学，杨轩把鞋在宿舍床下放好，回到了教室。她的学习并不是很好，语数外都在六十分左右，课堂上也不太主动举手回答问题。一句普通的问话，会让她想上好久，仍旧没有答案。似乎有些过于沉重的东西，把她思路的线头压住，一时捡拾不起来，显出茫然。

朋友也不是很多，上次有人还偷了她的东西。“以前有爸爸保护我，现在没有了。别人欺负我，我就亲自下手。”在家里，杨轩有几分气势地告诉奶奶。

但在座位上，她仍旧带着一点受惊的表情坐下来，两只紫姜芽一般受冻的小手缩在桌肚里。只有在完全无人注意的时候，这张清秀的小脸上会现出一闪即逝的、属于九岁年龄的笑容，似乎生怕被发现，带来灾祸。

祖孙站在老屋门前，奶奶佝偻的身量低于孙女，难以逾越命运的门槛。

在贫瘠的菜地里，九岁的杨轩帮着塌腰的奶奶摆菜干活，粪肥是奶奶用小袋子背来的。

出生地

寂寞沂蒙

五十七岁的申有周牵着五岁的驴，驴背两边驮着筐子，上坡去到自家刚收获的地里，驮着成袋的地瓜和玉米回来。

地瓜也叫红薯，是这里主要的作物。秋天的阳光下，地瓜收完之后往往立刻切开，晾在田里初晒，以后摊在场院和路面上晒干储存。十月中旬沂水县的乡村公路上，绵延数十里地晾晒着红皮白瓤的地瓜干，空气里有一股烘干的甜丝丝的气息。

田地刚刚刈割过，露着玉米残余的茬子，所有玉米茬子都是倾倒的，原因是六月份的一场台风，席卷了这块田地，倒伏的玉米又慢慢爬起来，结出比往年瘦弱的棒子。这场风灾也袭击了山下申有周的速生杨树林，折断了一百多根树，现在仍然躺在地上。在沂蒙山区，到处是这场风灾的遗迹。

收割后的玉米地不久会种下花生，旁边是冒出新绿的冬小麦。

山坡上是一层层这样的棕壤田地，坡顶一排巨大的银白色风车，日夜呜呜转动。

这是政府的新型能源工程，申有周觉得它跟自己完全无关。对于红石峪村的村民们来说，风车的唯一影响，只是惊扰了他们的梦境。这和碌子在碾盘上咿呀转动的声音完全不一样，不会在天黑后停息。像对待许多变化了的事情一样，他们只能慢慢习惯。

红石峪村是沂蒙山区沂水县最偏远的一个村庄，村里至今保留着家家养驴的习俗。战争年代给村里留下了四位烈属，但支前扭秧歌的场景已经随着独轮车的辙痕远去。

整个沂蒙山区，孟良崮显眼的纪念碑下面，坚固的石头村庄正在消逝，旧日的器物风俗，像砂土一样风化。富裕之后翻建的房屋，没来得及出生下一代又被抛弃，曾经热闹的村庄，只余下井水溢流，和老人微弱的呼吸。诸葛镇的大崮前村原有三百多村民，现在长年在村的只有七名老人。这个据说是由魏忠贤的次子传下来的村庄，数年之内将消失。

“老了还得回来。”村妇朱祥云谈起在上海打工的儿子说，“那边的房子，一辈子买不起。”她自己去年在浦东呆了一年，带孙女。吃不惯大米，念想家里的煎饼和大葱，每旬两次的赶集，还有和丈夫一起种的十亩地。

“哪个村里打工的多，哪个村里就败了。”蒙阴县大山村小学校长刘丙常断言。大山是蒙阴县果园产业的龙头村，没有人出外打工。刘丙常翻建的住房仍旧用石头打墙，却变成了打磨过的大理石砖。屋里装了摄像头，堂屋顶下却仍旧苫有一层秫秸。在人

红薯片遍地铺陈的丰收，背后有世事的荒凉。

烟稠密的村子里，满园苹果的芳香掩去了风物消逝的苦味。萦绕人心的不是乡愁，而是果园缺水和修路上山的急切。但一季喷洒十二次的农药，和单独居住的老人，也给苹果和炊烟的芳香掺上了某种隐忧。

县城周边拆迁成为城里人的农民，在单元楼里烧柴火养牲口，在中心广场上抽旱烟，被动地在新的身份中寻觅过去的自己。

砂土仍在流逝，却有坚硬的东西留下来，像这里"崮"的地形暗示的。凭着乡土独特的气息引导，或许在行将荒芜的道路尽头，也能意外找到出口，回归家园。

煎饼　碾盘　毛驴

张兰梅六十岁那年中了一次风，提着叉子去扒粪的路上，腿又阵阵发起麻来。她的三个儿子都在沂水打工，老汉在山上放羊，屋里活只有靠张兰梅自己，头上还有一个九十岁的婆婆，听不见人说话，出不了院子，见天坐在门槛上晒晒太阳。

张兰梅家住的是以前大队的办公房，买下来之后翻修了屋顶，变成眼下一层瓦、一层泥土再衬一层高粱秫秸的样式。起初村子里都是秫秸盖的草屋，草屋消失后，起初是盖水泥屋顶的平房，后来人们发现不保暖隔热，退回到这种三结合方式。三十年来，这个院子开始添了几口人和新东西，后来却一直在走向陈旧。

院子里有一扇磨子，是以前推煎饼用的，中间稍高，四围有凹槽，一边有出汁的槽口。毛驴蒙着眼睛，拉着磨子碾出黏稠的煎饼糊子。现在半边磨扇已破碎，磨盘上积满了尘土。家里已经很多年不自己摊煎饼了，都是到村里小卖部去买。张兰梅家缺钱，就拿玉米去换，二斤半玉米换一斤煎饼，买的话要三块钱。加工玉米煎饼的工厂在乡上，每天送货到小卖部。张兰梅有糖尿病，只能吃蜀黍（高粱）煎饼，她和丈夫、婆婆吃的两样颜色的煎饼分别摊在柜子上两个笸箩里，一天一张，像日子一样渐渐抽去。

远近村里也没有人自己摊煎饼了。老支书申士钦的院子里还保留着一个推煎饼的石磨，逢年过节时想换换口味，才自己磨一回。摊煎饼的铁鏊子也收起来或者卖掉了，从家中长年的位置上消失。

只有玉米垛子依旧显眼。院中心用砖头垒起一个底座，四围打上木桩架起铁丝网，今年收获的玉米都贮在垛子里晒干。下雨天也不收进屋，用一块油布苫起来。金黄色的玉米，给灰扑扑的院子带来温暖色泽，直到入冬日子。另外的乡镇，也有把玉米结成束挂成垛的，像柿子之外的另一种耀眼果实。玉米完全干透之后，脱粒放进大瓮里储存。张兰梅家里有两口大瓮，一口装玉米，一口装小麦。

玉米不耐存放，拿来日常换煎饼。小麦耐放，大瓮里的五百斤小麦是二十年以前自家收的，那时儿子们还没出门打工，家里有劳力。舍不得吃，留着等到老汉也干不了活，挣不来粮食时再吃。

瓮是沂蒙农家的重要物件。往年穷人家没箱没柜，粮食、衣服和全部细软都放在一口大瓮里，免得老鼠咬坏。张兰梅家的柜子是土改时分的，带着大户人家物件镂空的花纹，里面却无物可装。另一件家具是半尺高的矮方桌，用来吃饭。

在沂蒙山区，即使是在县城餐馆里，今天仍旧坐着马扎，在这样的矮桌子上吃饭，有客人时妇女不能上桌。

张兰梅家的屋角还有一座小土灶，带着土砌的烟道，用来炒菜烧水，冬天取暖。这样的土灶已经是改良过的。在高庄镇拐棒村一户戴姓村民的屋里，地上摆着一个手捏的土坯炉子，半边露着进柴的口，后部留着两个烟道的小孔，像一个没有完工的玩具，却燃着火苗架着铁锅，煮着当天的晚饭渣豆腐，飘出粮食和干菜的香味。大山村八十七岁的老人柳启云的屋里，地上摆着同样的土炉子，架着用过的铁锅，炉口上搁着一包火柴。

没有劳力的张家，只有几只卖钱的山羊，这在红石村里是少见的。修了上山的毛路之后，以前通用的独轮车被毛驴取代，多数人家像申有周一样，除了养驴，另外有一条牛。牛耕地，驴驮运肥料、种子和庄稼，老了干不动活时再卖掉。没有牛的地方，有时候还要用人来拉犁，丈夫扶犁妻子拉纤，和以往推过于沉重的独轮车一样。

养驴子的村庄，只剩下山坡地多的红石峪村和邻近一个村。猪也消失了，家里的猪圈都空着，成为人的厕所。在诸葛镇的一处路旁，横卧着六七口石槽，是以前用来喂猪的食槽，被有心的城里人购去做鱼缸。

平坡地区驴子被摩托车和机动三轮车替代。在蒙阴县野店镇的果园区，几乎家家都有面包或三轮车，直接开到果园外。老式的木制独轮车只是偶尔一见。在道托乡的河滩路上，一辆拉地瓜的老式独轮车上装着六袋约一千斤地瓜。推车的人说如果拉石头，可以装到两千斤。这个重量，让人回想起陈毅的名言："淮海战役是人民用小车推出来的。"眼下更常见是改良的小铁车，中间不安隔板，拉得没有以前多，但也不需要祖辈那么大的臂力和技巧。

正午的红石峪村路口，还有一架碾盘在转动，两个妇女一人一边推着碌子在磨面，一手扫匀碾盘上的豆面。这是村子里最后一台在用着的碾盘，留有几辈人的碾痕。其他的都废弃了，磨眼里长出青草，碌子弃置在地上。

山顶风车巨大的翅翼，成了这里唯一常在转动之物。

崮　石头房子　老人

大崮前村像它的名字表示的，就在大崮脚下。

大崮根基宽广，顶上露出一圈石头顶子，看上去坚固无比。村庄里的石头房子看上去也很坚固，却大多失去了屋顶，剩下石墙支持着。以前人居的室内，眼下长满了青草。另有一些房屋关门闭户，门锁已生锈。村里的井水以前不够吃，现在却自在地溢出，发出幽幽声响。走进这里的第一刻，会以为这里已无人居住。

适应寂静之后，逐渐发现了村里隐匿的老人。八十四岁的刘成柱，生了六个儿女，其中有三个儿子，现在却只能一个人住着，陪伴她的是一条小狮子狗。自己做饭吃，还要提水，在过于寂静的晚上，她睡不着，患上了耳鸣。白天好容易看见个人，就赶紧迎上去，拉个呱，虽然她已经听不清别人在说什么。"村子里人少了，了不得了，混不成了。大人小孩都出去了，怎么混了。"她念叨说，“社会这个发达，我受不了，太冷清了。”看人走开，老年的泪水就出来了。

四十八岁的魏德志在坡地上挖地瓜，切地瓜干。媳妇刘照全在外打工，这两天回来帮收地瓜，活完了就走。“留在村里的，我丈夫就是最年轻的了。”魏德志的父亲魏茂顺单独住在村里，老伴死去多年，两父子时常在一起喝茶看个电视。“以前喜欢打个麻将下个棋，现在找不到人了。”魏茂顺说。村里原来有三百口人，从1980年代开始陆续往外搬，现在还剩下几十口人，大部分在外打工，搬走的有在外买房也有租房的，只是过年回来烧个纸，长年在村里呆的不到十个人了。村子并到了外面一些的大崮峪村，变成了一个组，以前准备修到村里的公路也撂下了。大崮峪村也只剩下了不到一半人，多数人都在外打工，在村里只遇见了一个放牛的老人。

读书声近年也在村子里消失。大山村的支书贺德雨，眼看着村子里的果园兴旺起来，却为村小被撤烦心不已。以前村里曾经有一所完全小学，2004年被撤并，以后经过一再争取，回来了学前班和一年级，今年又争取回来二年级，村里还想争取恢复完全小学，没有批下来。“有个小学，村里的人气会强很多。”

衰落的红石峪村，没有大山村这样的话语权，村里的小学撤了七八年，后来迁到北峪，前一年又迁往徐家庄中心小学，隔着十二里路，又不能包车上学，怕出事故。村里年轻人少，老人会骑摩托车的不多，只能背着领着送过去，下午又接回来，大人小孩都受罪。在山区的公路上，日暮时分不断看见骑摩托车接孩子回家的妇女，带着罩衣给孩子裹上。一位母亲带着小孩步行回家，大人和小孩都无精打采的。冬天来临之后，接送的路程会变得更艰难。

小学撤并之后，村庄的白天失去了孩子们的声音，有的大人进城陪读。村口的碾盘旁边，两个老年人倚着石墙晒太阳，看妇女推碾。这样的场景比起以往农闲时节全村老少在石墙下晒太阳拉呱，已是依稀残景了。村庄老了，剩下的人砌在石头里，停止繁衍，慢慢地这里又只剩下石头了。

春天里在碾盘旁边晒太阳的人，比现在多一个老太太，远道来的摄影师李元奇曾为其拍照。收到寄回的照片后第三天，老人却上吊了，似乎是了结了在世的最后一桩心事。老太太第一门婚姻在几十里外的马岱庄，生了两个女儿换的儿媳妇，老汉过世后却被儿媳妇赶出家门，改嫁到红石峪村，和一个有病的退休老工人同居，尽心侍候了十五六年，老头要吃几顿饭她做几顿，赶集给老头买好吃的。老工人近年的退休工资上涨，一年有几万块钱，在城里居住的儿子眼羡了，把老汉接走，只剩老太太住在村里，生活困难，就在今年夏天上吊了。老太太死后，亲生儿子把她的尸体拉走，葬在了马岱庄那边。老工人被接到城里后，照料不周，也成了植物人。

逝者的坟埋在村落附近，留着过年纸灰。火葬的政府规定已经全面推行，却没有完全取代入土为安的习俗。在这片并不缺乏木材的山地，骨灰盒依旧被殓进棺木入土，虽然石头被用来建了活人的房子，坟墓只是一堆砂土，坟前却也有不少人家立了石碑。

申士钦前些年当支书，处理过一件棘手的事务：村里一户人家私自把老人土葬了，公安和民政找上门来，要把死人从坟中刨出来烧掉。申士钦煞费苦心请来人吃饭，烧掉了几件旧衣服掩人耳目，总算把这件事对付过去。

村里没有年轻人，老年人成了主要劳动力。申士钦夫妇二人已经七十多岁，种了四亩地，收了三千斤玉米准备再种花生，养了一头驴一头牛，明年还打算养猪。五十一岁的朱祥云和丈夫种了十亩地，多数都是承包了出外打工家庭的责任田。岱崮镇七十二岁的老人麻白玉，去年老伴刚过世，儿子在外打工，自己住在一边自种自吃，儿子有时帮衬点。这天她正推着一辆小独轮车，把自己地里收的红薯拉回去。

即使在大山村这样富足的村子里，老人也是单独生活，自己照料自己。全家福的照片，都成了过去年代的纪念。

年轻人在村里留守是困难的。岱崮镇集市的电线杆上，新近贴着一张寻人启事，上面有一张年轻女人和孩子的合影，启事人在外地打工期间，妻子带着孩子从家中出走，带走了家里的三条被子和一个红色电饭煲。只有上了年纪的人，才能够像村口的老树，在长年的寂寞中安心等待。

村里人口稀少之后，留守的魏德志却对村史产生了兴致。大崮前村里人大多是魏姓，老辈子传说是魏忠贤的后代，魏忠贤的二儿子逃难到这里定居，另一支去了费县。前两年魏德志参加了沂蒙地区魏姓家族的修谱寻访活动，在这本微红色精装的家谱上，有一处提到了他的贡献。魏德志也因此搞清了村子建立的准确年份：1644 年，那一年魏忠贤上吊自杀。

麻将打不成之后，魏茂顺迷上了上山捡石头。他一人居住的堂屋里，中堂供桌上收拾得整整齐齐，摆着他捡来的各种石头，他从这些石头上能琢磨出眉眼来。其中一块石头上有三叶虫的化石，另一块则是珊瑚石，都是从大崮顶上捡来的。

据说，这片山区原是海洋，沂蒙七十二崮是露出水平面的礁石，沧海变为桑田之后，山坡的下部风化成为砂土，坚硬的礁石顶部却保留下来，成为崮顶。村庄和人或将消失，大崮却会依旧屹立下去。

王路是沂水县诸葛镇的一个小村，名字已经被淹没在跋山水库水底，但村民们仍旧回到了这里，在消失了一半的故土上栖居。以前王路因为地势平坦受人羡慕，眼下却比周围村落都要凋敝。五十一岁的边玉将睁着一双失明的眼睛，在街头晒太阳。他出生的年月，正赶上水库落成，步步上涨的洪水淹没村庄。

村民们按照政府安置，到了几十里外的许家湖公社，却发现土地没有许诺中那么多，被迫摇船穿过水库回来种地。一次遇上风灾，一船粮食沉没。水库蓄水之后，这边还余下一半的土地，经过这次事故，经受异乡不便之苦的村民们决定回来，其中还有到东北、四川投亲的移民。原有的村落已落在水平面之下，人们在沟坎下搭了地窝子居住，却被政府推倒了窝棚，强行撵回去。到了 1980 年，一百二十八名村民再次回到王路，建立村落。边玉将在凿石头盖房时双目失明，老婆带着孩子出走了。

移民回流不被政府承认，村民失去了户口，孩子们不能上学，村庄成了黑村。老文书黄元会找关系送了二十多个孩子到一个附近的学校借读，一个星期就被公社撵出了教室。土地也被公社授意周边村落抢走，以挤走回流的王路村民。黄元会领头上访二十多年，三年以前，村民们的户口才得以挂靠在附近的凤落院村，孩子们有了上学的地方，但村落名义并未恢复，村里没有村民小组和党支部，没有合法的村名，年轻人只能出门打工。村里没有独立的低保名额，边玉将今年没有评上低保，只能靠承包地出租的口粮维生。

黄元会多年上访，家徒四壁，屋顶用一根弯曲的树杈顶着，缀满蛛网。养了五只羊，卖掉做路费上济南、北京。多年上访无成，黄元会也失去了村民的支持。说到从迁徙到上访的几十年委屈，黄元会在黑暗的屋子里滴下泪来，“只希望在我活着的时候，看得到县政府承认我们是合法村庄。”

蒙阴县岱崮镇附近的一处山坡上，崮顶下的石头村庄已经阒无人迹。一些屋子失去了屋顶，剩下石头的墙壁。有几处石墙已经残损，院墙鼓出来，似乎马上会坍塌。石条清一色暗黄，砌得非常整齐，有一幢屋子粉刷过，看来是几年前刚翻修，却已经被抛弃，院墙坍塌，院内长满荒草，苫草的红瓦屋顶还严实，墙上残存旧日的学生奖状，地上却已冒出牵牛的藤蔓。村口旧日碾盘埋没于荒草，水井填塞干涸。收获过的果树上挂着的假人，是这个废村唯一的居民，看守着旧日家园。无人知道这个村子的人去了哪里，或许是迁入了繁华的集镇，却像一夜间经历了战难和逃亡。

独轮车与集市

集，沂蒙山区特有的名词，保留着热闹和兴旺的地方。

五天一集，每旬两天，各乡镇日期不同，或逢农历一、六，或逢二、七以致三、八，镇里乡里有大集，几个村庄聚集的地方，也会有小集。

在去红石峪村经过的郭庄，阴历逢三这天，一个小集正在开张，几个摊点散落在路边，唯一显眼的是堆在案子上的几把芹菜。近年芹菜量多价贱，正如同苹果桃子一样。这里卖的煎饼只有玉米的，张兰梅吃的蜀黍煎饼，是由老汉在更热闹的圈里乡集上买来，去时空手步行，两小时走上二十里路，回来买了东西才坐车，省下五块路费。这也是不少人的省钱办法。

山区的人们都有赶集的习惯，自家收了花生红豆，晾了几把旱烟，做上几双鞋，都会赶到集市上去卖，也买别人的，平时则足不出村。一些专门卖东西的人，家里并没有门面，货物都在一辆机动三轮车上，按照不同的日子，到附近几个乡镇去赶集，“天天有集赶”，一位卖果品的妇女靠着三轮车说。

一个来赶集的农民，家离镇子五里地，早上走路到集上转转，跟一个卖几双袜子的邻居闲聊，随手买上一两件东西，喝一壶茶摊的茶，到了中午再走回去。有两个卖核桃的农民，从各自山沟里出来，把架着大筐子的摩托车停下，摊开象棋盘摆开马扎对战起来，从上午一直下到集市收摊，全不顾及果品摊无人问津，眼前难得的这一盘棋，才是赶集的真正目的。

十几年以前，集上卖的主要是粮食和种子，还有一些日用的东西及年货。眼下的集却很不一样了。逢七这天是岱崮镇的大集，正街不能堵塞交通，隔河的一条街和附近的树林里，簇拥着来自四乡的人群，似乎集纳了一河两岸剩下的所有人气。

集上的商品无所不包，从花卉奇石到药材种籽，计算器小五金到降氟炉，男女服装占了靠后的两排，外套脖子上都安了帅哥美女塑料板，带着不变的笑容，像是戏场子上最后一排看客，甘当整个集市的背景。树林里的主阵地则是各样的食品和蔬果。有的只是一点点东西，却也郑重其事地叫卖。一个老人住在离镇子十里的地方，早上起来带一捆自家种的旱烟上集，平时则安分在家干农活。“今年不行，卖不起价。”他叹息说。卖旱烟的摊子摆在集市通向街道的路口，打开的旱烟卷子铺在油布上，赶集的人首先闻到一股浓郁经久的气息。穿梭的人群总是要在集上走上几个来回，不急着选货，有人在煎饼摊子上坐下来，吃一碗馄饨，卷上两个煎饼，似乎是进了一次饭店。煎饼摊子有各种颜色的，其中有张兰梅要吃的那种微褐色的蜀黍煎饼。

临河老街是五金的地盘，似乎这里阳光好，金属货品更容易显出光泽。屏幕按键亮晶晶的计算器，和一些瓷碗错落摆在一起。降氟炉和附属的合金烟管道，是最显眼的阵容，铺到了路当中来。街头上卖太阳能热水器的商家，更是用嘎斯车拉来了整体浴室的模型，宣扬着老年人冬天也能洗澡的优点。

闪闪发光的五金摊点对面，却是一排鞋摊，老年人坐在马扎上，背后晒着秋天的太阳，面前摆着补鞋机，手上做着鞋，脚下铺开了成品布鞋，边做边卖边修，布鞋价格一律十元。一位七十四岁的老人，做了四十年鞋，也在集上卖了四十年，眼下已经串不动太远的集，由儿子接班。这样的鞋摊子，一般还兼卖摩托车拴东西用的胶皮带子，和用旧轮胎皮子做成的盆，用来装食水喂羊，摔不破咬不烂。

羊市在集市尽头的一片树林里，三只山羊拴在树上，被三十来个人围着，真正交易的只有几个人，却像是和所有人有关。一些人蹲在石坎上抽烟，偶尔在羊背上按两把，掰开羊嘴看一看牙口，又一言不发地继续吞吐旱烟。其中一只羊已经成交，买主和卖主却未离开，而是加入了围观人群，看下一只羊的行情。

看看集市过午，买卖双方僵持不下，众人着急起来，一个三十岁上下的男人说这里我说了算，你们一人再让二十块钱，把羊买卖成了！买羊的男人就此把十几张红票子掏出来，往卖羊的人身上硬塞，卖羊的也似乎无奈开始数钱，仿佛没有众人的强行参与，这桩交易永远也不会成功，和保证价格公平，这才显出了众人在场的必要。买卖完毕，羊的新旧主人眼下变成了众人中的一分子，全体注意力转向最后一只尚未卖出的羊。直到这只羊在众人的共同干预下成交，所有人像完成了一件共同的大事，和牵羊的新主人一起离去，旱烟味和咩咩的叫声一起消散，小树林里只剩下淡淡的落叶气味。

其中一只羊的买主，把羊装在摩托车后座架设的连体大筐一边，另一边放上等量的货物，载回家去。这样自行改装的摩托车在集市上很常见，两边的筐斗深得吓人，思路正是独轮车的翻版，赶集的半径却拉长了许多。

集市上庞大的老式独轮车少了，半边装柴草货物半边推着老伴或小孩的情形难以再现。但一个老汉推着的独轮小铁车上，仍旧在塑料果品箱里装上了自己的孙子，大约到了地方会卸下孩子，装上货品。在沂水县郭庄小集的道路上，一个农妇小铁车上的筐子里装的是几只兔子。小铁车不需要推独轮车的强大手劲，然而它一个轮子的特性仍旧保留着，在沂蒙平缓的丘陵山地，“人去哪，车也能去哪”。在一处崮顶下的村口，推着小铁车赶集归去的男人，车上放着一箱货，为避让女人们下到了沟里，对于从垄沟里也能推车到家，完全没有怀疑。

时近正午，人群略为稀疏，秋风吹过，杨树叶纷纷落下，有些飘进了炸油条的油锅里，摊主一边捞出金黄色的油条，一边也赶忙捞出树叶来。附近卖茶的炉摊，开始退煤熄火。卖茶的老两口，已经在集市上摆摊三十来年，最初的茶炉是鼓肚子的土坯炉子架上生铁大茶壶，烧柴火，拿吹火筒吹火，桌上准备一溜铁茶壶粗瓷茶碗，日久看不出颜色，同样看不出颜色的木头钱箱也摆在地上，标着“日进斗金”，接纳的却是分币和毛票。

后来添上了鼓风机，再后来改装升级，变成眼下的新式金属茶炉。桌上也不再准备以前那样多的茶壶茶碗，换上一套白瓷茶具，更多的人是自带太空杯赶集，到茶炉上接一瓶慢慢喝，大杯子一块，小杯五毛。也有两个老年人在茶摊上坐着喝，一个老人带着的小孙子，临时借给老板娘搂在怀里，找找抱孙子的感觉。一个集日或者半辈子，就这么慢慢过去。

小河桥头上，立着一块“坡里革命旧址”的碑，记载1939年6月，徐向前、朱瑞率领的八路军第一纵队和山东纵队在这里会师，指挥抗战。纪念碑后身的河堤，刷着“济南名医包治肛裂肛瘘”的大幅广告，对岸赶集的人群川流不息。似乎比起暂时的战争，只有市声和桥下的流水一样久远。

战争　革命　选举

八十七岁的柳启云是大山村里最老的共产党员，多年中却背着“叛徒家属”的身份。

1942年，从新泰出嫁到大山村的柳启云参加了八路军举办的“识字班”，听说入党是“进步”，因为不甘落后入了党，躲在屋后大石头底下填表。入党后时常要晚上出门，在野地里开会，丈夫问起又不敢说，挨了不少打。后来按支部安排，把丈夫也发展成了党员。

到了内战时候，国民党的军队打来了，党员跟着部队转移，丈夫身体有病走不了，乡下要求他必须转移，走到一个山上，丈夫又回家拿一双鞋底子。结果来了一个手枪上挂红绸子的人，把他带走活埋了。

处死柳启云丈夫的人，至今是个谜团。柳启云说是地主还乡团，和丈夫在土改中结下了仇。村中人另外的说法，则是她的丈夫不肯转移，党组织认为他留下来是要勾结国民党，因此把他处决了。建国之后，柳启云一直没有“烈属”名份。到了“文革”时候，丈夫“叛变”的事被人翻出来，柳启云挨了批斗，挂牌戴高帽游街。连番的冤屈让她想到了上吊求死，被女儿硬把绳子解了下来。女儿说："过去了就好了。"

"文革"之后，柳启云的丈夫由于没有正式打成过叛徒，因此也谈不上平反。以后她找到了县委，得到了老党员生活补助，从最初的一月十块，涨到了现在的五百块，但心里的委屈并未完全消除。近年的不平感来自省上的"沂蒙六姐妹"支前事迹宣传，柳启云认识六姐妹中的一个，她常对女儿贺传英说：

"我那时候干得比她们要多，为什么没人说了？"

柳启云回忆，当时夫妻都入了党，家里自己只吃一顿煎饼，晚上喝稀的，省下了粮食给部队吃。支前的时候，她当着村里的妇女主任，组织大家做棉衣棉裤、用麻线纳鞋底、摊煎饼，夜以继日，六姐妹干的活，她一人也能干了。

解放以后，柳启云没有再成家，自己带大一双儿女，还当过两次省劳模，上济南开过会。那时家里穷，劳模证和衣物一起装在一个大瓮里，贺传英翻出来玩，被人拿走了。柳启云的家里，只剩下一个蒙阴县组织部发的"老党员优待证"。

眼下居住的老屋里，唯一显眼的一套茶具，是前些年县上慰问送的，茶杯的把手已经断了。回忆起一生的遭遇，柳启云的脸紧皱起来，微闭的眼睛里，流出两滴眼泪。

当年的那场战争，在村民们的回忆里，起初是闹土匪，《蒙阴县志》记载的数千人大股土匪，有十多起之多。一次土匪攻破了大山村崮顶上的围子，打死了六个人。沂蒙山区土匪整整闹了十年，各县县志上皆有记载，各处崮顶上多有石头砌的围子，人们日常的生活都在围子里。离岱崮镇最近的一个崮顶上，寨门已经塌陷，石头屋子还保留得好好的，一块平展的大石上，刻出了一副石头棋盘，标示“当兵不犯寨之时，二人对弈，旁人观之，实有神仙之趣”。当初想必这里首当其冲，眼下虽开发为旅游区，却是荒草离离，游人罕至。

日本人来的时候，申士钦的叔叔和三个同伴一块参军，两人死在外头，其中一个是张兰梅的公公，评上烈士之后，家里要求垒了个空坟，用棺材装上几件旧衣服下葬了。叔叔在兖州战役中牺牲，烈士陵园里有他的名字，可是他参军早，没有后人领补助。

抗战时大山子是日本人、国军 51 军和八路军防区的交界处，51 军抗日死的人最多，一次扫荡时司令于学忠到八路军防区躲避。八路军死得也不少，在通向大山村的一处水塘边就打了一次恶仗，八路军寡不敌众，人泡得遍塘都是。大崮前村背后不远是歪头崮，魏茂顺七岁的时候，躲在山上眼见一个连的八路军被日本人围到崮上，手榴弹和机枪的声音震荡了山谷，飞机投瓦斯弹迷住了八路军的眼睛，日本人得以攻上去，八路全军覆没，只剩一个卫生员从死人堆里逃出，村民们将这八十一具遗体安葬在了诸葛镇的张耿村。这是八路军战史上的一次恶战，小时候的魏茂顺并不觉得恐惧，现在想起来，却觉得后怕。

王庄乡拐棒峪抗战时毗邻山东省委驻地，朱英传当年家穷出嫁迟，也是村里“识字班”和支前纳鞋底的一员。眼下八十三岁的朱英传独居在村头，屋子里没有点电灯，半边堆着黑乎乎的柴草，床头和冷灶连在一起。平时一个高桩馒头吃两天，自己拿茶壶提水，靠着一年六百块老年补助金生活。朱英传的丈夫在解放战争中被动员入伍，当了九年的兵，参加了抗美援朝。“在战场上，整天趴在雪地上，一天一碗饭也吃不上，水没得喝，回来落了一身的病。”二十三年以前老伴去世，待遇也没了。床头箱子里还保存着一张复员证。对于朱英传来说，这张发黄的纸片失去了意义，“还不如人家死了的，待遇好。”

在朱英传床脚下，摆着一包“军嫂”洗衣粉，“是上半年选举发下来的，我洗衣服少，还没用完”。2012 年 4 月拐棒村进行了村委换届选举，一千四百多人的村子，年轻人都出去打工，投票的有八十来人，都是老年人。镇里为了发动人投票，蒸了两锅馒头摆在老银杏树下，招引带小孩的婆姨。登记参加投票，就发一包洗衣粉。朱英传年轻时在识字班里学的几个字，早丢在脑后了，只是请人登记了名字，领了洗衣粉，把选票交给别人，任他们填谁。

以前村里逢年过节，朱英传还能领到点东西，新村委上任以来一直没有动静。选举给朱英传带来的，只有这包军嫂洗衣粉。

庙会　火神　圣母

七十岁的王秀英喜欢赶庙会。

红石峪村后太平山的顶上有一座老母庙，每年三月三和九月九办庙会。老母庙地处一个石头围子当中，平时只是一间石头屋子，里面有两尊神像。屋前空地长满荒草，只有附近养鸡场的鸡偶尔来刨啄。九月九日这天，荒草被烧掉，石头垒的香炉里香火旺盛，地上铺上各人带的红布，摆上了颜色鲜艳的果品点心茶水，供品和人群分为几层，按照年龄大小，由近及远地下跪叩拜，一直延伸到远处的石头围子，最远处是风车的背景。王秀英愿意提着供品篮子，走一个小时山路上去，给老母献上香火。由于供的是女像，赶庙会的基本都是女人。祭献之后，人们在石围子中间坐下来，围成一个圈拉呱，看当中的人抖开红绸子扭秧歌。

秧歌是八路军时候传下来的，为了扭秧歌，村里的姑娘媳妇才放了脚。王秀英从小喜欢跳大秧歌，十六岁演节目，修沙沟水库时，在工地上表演了三年节目。

四月八日，王秀英还去临朐县的沂山赶了东镇庙会，庙里供的是沂山山神，当年显灵帮助宋朝天子赵匡胤打败了对手。这天又是西天佛祖的生日，神佛就合在一块了，又逢大集，各种好吃的好玩的应有尽有，自己有好东西也能提着卖。王秀英提上一篮子供品，穿上节日服装，扎起红绳，到会上烧高香念佛号，看人唱歌跳舞踩高跷，敲锣打鼓撑着红罗伞盖，抬上供品游行送神，老人小孩脖子上都扎着求平安的红领巾，王秀英自己也表演了扭大秧歌。那里的庙修得好，神像最近重塑了金身，人山人海的。去年的庙会，诸葛镇大峪村的京剧团也去了。

大峪村的京剧团是最近几年出名的，行头却是清末留下，日本鬼子来了逃难，村民分头藏到庄稼地里，“文革”当中别的村里戏箱子都没收了，大峪村的又被人藏起来。“玩儿比命根子还厉害呀。”京剧团团长张结高说。

大峪村的演出主要是正月初五送火神上天。这天全村不生火，一早上，表演节目的人群在村委会外集中，这时村里打工的人都还在家过年，人手角色齐全。上妆之后先向火神供献祭拜，而后列队出行，穿过全村一路表演节目。演古戏的人站在高跷上，唐僧师徒西游，猪八戒背媳妇，全是男人，比扭秧歌的妇女高出一截。其他则是舞狮子和表演骑驴骑马，推元宝车的人，还有时新百戏，能想到的都演出来。演员总有上百人，从七十岁的公公，到十二三岁的孙子，轮着来，男女老少人人参与。看戏的人里三层外三层，一直爬到墙头上。演戏队几乎家家走到，每到一处停下，讨个打赏，就当街开演，这时似乎又与送火神全无关联，只是图个玩儿了。“就是平时不在家，趁过年热闹一下，有个气氛，也给大家找个事干，免得聚赌生事。”村支书刘汉顺说。最近几年，村里人的热闹传出了名声，每到演出，江苏河北的一些网友也慕名前来，长枪短炮对准自娱自乐的村民们。

到了村口的树林空地里，演出达到了高潮，高跷队绕圈疾走，唐僧骑到了狮子背上，此后是摆好了供桌，文武两班“大臣”跪拜，恭送火神爷爷上天，一年村中兴旺平安，风调雨顺。

今年夏天，这一带遭遇了记忆中最厉害的风灾，申有周的地里，收割后的玉米茬子全是倾斜的。玉米在六月份的台风中被全部碾平，又在此后弯曲着爬起来，结下了比往年小的棒子。坡下的速生杨树林则无此幸运，一片片地躺倒折断。村民来不及折价出卖，村中道路也被堵住。整个沂水县，躺倒着一片片这样的树木。大峪村年初送走火神的树林中，台风也掏出了一块空地，会是来年祈拜的一个重头。

这时的火神爷爷已经不只是管火，却是无所不管的大神了，就像火对于农家，并不只是烧饭取暖那么简单。跪拜之后，独轮车推来的元宝被当场焚化，火光冲天，火神爷爷也就随着这一阵火光上天，为村里人祈福去了。

起先送火神的节目是演京剧。张结高的爷爷和三爷会演京剧，自己从小学戏，唱的是花腔，扮武将，拿手的是《辕门斩子》和《蝴蝶碑》。到了“文革”，也唱过样板戏。“文革”之后演出队再开张，张结高演过小戏《四个老汉开荒》，后来当了京剧团长，京剧却很少唱了，因为不好玩，没人爱看，角色又难。小戏就容易得多，各样人都能参与。七十二岁的张继水是村里的京剧台柱子，唱小生，最得意的角色是《穆柯寨》里的杨宗保，扎上装束一身银白，一亮相开声，引来全村女孩子注目。那时候演戏的都是男的，女人不能参与。自从不唱京剧了，张继水就再没开过声。眼下的收秋季节，老哥俩在地里挖地瓜，坐在装地瓜的独轮车把上晒太阳，微风吹动灰白的须发，一句戏也不知从哪里开腔了。

大致与沂山庙会同时，对于道托乡或者夏蔚镇的天主教徒来说，也是圣母升天的隆重节日。在道托乡牛心官庄的山顶上，十一年前建造的圣母堂的尖顶，是方圆百里地平线内外最显眼的标志，在节日和礼拜天，信徒们手捧十字架，打着圣旗，抬着圣母和耶稣像，从山下一步步叩跪祈祷到山顶，模仿耶稣受难的路途。最近的两年圣母升天节，场面盛大，四面八方的基督徒前来礼拜，远至青岛、江苏。夏蔚镇的天主教活动场面，也极为盛大，政府出动众多保安维持秩序。广场上一边是耸立枪支的支前纪念碑，另一边则是耶稣的十字架，圣旗取代了红旗，人们对着更永恒的旗帜敬拜。

教区神父驻在临沂，时常会来巡视讲道，日常的讲道由长老主持，平日在泥土中劳作的农民们，此时在拱顶、彩绘玻璃窗和圣母、耶稣的画像之下，聆听天国的道理，并为日常的过失隔着一块半透明的木板忏悔。听取忏悔的神甫也是乡下装束和口音。

堂外幸存的石碑则说明，这座教堂始于1901年，是前来沂水传教的德国神父建造，村民们叫他黑神父。从那时起牛心官庄全体村民皈依了天主教，至今通常的家庭已经传到六七代，附近的村庄里也有很多天主教徒。看守教堂的侯立进今年七十七岁，出生时受洗，祖上五辈奉教。他每天早晚都会打开教堂大门，在圣母的画像和耶稣的苦像前跪下，用乡音祷告。

在匪祸和战乱中，圣母堂数次被毁。建国后，教堂的神职人员成了间谍，外国人受驱逐，本地人被关，教堂在大跃进的热潮中拆除。“文革”之后，教堂再次建造起来，直到2001年，远近村落的教友们出工出料，用了六十万建起这座堂皇的教堂，教外人难以置信。

侯向强当时也捐了钱，放下生意义务干了两天活。他是第六辈的基督徒，在牛心官庄长大，以后出门打工做生意，最远到过大连，现在县城开印刷公司，对于自己的基督徒身份，他特别在意，认为有信仰可以使他在做生意中坚持底线，“不会坑人害人，危害社会”。侯向强的三姐是修女，今年四十七岁了，在南京教区隐修，不久就要发终身侍奉誓愿。

教友们的婚丧嫁娶，都采用了天主教仪式，死后葬在圣母山坡上的信徒墓地。这片墓地也是整个临沂教区的圣职人员墓地，松林之中，掩映着二十二位修女，和几位外国主教、神父的墓碑。

但教堂的创始人黑神父，没有在此长眠的幸运。在 1942 年的战乱中，八路军地方部队派民兵押送黑神父去乡政府，讯问身份。黑神父已经摘了眼镜脱鞋上床，被来人押走，路上没了眼镜走不快，就被民兵枪杀了，尸体下落不明。打死黑神父的民兵，在村民的记忆中讹成了“还乡团”，据说后代全都疯癫或横死了。

战乱和革命都渐行渐远，在这片坚固又风化流失的土地上，只有神灵的气息经久不灭。大山村的果园之旁立着关帝的祠庙，贴着大红“囍”字。高庄镇傍晚昏暗的道路上，有人燃纸焚香，向道路神献祭还愿。每年正月初一，跑运输开车的人家，把大小车辆停在公路上，焚香献供，人群俯伏跪拜，祈求一年的行路平安。

圣母山下的村庄里，有一座在黑神父旧居地基上建起的耶稣堂，是日常做礼拜的地方。暮色四合的时候，教堂钟声敲响，正在干活或行路的人们低首祈祷，村落笼罩在一片安谧虔诚的气氛中。但在农家的墙上，也刷着“打击无序上访”和“出外打工勿忘计生”的大幅标语。

久远清冷的崮，为一场微雪抚慰。时晓华摄

在地雷上寻找家园

罗应贵和卸下了木墩的一位越南母亲罗廷熊坐在窝棚里，用苗语慢慢地聊着天，也不急于交易。他们同姓同辈分，是认交的干姊妹。跟随母亲前来的女儿，羞涩地回避去了附近村长王和熊的窝棚里。王和熊的窝棚也是一处交易地点，几个越南人卸下了檑木之后在窝棚里吃着饭。

这些檑木，是越南人从深山里用电锯盗伐，躲过本国边检站背负而来。如被抓住，一次要罚款人民币两千元。中方边检站也严查走私，王和熊昨天被罚了款，这些越南人今天有些姗姗来迟。

两人慢慢地聊着天，似乎都不注意离灶台不远的石坎上，两个像灰扑扑的酱醋瓶立着的东西。

“这是60迫击炮弹。”罗应贵事后说。炮弹引信拆掉了，火药还在。

如果这间窝棚失火，槢木垛子燃烧起来，最终这些沉睡的炮弹也将被唤醒。

窝棚脚下坡地的石头上，远近或立或搁着另外几发炮弹。这里以前是撤军时丢弃炮弹的地方，罗应贵像是拔萝卜那样把它们拾起来，等待政府不定期地前来回收。上一次回收已过去两年。通往村子的小路边，罗应贵挖了一个“地窖”。拨开浓密的腐草和浮土，卧着两百多枚迫击炮弹，它们失去了钢铁的怵目颜色，像是越冬的萝卜。但其实它们只是在冬眠，死亡在弹壳下保存得好好的。

“肉麻吧。”罗应贵说。

更让人肉麻的，是小路上下的地雷，有草丛的保护色，像嗅觉灵敏的小动物，时刻等候人的脚步。穿过界碑的小路，是两边走亲戚贩菜板的人在雷区硬趟出来的。

到罗应贵窝棚里来卖菜板的罗廷熊，有六个儿子，一个在三岁时被炮弹贯通前胸死去。在她住的一百多户人的村子里，被炮弹炸死的有五个人，地雷炸伤的也有五个。

小路通向的八里河村，是云南文山壮族苗族自治州麻栗坡县天保村民委员会的一个边境村落，村子头顶是1978年开始的对越自卫反击战主战场东山，和著名的老山主峰隔河相对。

战争结束已经二十四年，村里一户人家的屋前，标有型号的弹药箱里长出了葱绿的蒜苗。但更常见的情形是，一个完好的上身连着假肢。

在邻近的马鞍山寨杨成方全家福照片上，七个人中有三条假腿，两只残脚掌，一只失明的眼睛和一双被震聋的耳朵。

沿中越一千多公里国境线伸延的这些村落，被称作地雷村。战争双方撤退之后，地雷成了最终的占领者。根据资料，三次政府组织的扫雷行动，大约只除掉了当初埋设的一半，仅麻栗坡县就尚有五十万颗地雷。回到村庄的农民像陷入包围的士兵，用锄头和身体打着另一场战争，重建家园。到处是带有骷髅标志的禁区牌子，像昨天刚刚树立。

9 月 7 日是收谷子的天气，正午繁忙的村庄一片寂静，所有的伤残或者健康人都离开了屋子。稻田里分不清打谷子和割谷子的腿脚中，哪些是假肢，哪些是真的。休息时人们撩起裤管，才显示出上下身的差别，让人把眼前这个和平的小村庄和外界说的“地雷村”关联起来。

国产的塑胶假肢，在人体上显得刺目，似乎一个人的生存，被强行嫁接了虚假的一部分。但又似乎比其余的一切更真实，就像地雷村成了这里天生的名字。

在这名字之下，执着生活或者无声死去、消沉或励志的故事都同样过剩。勇敢和胆怯一样自然，像地雷炸响之时的疼痛和麻木，在一个人体上同时发生着。

2003 年，摄影师卢广第一次来到八里河村，这个 208 人的村落有 100 余人被地雷炸伤，炸死 11 人，三级残废以上 46 人。邻近的马鞍山寨共 169 人，28 人被炸伤残。伤残数字逐年都在变动，部分伤口感染者死去，每年又有新的触雷者，2011 年马鞍山寨和八里河各增加了一名肢残者。八里河村现存 9 人失去腿脚，马鞍山寨有 4 人截肢，2 人眼睛失明，近年来已有 3 位肢残者死去。

根据 2004 年民政部门的一份材料，整个麻栗坡县因战造成伤残死亡人员 1 676 人，其中残废 251 人（肢残 224 人）、死亡 554 人。伤残亡年龄最小的五岁，最大的八十一岁。

塑胶雷的报废期是一百二十年，边境线上未排除的地雷约有一百万颗。这意味着地雷村的故事虽然已被讲述了很多遍，却只是刚刚开头。

雷区垦荒人

荒地上，王开学手持一个长柄带圆盘的器械，佝腰将圆盘探向地面，左右扫描着，圆盘像一只蜜蜂嗡嗡地响起来。每一下脚步都需要极度小心，踩在看不见的安全路线上，如同走钢丝的人，即使一小步偏离也会以死亡告终。

王开学分辨着声音大小，反复确定了位置，勾下腰，拿锄头小心地从两旁刨松泥土，一个淡绿色的小圆盒子露出来。用最轻的动作拿起地雷，托在手里，用铁丝慢慢地下掉螺栓，启开盖子，将起爆的雷管卸去。看起来是在拆卸一件玩具，每个动作却必须绝对轻巧，一旦碰上壳内的撞针，爆炸会瞬间发生。

这样危险的“玩具”，在王开学已开垦出来的咖啡地上，有一千枚以上，最密处五十平方米的面积上，有大约两百枚地雷。看起来当初人们是撒种一样随意倾倒在这里，深的有二十厘米，浅的则半露在地面。用曾经学习过布雷课程的农民的话来说，“和栽萝卜一样”。把栽进去的“萝卜”取出来，却成了完全不同的一回事。

排掉炸药的地雷外壳装了两背篓，王开学放火烧了。其余的和未去掉炸药的起爆器一起，堆放在地当中的岩石上。塑胶外壳有些腐烂了，起爆器却光亮如新。

在尚未排过雷的坡地上，可以看到雨水冲出来的淡绿色压发式地雷，裸露或半掩在泥土里，中间点缀着形如菠萝的铁灰色绊发雷，个头要大出很多，“有弹片，一次能报销好多个人”。村里的王清忠曾经在竹林里碰上这样的地雷，被炸成了三截。相比之下，压发雷形态小巧，看起来像是没有伤害，但只需遇到两公斤压力，包含在起爆器中的几克 TNT 炸药，就会使一个士兵失去战斗力。这正是它设计的目的，而在战后，则是使一个农民失去腿脚，或者损伤眼睛。

战争之前，这片山坡是八里河村的集体土地，战时处于我方炮兵阵地外围，除了留出一条通道，其余密密麻麻布下了地雷。战后这里成为禁区，政府对村里进行了土地补偿。

七年以前，王开学第一个开始触碰这片“死地”，打算开辟种植园。那之前王开学在广东打工修高速路。他眼下探雷的工具，正是施工常用的一种金属探测器，原用于路面下的地下管道探测。这种工具触发了王开学的灵感。战后村里土地减少，身体大体健全的人都出了门。但打工日久，一种强烈的无根的感觉驱使王开学回来，开辟出这片田园。

排掉一千多颗雷的过程中，王开学从来没有出事受伤。他说，自己没有上过地雷课程，是自己学的，但“这里农民排雷的水平比国家组织的排雷部队高。他们来时无非是丢炸药，其实只炸掉不到一半的雷。谁也不会像我们这样一颗一颗地排”。

富宁县田蓬镇庙坝村中河组的组长涂首华，没有王开学的幸运。四十八岁的他装着一条有海绵外表的假肢，这是他作为民兵排雷被炸的特殊待遇。

从 1982 年到 1989 年，战争还在进行，越南人经常越界布雷，他和别的民兵承担了排雷任务，“发现了就排”。在学校里学过排雷课程的涂首华，排过的雷有绊发雷、压发雷、提发雷、定向雷和反坦克雷，共有四百多颗。夺走涂首华右腿的是一枚最普通的压发雷。

那天涂首华已经排了七颗雷，正在探测附近有无残余的时候，地雷响了。涂首华的脚掌炸飞了，他用一只脚跳着，自己走出了雷区，才让别人送到医院，昏迷了六天六夜。装上假肢之后，涂首华继续排雷，别人在山坡地里发现了敌人布的雷，会叫涂首华拄上拐杖去排。其中一块地，中越两边农民争种，中方派驻一个边防排夺过来，保护边民耕种，涂首华去看时发现地里有雷，当场排掉了。

王开学身上也带着两处地雷的赠礼。

一次是在十四岁。在山洞里躲炮弹的王开学，因为饥饿，和大他六岁的堂叔王和光一起出去采野果子吃。叔叔走在前面，踩上一颗地雷，在王开学面前飞了起来，飞了一米高掉下来，腿成了刷把形状。王开学蹲下去，浑身发抖。过了几分钟，叔叔喊他去叫人，王开学醒过来，摸索藤条给叔叔捆扎膝管，把叔叔背回寨子的部队卫生所。

路上流了满身血，王开学为叔叔感到恐惧。放下叔叔，王开学感到自己大腿疼痛，才发现有些血是从自己大腿上流出来的。地雷的碎片在腿上穿了一个洞。

第二次是在1992年，老鼠吃包谷，王开学去割地边草，镰刀尖碰上了地雷，弹片飞进王开学的面额，在医院躺了十多天，取出来三片。

这两次受创的深度，比不上十岁时父亲去世。

那是战争之初，王开学的父亲担任民兵，上东山巡逻踩响了地雷。“是木壳雷，装有四百克TNT。”对于一个人的性命来说，这样的药量威力太大了。父亲被抬回来，两腿消失了，比平时短了一大截。衣服纽扣全脱了，上身开膛，王开学看到了父亲的肝。那是他唯一一次见到一个人的内脏。

父亲的脸和两只手却好好的，没有损坏，给王开学留下了永远的印象。

那天另外一件不会忘记的事情是，他就此告别了上学。那天的语文课上到第四册，他一直记得课文是《小蝌蚪找妈妈》。

妈妈很快改嫁了，带走了最小的妹妹，王开学成了家里的大人，带着三个弟妹跟爷爷生活。

叔叔被炸伤那次，王开学眼前补上了不在场时父亲挨炸的情景。恐怖感使他脑子一片空白。

王开学自己做父亲第六年，小儿子在院坝里玩一颗机枪子弹。

就在王开学让他放下的时候，子弹爆炸了，一块弹片嵌进了眼珠，孩子自己拔了出来。送到麻栗坡医院，遇到一个上海来的红十字会医生，缝了十四针，保住了眼球不萎缩，但左眼完全失明了。

眼下小儿子念完了中学，在福建打工，不想回到这个到处是地雷的家乡来，并且在电话中劝他不要在雷区种地。“你不怕，我们的心却整天悬着。”

“怕还是怕，习惯了不觉得，土地不能浪费”，王开学说。他已经与人合资开辟了五十亩坡地，种上了咖啡苗，还准备扩大一倍，面积要达到一百亩。和那些插着骷髅标志的“说不清楚”的地方相比，这里是八里河人生存的真正边界，好似当初苗寨的祖先从四川迁徙而来，刀耕火种开辟生存地盘，“胆小的人，来不了这里”。

村里唯一被炸过三次的人王清明，提起排雷种田说：“那个地方，谁都想去，但那是用生命在开玩笑。即使我再贫穷，也不会打那里的主意，也不羡慕。”

王开学种的咖啡苗，是政府扶持项目，免费提供树苗，还补贴修水池。前两年种的是生姜，今年生姜的价格暴跌，从三块多降到一块，种生姜的村民全都亏了本。今年王开学准备把生姜全都拔出来，换成咖啡苗。有些咖啡苗已经开始挂果。

和王开学相比，不肯冒险的王清明处境更为惨淡。去年，一直相依为命的父亲和王开学分了家，老人容不下他新娶的越南老婆带来两个孩子，一共三张吃饭的嘴。越南老婆是黑户，不能享受低保待遇，孩子也上不了户口，两人的跨国婚姻没有名分。王清明的前一个老婆就是越南人，前几年跑了，扔下一个没有户口的七岁女儿。王清明这几年搞的种植又都完全失败了，欠了一身债。

最初是办猪场，租地五十亩雇人种植玉米做饲料。猪没养起来，地种了一年就退掉了。前年在坡地上种楠木，楠木的生长期慢，成材要二十年，欠下了几万块工资。去年种生姜赚了些，今年种了二十亩，请五个人薅草，每人一天四十块。雨水多，生姜都烂在地里，“我都不愿去看”，王清明说。明年他准备学别人换成种咖啡苗。

但咖啡在这里是个新物种，并不保险。去年冬天的一场冻雨，让王和熊的二十亩咖啡苗全部冻死，亏了三万块，也让王开学的咖啡推迟了挂果。“如果再冻死，就只有改行了。”欠了一万多块钱账的王开学说。

已经排完地雷的几十亩坡地上，种着玉米、生姜、咖啡树。窝棚附近养了上百只鸡。鸡踩了地雷不会爆炸，但吃了地雷里倒出来的炸药，会在五分钟之内死亡，这也是炮弹和地雷里的炸药必须烧掉的原因。喷洒了杀草剂的山坡，则准备在排雷后种植花梨木。等到孩子们将来回家的时候，花梨木就成材了，这片从雷区中开辟出来的田园将留给他们，“这是我当父亲的一个想法”。

但在电话中，儿子们直率地表示反对。即使失去了眼睛，小儿子仍然愿意待在外面。实际上王开学自己也想，“要是我是个女的，早走了”。地雷村的姑娘都不愿就近出嫁，很多人只能娶越南媳妇。

他只能用“邻居”王和熊说的话来安慰自己，“树高千丈，叶落归根。早晚会回来吧”。

王和熊是这片禁区的第二个开拓者。前年以来，他开了二十亩地种生姜，今年开始种咖啡。在五亩左右的新辟荒地里，他排掉了一百多颗地雷，但没有王开学那样的手艺，“不敢拆，都扔到下边去了”。下一步王和熊还打算开五十亩咖啡地，他的窝棚屋梁上搁着一个和王开学一样的探雷器。

他一直记得，十年战争期间没有地种，天上飞着炮弹，全村人靠吃部队的剩饭生活。当兵的不吃的猪皮、猪脑，村民拿回来炸了吃。营房食堂的剩饭，倒进了泔水桶，村民抬回来吃，觉得是美味，当时村民们吃不上大米，最好的是面面饭。更诱人的是战士们发的鸡腿和午餐肉罐头，有的吃了一半丢掉，也成为孩子们的美味。

战争结束，地里满是铁片，村民们只能拣炮弹和弹片当废铁卖。许多村民被地雷炸伤是由于上山拣铁，或是烧炮弹被炸，对政府只能说是上山砍柴看牛，不然拿不到伤残补助。

王和熊的姐夫和二嫂，都被地雷炸断了腿脚。作为组长和腿脚齐全的幸运者，来这片雷区似乎是一项义务。干活时，他和王开学一样只是自己去，等到地里彻底安全，才会让老婆孩子涉足。

生姜折本，咖啡又遭灾，王和熊的希望不能全部寄托在垦荒上。他与罗应贵一样兼营与越南人的菜板交易，为此刚刚遭到了边防站的罚款。

战争之前，边民自由来往，很多人是在新中国成立之初的1953年或者开战前一两年搬回来的，在越南那边留下很多亲戚。开战之后，两边关系隔绝，亲戚也断了来往。战后两边人又开始走动，发展水平却拉开了差距。近年来，中国边民的伤残补助逐步提高，单腿残疾的补助从一年四百块递增到今年近四千元，村民一律享受低保，每个村子多少都有政府扶持项目。

马鞍山寨列入了小康村，村里古老的房屋换上了青色的钢化瓦，粉刷了墙壁，修建了村民活动室，粉壁上画着苗族古老的图腾。附近的苏麻湾也列入了整村推进计划。苗汉混居的八里河虽然没有纳入小康村规划，也得到了驻军共建补助。这让国境线那边的越南乡亲感到羡慕。

战争之初，越南边民被政府疏散撤退，战后回到原来的寨子，从头起步。因为没有伤残补助，收入少，罗廷熊的儿子们只能在深山里偷伐檑木，锯成菜板墩子，由她和孙女走二十里路背到国境线这边来卖。卖掉菜板之后，边民们就地在窝棚里买一些鸡蛋和卫生纸带回去，越南那边没有养殖场，鸡蛋少。

太阳偏西，几个卖掉了菜板的越南人在王和熊的窝棚里吃饭，他们躲过了边检站的巡逻，好容易来到这里。王和熊和他们用苗族话聊着天，他少年时在越南出生，1966年从越南搬回来，吃饭的人当中有他原来一个寨子的邻居。战争之前的二十多年里，两边的人们和当时的两个国家一样保持着蜜月关系，国境线似乎是不存在的，谁也没想到翻脸的一天。

坐在窝棚门口，清楚地看见对面的老山主峰。斜阳之下，细雨忽然而至，蒙上一层青色的雾霭。难以想象这个宁静平缓的山头，当年曾经笼罩着那样浓烈的战争硝烟。

生者与死者

去年失掉左腿之后，陶兴才常坐在自家院坝里，却听不见往年坡上传来的芦笙声。吹笙者是他的表叔熊金文，前几年去世了。

熊金文是马鞍山寨吹芦笙最动听的人。寨子里有人过世，上山埋葬的路，要他的芦笙声一路相随。自从十几年前触雷失去一条腿，熊金文不再经常在院坝里吹笙，摆弄那具一人长的手制竹管乐器，需要不少力气。偶尔芦笙声从堂屋里飘出，调子也是哀婉的，让人心里过不得。

“他是气死的。”陶兴才说。为了救回在山上触雷的乡亲，熊金文的儿子熊应兵也被地雷夺去了一条腿。熊金文只有这个儿子，家里失去了劳力，境况凋敝。年轻时的熊金文是寨子里的人尖子，他的心里，一直没有接受这个。

“我困了。”过世的时候，七十岁的熊金文对守在床边的人们说。闭上眼睛，和他的芦笙曲调一起睡去了。

陶兴才是马鞍山寨里最近一个伤残的人。2012 年 4 月 13 日，他上山去砍一丛芭蕉叶喂猪，回来的路上踩响了地雷。“这条路一直有人走，不知怎么还会踩到雷。”陶兴才的一只脚掌飞掉了。这是他第二次碰上地雷。第一次是在承包地里拿弯刀砍草，勾住了地雷，弹片飞进眼眶，视线变得模糊。没想到还会碰到第二次。

“当时我的第一个念头是，再摸到一颗雷，拍胸脯死了算了。”这是他在聊天时听人提到的一种办法。虽然村里有了那么多条假腿，陶兴才仍旧无法接受自己一下子没了脚的事实。想到家里的年轻妻子和三岁的小孩，陶兴才不想就此成为拖累。

他没有摸到第二颗雷。二十分钟后，疼痛代替了麻木的感觉，陶兴才意识到这条断腿是属于自己的，他开始一只脚往回爬，爬了一百米远，一边喊叫，直到被人救走。

在麻木的二十分钟里，陶兴才想到的是两个堂哥的死。

陶兴照是十多年前在这片山上去世的。当时陶兴照踩上了地雷，自己拖着炸伤的腿套好了藤子，上吊了。人们猜他是因为家里媳妇脾气不好，两人时常打架，孩子才四五岁，不愿意成天拖累受气。陶兴照上吊以后，熊应兵去解他的尸体下来，又踩响了地雷，大家就吓得赶快回来，让他的尸体留在山上了。陶兴照自杀以后，老婆带着孩子去了外省，另嫁了人。

印象更深的是陶兴册的死。陶兴册是堂兄弟中和陶兴才关系最好的，在山上割草被炸了，是陶兴才和另几个人去背回来的，“在我背上昏了三回。”早上7点钟被炸，因为路远，到12点才往下背，背到公路上要两个小时，送到医院时过了六七个钟头，以为他活不过来了。

医院截掉了陶兴册的大腿，他装假肢的位置比其他人高，不好走路，宁愿拄着拐杖。

之后不久，陶兴册的老婆跑了。

“当时他来告诉我，我们都不相信，以为是出门打工了。”但此后老婆再也没有了消息。陶兴册两岁丧母，父亲停战当年触雷身亡，媳妇跑掉之后，家里剩下两个上初中的男孩，大的只能辍学。陶兴册开始整天喝酒，一边喝一边哭。不养猪，不养羊，农活不怎么干得了。过年的时候，陶兴照才请他来家里喝酒，陶兴册的眼泪流到酒碗里，说你们都有过年猪杀，我啥也没有。

“他跟我说，等他死了，请我照顾他小娃。我当他开玩笑。”过年以后两三个月，陶兴册真的走了绝路。

陶兴册是六年前在自家新屋里上吊的。那年有了政策，政府给受伤残的人翻建房屋。新屋建成了，但屋里啥也没有。在一张旧照片上，空荡荡的屋子中央，陶兴册木然地看着一台旧电视，屋子角落搁着几个酒瓶。

“如果是现在，他可能不会死。”陶兴才为自己当时没有摸到第二颗雷感到庆幸。在医院住了二十一天，从越南娶的老婆一直没显出嫌弃。出院后陶兴才失去了小腿，两个月后安上了假肢。第一次回到家里，上学前班的女孩见到爸爸就哭了，“说炸伤那天，她是看着我坐车走的，不敢上前。我的伤腿裹着纱布，是白的，她问我白的里边是什么。我说，是药”。

没安假肢之前是最难熬的日子，村里正在按小康村规划拆建房屋，不管是否残疾都要出工。陶兴才请人顶班，自己在家做饭喂猪，“端盆水也不敢满，跳过来跳过去”。义肢装上之后，陶兴才可以干轻活了，帮着妻子种草果，在承包地里栽咖啡。陶兴才自己有残疾补助和低保，够自己用。从越南娶的老婆虽说是黑户，却也能享受低保、医保。国家建小康村，家里的住房也翻新了。

陶兴才觉得自己运气好，遇上了一个贤惠妻子。断了脚杆老婆跑掉，是平常的事，没跑的也都动过心思。

朱中葵十六岁和八里河村的邹大聪结婚，过门正赶上被炮弹打死的小弟的丧事。在那之前，邹的大哥先是被地雷夺走了一条腿，又因玩手榴弹被炸死。以后公公又被地雷炸伤后得了肿病，几年后死亡。九年前邹大聪在东山砍柴触雷失去了一条腿。

丈夫的被炸残，让朱中葵失去了信心。“当时我们去，他说想再找颗地雷炸死，往后活着难受。我心里就昏昏沉沉的，想跑。”两个十来岁的孩子，拖住了朱中葵的脚。勉强照顾着丈夫，心里不耐烦，嘴里说不出来。

四年前，朱中葵种地时烧荒，火燎上了杉树，朱中葵去打火滚进了火场，自己爬出来，手脚都被烧残了，脸上也烧坏了一部分。

“我说想死，他说别死，有小娃。”

烧伤之后，朱中葵也没有了想法，两夫妻凑合着过下来。“我手坏了，还能背东西，干不了细活。他脚坏了，背不了，手上的活还能干，就这么搭配着过下来。”

妻子挨了炸，丈夫就没那么容易走脱了。马鞍山的杨成英是去年旧历六月份去世的。十八年以前，她和丈夫熊金朝在砍柴时踩上了地雷。

“当时她以为是别的什么响，转身跳了两步，发现脚不在了。”七十八岁的熊金朝说。熊金朝用草给她缠了伤腿，背上公路，血染红了一条裤子。

熊金朝在医院陪了妻子一个月零两天。回来的时候，包谷已经出天花了，那年的收成不好。杨成英安上了假肢，急于干活。家里没有劳力，大儿子分家了，小儿子脾气不好，酗酒，东游西逛，媳妇离了婚，两个孙子归爷爷奶奶管。别的残疾人干不了山上的活，杨成英要去干。砍柴的时候下一个坎，伤口撑坏了，自己带粮食去医院治，没医好，回来化脓了，肿得很大，医院讲要再割一截，又说杨成英年纪大了，伤口不容易愈合。

拖了几年，杨成英伤口不停地灌脓，去年就站不起来了。成天在地下娑，拖了两三个月。洗脸洗脚得熊金朝抱着，解手拿盆来接。旧历六月十八，杨成英过世了。因为伤口感染死去的肢残者不止杨成英一个，王清明的伯伯王金银1987年上山踩上地雷，右脚被炸掉，胸部多处受伤，多年一直卧床不起，1999年伤口感染，没钱治死去了。

“临死前她说，要死了，剩我一个人照顾孙孙，可怜。”熊金朝说。四年前，熊金朝已经失去了酗酒的幺儿子。当时老两口在地里下苦，儿子在家喝酒发了急症，回来时看到已经死了，吐了一堆泡沫。老伴去世后，大的孙子到县城麻栗坡打工，在一家餐馆洗盘子。小孙子读芭蕉坪的寄宿学校，每周回来一两次，熊金朝平时一个人待在翻新过的房子里。房间显得过多，每间只堆了土豆和一些杂物，似乎只为把空间填上。在堂屋墙壁上，挂着妻子身穿苗族盛装、站在一片芭蕉林面前的照片，以及他自己和两个孙子的合照，却缺一张老两口的合影。

熊金朝二十岁时结婚，杨成英那年十八岁。以后熊金朝入了党，当了劳模和组长。老伴过世以后，他常想起从前两人躲炮弹的事。一次炮弹来的时候，熊金朝和杨成英在看牲口，来不及进洞。听到炮弹嘶嘶的怪声，赶快趴倒，熊金朝把老婆按住，压在自己身体下。弹片朝天飞，这是他带领民兵救护伤兵学来的知识。炮弹落在不远的牛圈里，炸出一人深的大坑，牛四处狂奔。熊金朝和老伴的命保了下来。

但在踩雷事故中，熊金朝最终没能救出妻子的性命。1975 年入党的他，觉得仗是该打的，不打仗村子不会有今天的面貌。只是想到妻子的过世，“心里不死不活的”。

陶兴才父亲的心里，也有这样的遗憾。陶兴才的父母是战前从越南迁回国的，母亲的兄弟和姥爷的坟都在越南，爷爷也埋在国境线那边。有一个和父亲一母同胞的姑姑，住在一个同样叫做马鞍山寨的地方。战争开始后，陶兴才的父亲是民兵，有一次给部队带路过境侦察，遇到那边姑姑家的表哥。父亲喊表哥投降，表哥不肯，抱住一根树被部队击毙了。

那边传说是父亲打死了表哥。战后父亲去那边看姑姑，姑姑眼睛瞎了躺在床上，一提到儿子就哭，其他的表兄弟们看到父亲去，就从后门走掉了。

“想到这些事，我很反感打仗。”陶兴才按着自己隐痛的伤腿说。

铁板凳上的一天

一直走到山坳里很近的地方，仍然没有发现黄成兰。虽然明知道她就在这儿。

后来在一个移动的背篓下发现了她，她牵着牛绳穿过玉米林，顺手扯下几把猪草放进背篓。在这块洼地上，除了她双腿下移动的铁板凳，大牛、一个月大的牛犊和成熟的稻谷都比她高。

在家里，她在板凳上的身量略高于初生的一群小鸡和它们的母亲，和一只总想待在屋里的鹅差不多，与背上八个月大的孙子正好匹配。到水缸舀水和灶台切菜洗碗，她需要在铁板凳上挺直上身，像小时候幻想的上课姿势。

黄成兰的双腿是在十七岁那年失去的，她的伤残证上写着：“1981 年 2 月在小卡地劳动触雷伤。”姐妹背筐去玉米田里打猪草，越南人布下的绊发雷选中了妹妹。从此她再也用不着穿鞋。在医院的床上，黄成兰常会不自觉地想要下床，穿上鞋子去上厕所。头几年里，这成了她最痛苦的事。

由于截肢部位太靠近大腿根，医院告诉黄成兰不能安假肢。看起来她只能像一些乞讨者装上一个蒲团，在地上挪动。但黄成兰想走。

她想到了板凳。从此她将像一个最认真的小学生一样，一生待在板凳上。但她很快过了学习的阶段，双手撑住板凳行走，重新掌握了家里家外的活路。

她还想重新做一个完整的女人。

2012年9月5日这天，是收割稻谷的好天气。天在亮的时候，屋子里还是黑的，黄成兰第一个起床，坐上板凳，橐橐地穿过堂屋。打开门闸，光线就进来。在灶门口生火，煮猪食，往大锅里添水。打扫堂屋地面，院子留给儿媳。放鸡喂食水，也喂圈里伸长脖子的鹅，打开水龙头，鸡鹅咯咯地抢着，院子里就闹腾起来。

黄成兰来不及洗脸，到牛圈里去牵牛。牛瘪着肚子，深深地喷气，饿了的舌头凑上没有梳的头发，黄成兰掰过牛头去握缰绳。这时儿子媳妇也起来了，媳妇拾掇孩子，儿子到附近帮人盖房子，摩托车和牵牛的黄成兰先后出门。黄成兰坐上一辆政府配的电动小车，带上板凳和一个口袋，缓缓地牵着牛，开车去到一里半外的自家玉米地。

以前没有车的时候，这段路是撑着板凳来往的，板凳不像人的手和腿，很快就磨坏了。黄成兰总要换板凳，她与姐姐共同的丈夫有些不耐烦做。黄成兰就自己到田蓬镇，焊了这个铁板凳，整个有六斤重。

黄成兰喂鸡鸭的时候，姐夫和姐姐也起来了，在院子那头忙碌。今年4月分家之后，姐夫就不是丈夫了，儿子跟着黄成兰过。

姐夫是在黄成兰出事两年后过门的。打仗的第一年母亲就过世了，父亲和奶奶过了几年也病死了，家里只剩下黄成兰和姐姐姐夫。姐姐比黄成兰大十岁，姐夫陈祖德却比黄成兰小两岁。黄成兰和姐夫之间就发生了事情，很难说清楚是谁主动。黄成兰怀上了孩子，生性沉默顺从的姐姐接受了事实，姐妹一起拥有一个丈夫。

姐姐生了两个女儿，黄成兰生了男孩，算作超生被拉了牛牵了猪，姐夫被要求结扎，家里的成员就固定下来。儿子慢慢长大，黄成兰残废补助的数额也在增加，家里经济账变得复杂，火药味越来越浓，终究闹到分家。

牛肚子撑圆之后，黄成兰依旧开着电动小车，牵牛回家，媳妇正在炒菜，背上的孩子哭了起来。黄成兰接过了她手里的锅铲。家里的饭一般由黄成兰做，没分家的时候，要做一大家的饭。切菜的案板放在锅台上，黄成兰很快地切出了辣椒丝。菜上了桌，儿子没赶回来的间隙，黄成兰去喂了一趟鹅。鹅嘎嘎地叫着，伸出脖子来，差不多够着她的头顶。黄成兰跪立在凳子上，把手里的食桶提过和自己一样高的水泥圈栏，倒进鹅头空隙的食槽里。

开饭了，众人坐着长凳，黄成兰坐在她的小凳上。她又特意去开了一趟碗柜，端回来一小碗酸辣椒水。“这好吃”，她用筷子蘸着水，招呼客人。小鸡跑到了她的脚边，她嘴里轻轻地叫着赶走。

饭后，黄成兰把碗收到灶台上，直立身子，把碗放到煮猪草的大锅里洗。“这样省洗洁精”，她说。碗里的油污洗到了猪草里，猪有了油水。再到水缸里打水清一道，碗就干干净净了。

儿子出门的时候，背起了家里的打谷机，先去搁在田里。打谷机是分家后新买的，家里还有新旧两台脱粒机，一台猪草机。

下午有几分地的谷子要割，但现在还不是下地的时候。媳妇已经上楼去车谷子，黄成兰也准备上楼。把铁凳子移到楼梯下，离了凳子，两手把着楼梯，一步步移上去。到了楼梯顶，另有一副木凳子，是在楼上专用的。风车呜呜地响起来，小孩子在一旁地上也哭起来，黄成兰解开了腰间的长带子，用一块毯子裹起孙孙，放到背上，缠紧。儿子、姐姐的两个女儿还有外孙，都是一根带子这么缠过来的，眼下又加上两个孙孙。这几天大孙孙在外婆家，背上稍微轻省些。

孩子很快止住了哭声。黄成兰端起一箬箕辣椒，走到了晒台上，这里已经晒着一大片昨天打的谷子。

黄成兰的木板凳撑到了谷子中央，拿起一根耙子慢慢推匀谷子，拣出走症的“烟泡”。阳光暴晒之下，黄成兰的影子被压到了身下很小的一团，孙子已经在背上睡着了。

这片晒台是两家共用的，但黄成兰占了较大的面积。因为打顶的一百包水泥是她向政府要来的，还有翻建房屋用的钢筋。

为了这些水泥钢筋，黄成兰到田蓬镇政府去了几次。有时候她也和别的残废人一起去县城，反映补助问题。她在镇长和县民政局的办公室里，踞在铁板凳上，跟领导提出自己的要求。她直起腰也没有他们的办公桌高，但这种差别却似乎让他们更尴尬，“他们没有对我说过重话”。

头几次去县城，总是有很多人围上来。后来黄成兰习惯了，一个人住在旅店里，“店主还给我打折”。上下班车的时候，有时车门实在太高，有人把她抱上去。

下楼梯的时候，黄成兰需要双手攀住楼梯，倒退着下去。媳妇带上孩子先去了田里，黄成兰在出门之前，还要先料理些事情。把屋里满地的小鸡捋出去，关上大门，在阶沿上撒一把米。喂一道牛，小牛躲在黑暗里，母牛的头伸出来，温厚地嚼着递过去的草料。打开猪圈门，撑着板凳进去，刮除猪粪，扫进粪池。这样的脏活只适合她干。最后打开水龙头，洗了一把脸。关上院门，用脖子上挂的大串钥匙锁门，铁锁正好到头部的高度。

稻田离得近，不用电动车，撑着铁板凳蹬蹬地去了。过一道石坎的时候，先把一只板凳拿过去，另一只手很快地撑住。肩胛上的肉鼓突起来，臂肘却依旧瘦弱，像是难以承担的样子，却又轻易地越过了障碍。就像断肢缝合处的皮肉，线口微微发红，看上去松弛，却磨烂了十几只木板凳，磨光了现在板凳包的铁皮。

稻田里还剩下两分地，正够婆媳两人下午收完的。

黄成兰和媳妇各自向着一片稻，镰刀噌噌地挥过去。手上的速度是差不多的，媳妇够着的范围比黄成兰的大，可是她离地面远，要弯腰的难度也比黄成兰深。看起来一时是黄成兰慢，但过了一会，还是黄成兰在坚持，面前的稻束退却了更深的豁口。而媳妇要多少歇息一阵，之后是踩着机器打稻子。小孩一旦落到地上就开始哭泣，于是自然地又到了婆婆背上，黄成兰负着小孙子，继续挪动着板凳，将眼前的豁口一点点扩大开去。蒙着帕子的头顶正和稻穗平齐，远看过来，稻谷像是自行在退却消失。

割稻的麻烦事，在于要一边理出结实最丰厚的稻束，用于来年的播种，速度就这样慢了下来。黄成兰把背上的婴儿捆捆紧，拭一下汗水，两臂和脸面并不觉得稻芒的刺人，从童年已经习惯了。她一人割稻的速度，能够供上媳妇的打谷，倒是捆扎稻草人的时候，形状比不上媳妇的手艺，因为提起来把稻草人的裙摆抖开时，她的幅度受了限制。“我扎的不好看”，她一再强调说，又把稻草人更用力地抖开去，在田中扎稳。

稻草人全部扎好之前，黄成兰发现了地头遗留的一支稻穗。她背着孙子移着板凳过去，把穗子捡起来，穿过稻草人的行列过来。看起来这像是她穿过一些同等身高的士兵行列，有种检阅意味。她会想到那次田中的爆炸，想起那场开了头却没有结束的战争，母亲在躲炮弹的山洞里死去，她冒险下山找到的一个煮鸡蛋没有救活母亲。她在那天永远失去了双腿，变得和稻草人一样高。

眼泪流成了渠水又终究流干了，人生剩余的光景固定在了板凳上，可是并没想到自杀，还是要看世界，“看什么，看人家夏天去干活，回来，看牛，还没看够呢”。心情不好的时候，她会到县城去找同父异母的大姐，玩两天，逛逛公园，看电影。田蓬镇上逢集的日子，她去赶场，买种子、菜油、酒和烟丝带回来，是为了给男人。“他倒还骂我，白给他带了。”从前的男人、现在的姐夫在另一块田里和姐姐收谷，遥遥相望。

走得最远是去年上半年，黄成兰跟着儿子媳妇去了东莞。儿子进厂打工，黄成兰帮着媳妇带孙孙，抽空搓炮仗引子和珠花串，挣五块十块的零钱。地方固然好，楼房多，天气却太热，花钱太厉害，媳妇又怀了第二胎，只好一起回来。

太阳斜了，黄成兰带着一把镰刀，背着孙子回家。铁板凳橐橐的声响，在安静下来的路上分外清晰，是大石板村马路上独一无二的节奏。

回到家里，先前背谷回家的媳妇在楼上忙活，黄成兰解开背带，换下孙子尿湿的裤子，顺手一捺到柴堆上，铺开一张编织袋，作为孙子的活动场地。去到灶前再次生火，顺手抓一把灶灰，盖住地上的一坨鸡屎，把水壶挂到吊钩上。回到孙子旁边，两手开始择晚饭要煮的四季豆和青菜，家禽立刻围拢来。小鸡咯咯地靠近了在袋子上爬的孙子，那只被欺生的鹅也凑拢了头，盯着择下的四季豆，对这个家长没有含着畏惧。黄成兰抽着豆筋，一手捋开过于围拢来的小鸡，又补偿地撒给它们一把饲料，把扯下的四季豆藤秧给了鹅，又伸手把已经爬出编织袋边界的孙子搂回来。狗偶尔走进屋子，猫逡巡来往，院子里的牛铃在叮当响，为这幅日常的场景提供伴奏。天慢慢黑下来，换了布景，一天的情节将要收尾了。

晚饭吃罢，猪草机呼呼地响起来，刚亮起来的电灯光被扯得昏黄，一抖一抖的。机器扯碎了红苕藤的时候，强烈的气息就散发出来，比平时浓烈了几倍，就像断腿刚开始疼痛的时候。鸡鸭上笼，大人小孩都洗完了脸脚，儿子媳妇回了睡房。黄成兰盖严了灶前残留的火种，扯熄特意加长近地的灯绳，笃笃地回到卧房。双手撑上了床铺的高度，铁板凳上的一天终究结束了。

上了床，把今天换下的裤子拿出来，在床前的手动缝纫机头下铺开，缀上一块补丁。裤子不及人的肉皮经磨，个把周就要补一回。缝纫机忽忽转动，是这幢老屋里最后一种声响。

部队排雷过后的山林，像经历了一次更惨烈的战争。

带骷髅头的禁区标志，限制了村民的生存地界。

王清明的两个女孩，一个在中国出生，一个由妈妈从越南带来。

汉水的祈祷

少年站在泽口港覆满黄蒿的堤岸上，一言不发地望着迂回的江面。站久了，他蹲了下来，目光却没有离开。在渔船上生长的他，似乎仍对这条江抱有长年的疑问，成了他失声的原因。脚下浑浊的江水，和他一样缓慢无声，对人世报以汩汩的沉默。

一个老人来到堤岸上，和少年一起伫立眺望。他是潜江鱼种场的退休工程师徐术堂，脑子里清晰地保留着江水从清晰到浑浊的变动。

"江是以前的江，水不是从前的水了。"徐术堂说。大半个月以前的"引江济汉"，他记忆犹新。上游兴隆水利枢纽的闸门开启，浑浊的长江水涌来，换掉了以前清澈却贫乏的汉江水。好比一个躺在手术台上的病人，一觉醒来换掉了全身的血，虽可继续活下去，却心胸怆然。

长年住在船上的渔民肖某正在煮水烧茶，作为一天劳累后的补偿。

“以前我们直接喝江水，味道清甜，不坏肚子。现在喝长江水，要烧开。”言语间颇以为憾。

入夜，襄阳古城临汉门外的广场上，三两市民踏着水迹漫步，栏杆下是黑暗的水流，只余一艘依附于堤岸的废弃小艇。这个在汉唐时期就显赫一时的港口，无复昔日繁忙，两岸建筑物投下的几道彩灯，似有一种莫名凄凉。

在宁强县嶓冢山汉水发源地，深山岩穴之下，一线泉流由覆满苔藓的钟乳石下滴，延续着千万年来单调孤寂的节奏。似乎对自身正在经历的剧变毫不知情，或无言领受。

在眼下，没有一条江河，像地处中部的汉水一样，在地图上遭遇这样多的变动。而这是缘自它本性的清澈安静。和灾变频繁的黄河以及发达显赫的长江相比，汉水千百年来以默默无闻的弱者姿态，维系着自己的河道与水质。但到了今天，这一稀有的清澈品性，却使它处于众矢之的。

“一江清水送北京。”穿过沟通南北中国的秦岭大隧道，这一显赫标语出现在悬崖、大堤、城市广场和污水处理厂门楣上，说明了汉水今天担任的史无前例之任。在史上游，还有穿越秦岭为西安送水的“引汉济渭”工程。相比于传统的“母亲河”黄河长江，水量并不丰沛的汉江更像一个青涩少女，却担起了哺育干渴北中国的重任。

2014 年 10 月，南水北调逼近通水，汉水不再只属于它自己。

只是，相对于承担的重任，这条江水显得几许柔弱。在清白如昔的外表下，它饱受内创，祈求呵护。

稀 缺 的 水

“水太小了。”作为一个来自北方的人，这是央视纪录片导演夏骏对汉江的第一感受。

想象中汹涌的大江，不过是深山里安静的一条，被什么力量收束了起来。到了丹江口，刚要放开，却又被水坝关闭，为众多的用途分掉了，从丹江口以下，所有沿江城市的饮用和灌溉水都取自汉江。汉江在皮肤下隐藏着一系列的取水口，裸露着青涩的滩涂和沙洲，像一个少年来不及发育长大。

“能够蹚水走到对岸去。”徐术堂回忆，今年 7 月份的汉江泽口段萎缩成了小河沟。丹江口水库开始蓄水调试后，大大缩减的下泄水量，又为久旱渴极的江汉平原用掉，到达潜江已所剩无几。俗称“水袋子”的潜江成了空袋子，下游不远的全市泵船取水口暴露出了水面，全城饮水告急。徐术堂居住的三楼断水，只好到几百米外的汉江河里提水喝。满河提水的人成了泽口镇一景，住在十几公里外的主城区人则无此便利。原定于国庆通水的兴隆引江济汉枢纽工程，即为此提早开闸，以解咽喉之渴。

徐术堂脚下涌流的江水，尽管颜色还有些许润绿，却是来自于调水渠的途中沉淀，其实已经很少有汉水的成分。兴隆闸以上的汉江水，已被灌溉干渠引入缺水的江汉平原。

沿着从襄阳到潜江的江汉平原公路一行，立刻感受到这片传统农业地域对汉水的依赖。纵横的渠道、比比皆是的水闸、遍地醒目的节水标语，以及江汉油田、沙洋农场、种植场、小龙虾繁育中心、饲料场的大字招牌，掩映在漫无边际的玉米、芝麻、水稻和油菜田之中。

即使在潜江城里的公交上，仍三两可见头戴草帽、手持镰刀的妇女。曾是著名的五七干校所在地的沙洋，似乎停顿在历史之中，现出褪色剥落的外观，没有一般小县城急于扩张的动力。江汉油田是这片土地上唯一的工业庞然大物，却也现出衰落后颓然和平的外观，更像是一个废弃的农场。

尽管兴隆闸的通水以及八月下旬连续降雨，缓解了这片平原上持续半年的旱情，却仍可见成片干枯焦黄的玉米林，没能得到复活的机会。在上游襄阳市郊外，一位住在鹿门山附近的老农，指点着几片叶子干成卷轴，或者有似烈火焚过的玉米，说明这些庄稼已经绝收。

8 月30 日晚，在丹江口大坝下游不远的跨江大桥墩下，水位落到了水文柱最低刻度以下一截，远低于往年的水线痕迹。一位渔民说，蓄水以来，丹江口水库“不敢发电”，只开了两台机组，因此下泄的水流很小。

在大坝坝基下，一左一右两个出水口翻涌着浪花，工作人员解释，电站一共有六台机组，但以后满负荷发电的机会很少，一定要保证水位在一百七十米，满足调水需要。大坝上游，多日雨后的库区水面仍显得很低，水比意料中的更小，露出了大片像苔藓的陆地。“这场雨主要下在了坝下，上游也涨了一点，但不多。”

水库导游人员说。

汉江上游石泉电站的工作人员邓某，对于今年水量的缺少感觉更为直接。往年电站在这个黄金季节，已经接近捞回上半年枯水期的亏空，开始盈利，今年却遥遥无期。9 月 3 日这天，水库边坡露出了大约三米的黄色消落带，大坝下只有一台机组在无力转动，江水盖不住裸露的河道，甚至不如一旁支流的气势。

水轮机的叶片需要足够的势能冲击，因此电站倾向于将水位蓄到最高集中发电。一旦电站蓄水，最后一台机组停转，坝下江面就会干涸，人们可以捡到搁浅垂死的鱼。

处于接连三座电站下游的安康城，穿城而过的汉江涨缩，完全取决于电站是蓄水还是开闸发电。我目睹微雨中的汉江一夜间由浩淼水面萎缩为零散的几股细流，岸边的水草砂石大片裸露，带有昨夜的水迹。江心几座废弃的取水口裸露出了水面。

根据武汉大学和长江水利委员会专家闫宝伟、郭生练等人的研究，汉江流域水量从 1991 年发生突变，由持续 80 年代的丰水期转入枯水期，直到 2005 年，水量下降明显，径流量减少了接近 30%。近年来厄尔尼诺现象盛行，中国大陆降雨带北移，出现“南歉北丰”的趋势。

偏枯的汉江，除了为遥远的首都输血，也天然承担着为一道秦岭之隔的省会西安供水的任务。汉中安康交界的黄金峡——三河口水利枢纽工程，2013 年因未通过环评遭遇环保部叫停后，今年又已低调召开三河口工程建设动员会。未来 9% 的汉江水量将穿越秦岭隧道输往西安，以解这座拥有特区梦的古城饥渴。

实际上，早在二十年前，汉水上游对省会的输血已经开始。1994 年的夏天对于西安人来说酷热难耐，我所在的大学宿舍楼，三层楼以上全部停水，一楼每天也只有短短的时间通水，干结的大便臭味飘荡在走廊，整座城市坐以待毙，直到 8 月份汉水支流黑河的水穿过十公里的秦岭隧道姗姗到来，千年历史的古都获得了喘息。

类似的调水设想，甚至延伸到县域之间、汉水的支流上。石泉县副县长刘海峰介绍，下游安康市想要从石泉县调汉江支流池河的水，输送到安康市境内的月河上游，以加大月河水量，冲淡月河工业园区的污染。对这个规划，池河的人也有意见，提出“能否从汉江调水到池河，再从池河调往月河”。目前方案在等待省里审批，用刘海峰的话说，“汉江是一条好水，谁都想要”。

在气候干旱的背景下，丹江口下游地区纷纷担心南水北调比例会高于按照多年平均值测算出的 26%，加上“引汉济渭”超过 31%。这一条并不丰盈的河流，或许将不敷无数取水口和水龙头的需求，像余华小说中献血的少年，在无止境抽取的针头下休克。

“引江济汉”反哺了汉江下游，却也带来了渔民的遗憾和水系改变的生态争议。实际上，类似的“反哺”汉水的设想，在 1957 年的长江流域规划办公室就曾经出现过，方案是引嘉陵江上游的水量补充汉江源头。两地仅隔一座低矮分水岭，水质相近。据学者周宏伟等考证，嘉陵江上游诸水实为远古的汉水源头，被一场大地震阻断，形成了今天的汉水发源谜团。

“引嘉济汉”的设想在历史变迁中归于虚无，“引江济汉”却成了现实选择，正如翁立达所说，“工程”而非生态治理，是人们面对河流的主要思路。众手操纵之下，远古的地震播迁之后，汉江并未摆脱身世吊诡。

鱼的记忆

一叶孤舟紧贴丹江口大坝底部游荡，被出水口的暗涌冲激颠簸，似乎时刻有倾覆之忧，却流连不去。船头站着两列鸬鹚，不时按照主人的指令跃入激流，长脖子叼住游鱼后，被主人及时伸竿接引上船，或被激流冲走，含着鱼顺水飘出很远，主人驾驶电动小舟如箭而下追逐接应。

一条大鱼撞上没有诱饵的凌厉鱼钩，但它并未屈服，连渔夫手中的鱼竿一并拖走，消失在漩涡中。

这一幕昨日世界的场景，只在大坝脚下上演。整个汉江流域，没有第二段这样的汹涌激流，也看不到古老的鸬鹚捕鱼情景。只有到了这里，汉江似乎恢复了深沉激越的本性。湍急的水流，在鼓荡小舟之余，冲刷着洄游鱼类的卵巢，使它们流连于这里的漩涡和深渊。湍流的上空，一群觅食的鸥鹭和小舟一样徘徊不去。

在这里的激流中，我听到了唯一一次鱼儿高高跃起摔籽的声响，是整个溯江期间的绝唱。

但在生命激越的外表之下，有着另一重真相。鸬鹚叼起的鱼中，多数是随水流而下被发电机的叶片拍晕的。在鸬鹚的嘴中，它们并不挣扎。鸥鹭觊觎的食物，则是大量被水轮机叶片切碎的鱼块。

“水面上白花花的一层。”一位丹江口电站工作人员说，“切碎的都是大鱼。”在汉江中游的火石岩和石泉水电站坝下，发生着同样情形，却没有这样激越的场面。

水轮机切碎大鱼的场景，并不是最致命的。在汉江的支流上有着成千座小水电，其中的筑坝或者引流造成下游河道干涸，是河道中鱼类真正的灭顶之灾。

数年以前，在汉江支流岚河的上游，我曾目睹一处电站截流后数日的场景。干枯的河道里飘荡着一股钻心的腐臭，裸露的岩石上是晒干反光的小鱼眼睛。

无意中翻开一块石头，看到一个震惊的小小墓穴，十几条巴岩鱼和两条泥鳅、几只虾米紧紧攒在一起腐烂在狭小的空间里，肢体上显露临死时的抽搐，或许这里被它们当成了生前最后的庇护所，直到最后一滴水消失。河道里的恶臭半年之中萦绕不散，它由养育生灵的温床，变成了白皑皑的死亡领地。

在汉江现代源头玉带河，区区水流上也建起了几座梯级电站。关峡隧道附近的一座引水式电站下游，河道断流，裸露垒垒乱石，另一段则成了采砂场。政策规定中的生态孔不见踪影。

水坝的另一后果是截断了鱼类洄游产卵之途。从丹江口以下，已建和规划中的大坝有六座，首尾相连。陕西安康段境内又有九座水坝，加上汉中地区的黄金峡。从武汉上溯至汉中的洄游鱼类，面临高不可越的天堑。被迫改变习性分段繁殖，可以提供交配动力的急水沙滩大大减少。一些鱼类就此灭绝。

眼下鱼类可以洄游的水道仅仅剩下兴隆闸以下河段。徐术堂透露，去年曾经有五条中华鲟由长江洄游到泽口，这种稀少的国家一级保护动物，被渔民们打上来尝鲜吃掉了。

个别新修电站上的鱼道形同虚设。湖北水产研究所专家蔡焰值在查看兴隆大坝设置的鱼道时发现，“确实有鱼儿游到鱼道下端，却从未有一条尝试上去”。人类的分级设计，对于鱼儿来说过于复杂，像是一厢情愿的姿态。

和人类的性爱需要激情一样，洄游鱼类的交配需要激流冲击雌鱼卵巢，卵子顺水漂流，尾随而至的雄鱼释放精子。为了排出卵子，雌鱼会在水流中高高跃起摔打卵巢，俗称“摔籽”。奔流的江水成为库区后，激流上的婚床消失，鱼群的生命仪式失去了动力。丹江口水坝脚下奔腾的激流，人、鸬鹚和鱼的搏斗，成了旧日记忆的稀有象征。

产卵衰退的后果即是鱼类的灭绝。保存这些洄游鱼类的办法，只剩下人工育苗放流。泽口镇的渔民们，眼下指望的就是政府的投放。“刚投时打鱼多，过一阵又少了。”这些七八寸长的鱼苗投放不久，就被渔民的粘网打捞起来，没有成年的机会。

傍晚在泽口镇停泊的渔船上，渔民归来清理粘网，除了一盆底鲌鱼，船帮上还有一撮从网上摘下来的废弃小鱼，被泼水冲掉。粘网的网眼密到了小鱼苗都钻不过去的程度，长度则可达几十米。

夜幕降临，一位姓肖的渔民，换下了水上的衣服，和几个伙伴一起上岸，“进城去玩儿”。他以前是渔场的职工，今年四十八岁，却有了三十来年的打渔史。1990 年代渔场倒闭，他继续呆在船上，江里的鱼却越来越少。年轻时可以一次打二百到三百斤，渔场的总产量则高达十余万斤。现在有时一天只打到几斤。他这辈子没干过别的，无法上岸，也没有社保。

夜色之中，肖某某和伙伴们站在灯火寥落的街头等车。附近一家理发店里，灯光和几个顾客的身影让他们有些钦羡，店主是从前的船上伙伴，在岸上找到了这份营生。他们搭上了中巴，向热闹的潜江市区驶去，打算在那里消磨半个晚上。和肖一同坐在最后一排靠背的，是一对恋爱中的渔家少年男女。

赶在最后一辆班车出城之前，他们还得搭车回来，回到黑暗中的船上，换上渔民的衣服。前方热闹的灯火，掠过他们的面容，却不属于他们。

母亲的清白

八月底的汉口龙王庙，两江交汇的入口，呈现出隐约的分界线。长江江面浑黄，汉江仍旧有一份深青。不同于空旷的长江，发亮的水葫芦像几条带子，萦回在大雨中的汉江江面，说明着水体中营养物的丰富。

几名刚从江中上来的游泳者说，往年这个时候，水葫芦早已消失，近年却已持续了四个月。厉害的时候，江面几近封锁，人称“江汉草原”。游泳者和船只都只能寻觅缝隙穿行。靠近龟山江岸一带，在翠绿的表面下，水葫芦的根系迅速腐败，发出恶臭，孳生蚂蟥和吸血虫。

这自然与源头的汉水相去甚远，甚至很难说是同一条水。

七年前，在一个瀑流下泻汇聚成的石窝里，运建立第一次喝到了汉江南源朱家河的水。连续两杯。

“清甜，精神一振，爬山的冠心病症状立刻消失了。”运建立回忆。为了喝到这口源头水，她需要从襄阳一直上溯到汉中宁强县，还在四个人搀扶下爬了七八里山路。她再也没有忘记这母乳的味道。

这也是她童年记忆中滚河水的味道。在2002年，运建立开始组建环保NGO“绿色汉江”之时，滚河水成了黑河，上游的造纸厂让它像是制造出来的墨水，又透出瘀血的暗红。

“搭救”家乡的河流之时，运建立发现，母亲河汉江中毒更深。本世纪初期，汉水襄阳段的最大支流唐白河曾爆发大规模污染事件，上游南阳地带的污水在汛期倾泻而下。在唐白河附近的翟湾村，运建立和同伴们发现了一个癌症村，村民吃着酱油色的井水。为奔走给村民们打一口深井，耽误了治疗时机，运建立聋掉了左耳。

在从独力质疑到官民互动的历程中，襄阳段汉江污染已有所改善。但在绿色汉江志愿者们的调研中，仍不乏让人忧心的创口。

今年8月26日的探访中，分队志愿者看到黑鱼沟大明渠的水是深蓝色的——不是天然而是染过的蓝。这种蓝色来自上游的印刷厂。此外还有气味，不过已比从前减轻。襄阳市下游崔家营的监测点，雨中江水浑浊，异味明显，用随身简便试纸则检测不出异常。一位渔民告诉探访队员们，这里的情形越来越糟糕，原因则是一家制药厂。这家背景不寻常的制药厂，是绿色汉江环保路上最难啃的一颗钉子。

一张数年前襄阳的汉江照片，蓝色的江水在白色沙洲间发光，像是难于在地上安放的光源。眼下襄阳段的汉江虽大体为二类水，却蜕去了昔日灿烂。鱼梁洲大桥下的唐白河入汉江口，生长了一层浮萍和水华。

紧邻丹江口大坝下游的江面，几只鸥鸟站在大片水藻上，和白色塑料难以分辨。靠近岸边有明显的污水带，与江中心的清水分界明显。越往上走越浑浊，气味浓烈。在一处水湾，几只渔民的小船挨泊摆着，一只船上站着几十只鸬鹚，无聊地望着肮脏的水面。

顺流而下，在大坝下不远处看到了污水的来源：奔涌而出的一个排水口，倾泻着晦暗浓烈的污水。另一个水泥管道，据附近几位洗衣妇说，在晚上和清早排污。污水来自一座化工厂。

在与丹江口大坝顶端几乎平行的不远处，树立着“东圣化工”的标志，庞大扭曲的管道扑扑喷出沸水和蒸气，散发出酸味，高大的烟囱冒出作为化肥原料的煤灰。附近居民王进财说，每隔一段时间排出的氨水，气味更为刺鼻。工厂的污水经过暗沟，到达江边排污口。

蔡焰值透露，汉江中下游水质靠上游放水量来调节，以前一直到汉口基本是二类水。各道水坝修建和丹江口蓄水之后，下游水质经测定已有二类水退化到三类至四类，潜江段水质三类还不到。

对于污水排放量巨大，污水处理厂能力不足的下游县市，把过量污水闸死在内河或渠道里，等待涨水偷排，成了“潜规则”。

泽口镇港口附近，即有一处储存巨量污水的闸门。“潜江闸”的巨大题名之下，两道铁闸封住了河道中的污水，但并不能止住渗漏。在两道闸门之间，储存着灰黑发亮臭味扑鼻的污水，旁边却吊诡地竖着“禁止游泳钓鱼”的警示牌。而在钱江闸之外的污水颜色变得浅了一些，却仍然有酸臭味。污水体直连汉江，而上游不到几十米即是潜江市饮用水取水口。

附近居民披露，虽然闸门平时是闸死的，却会在汉南河道涨水或污水满溢时开启闸门，趁涨水向汉江排污，且借着防汛的名义。在闸门上方的告示栏里，保存着2014年5月20日的一次开闸记录：闸门全开出水，流量10。

此前4月下旬发生的汉口水污染事件，模式与此肖似：天降大雨，孝感汉川市防汛抗旱指挥部开启汉川闸、汉川泵站闸抢排渍水，造成下游污染物超标。

在下游居民看来，为了“一江清水送北京”，坝上坝下待遇有别。

在汉江中游的石泉县城郊，一个新式污水处理厂去年开始运行。沿江的白色厂房，是汉江两岸近年出现的景观。白色的房子里，县城晦暗发臭的污水通过管线被依次引入毗连的池子，像一锅粥翻动起泡，最后变成颜色近似自然的中水排入汉江。厂子里气味很小，有些像休养场所。这样的白屋子，在安康市境内十大县均有一个。

但维护白色外观和清澈水质的成本是沉重的。污水和垃圾处理厂的建设由中央投资，省市配套，但运行成本由本地负担，每吨污水处理高于1.3元。而这往往是一个县城难以负担的。

2014年“两会”期间，安康市环保局新成立的水质保护监管科科长李纪平，曾和作为人大代表前往北京开会的代市长一起，拜访南水北调办副主任于幼军。“于主任说在生态保护基金中列专项，来保证污水厂运行。”李纪平解释，这是说在现有蛋糕里切一块，不加。

翁立达透露，丹江口上游水质和水土“两保”的国家资金投入是七十多个亿。相比于三峡库区的四百亿水污染治理资金，翁立达觉得这个盘子明显偏小，“汉江的水质保护要求更高”。

丹江口水库的水量中，有60%来自汉江安康河段。通水在即，上游的压力不逊库区，李纪平看着自己桌上的“通水倒计时”日程表，比喻自己是“脑子里有水”。上级要求“只谈工作困难，不谈钱”。

但钱仍是李纪平们面对的最大问题。它并不像这条母亲河对沿途生灵的爱，是无条件的。

在嶓冢山古汉水泉源下，我伸出手掌接一捧水喝，却立刻感到手掌的脏。面对世上的水，我是第一次感到自己的手掌如此肮脏，很多道仍洗不干净。只能放弃双手，虔诚仰头，口腔直接承受滴下的泉源。这是我们回到童年，面对母亲乳汁的姿势。

但即使是在这泉源的旁边，已经有了敬神的人们造就的鞭炮碎屑和纸灰红布，更有旅游探访者随手丢下的方便袋子和矿泉水瓶。

失色的黄金

旬阳县老城墙下，六十九岁的朱汉春坐在自家小卖部琳琅的货架前，用一支圆珠笔和大拇指示意纤绳和船舵，哼起从前的汉江号子。

“吆……喝……吆……喝……吔……哟……嗨……”下水号子的调子悠长舒缓，领头的和摇橹的应和，提醒码头上的人船队来了。如果江边有洗衣的妇女，还会穿插一段唱词，譬如“小小鲤鱼红了腮，上江跑到下江来……不爱玩耍我不来”。上岸“玩耍”是船工们永远的憧憬。

上水号子则紧张得多，喊号子的人位置也在或平或陡的岸上，肩上勒着纤绳，“吆—喝”之间的应答短促而有力，提醒着齐心协力应对危险。

从八岁到五十岁，朱汉春一直呆在汉江的船上。先是跟着“船太公”继父坐帆船跑码头，成年后自己修船造船，退休前几年又在班船上卖票。继父是领头喊号子的，这是个大船上风光的角色，可以不用拉纤，甚至呵斥船长。只是偶尔拉纤的朱汉春，把号子声和继父的风光深深储藏进了心里，直到成为汉江号子非物质文化遗产的传承人。

在旬阳县中国汉江航运博物馆的一张照片里，江边的山石上，勒着一道道手掌深的茬口，很难相信这是竹编的纤绳千年来一次次勒入的。朱汉春的肩上没有岩石上的勒痕，但他的双腿像多数船工一样，留着冬天下水背船留下的静脉曲张。

帆船和纤绳的历史，从诗经中开始，在汉江上一直延续到1960年代，以后才出现了机器船。从石泉县下一趟汉口，往返需要半年，因此被称为“汉半年”。根据《湖北航运志》，秦汉以来的汉江航路，可从汉口一直上溯至汉中。往下则接续长江，直至出海。在汉水两岸大巴山地的丧歌中，一直保留着“小小船儿下南洋”的唱词。

在博物馆展览厅里，陈列着一幅汉江航运标识图，崇山峻岭间的汉水上，用小灯密麻麻地列出了从汉口到汉中的四十余个干支流码头，还有兰滩、冷水、蜀河三座绞滩站，用绞车把船只拉上险滩。小灯通电，似乎点亮航标灯，以往的汉江航道在黑暗中活了过来。

襄阳是连接汉水上下游最重要的港口，也是“南船北马”的漕运中转码头。《襄樊港志》记载航运起源自春秋时的楚国物资北运，一个船队可达一百五十多艘船。西汉已经成为港口，江淮货物溯汉水转陆路运往西安或洛阳。

襄阳的航运在丹江口水坝修建之前达到顶峰，大量“修三线”建材由此运输，地方一半物资靠水运，还开通了武汉到老河口的客轮。“那时船很多，逢年过节，码头都停满了。”襄阳市航运局港航科人员毛成水回忆。

当时还有很多帆船和机帆船，船帆和桅杆密麻麻遮住了大半个江面。毛成水的爷爷是负责设航标的船员，对他讲那时生火吃饭都不用担心，遇到路过的大船，靠上去就可蹭饭吃。

随着丹江口大坝的拦腰截断，以及公路货运兴起，这条“黄金水道”在上下游都开始褪色，襄阳彻底失去了以往的帆影汽笛，却像一个不情愿退场的演员，保留着历历遗迹。

夜色中的襄阳临汉门外，几处码头的斑驳灯箱在人影头上隐现，灯光隐晦难辨，譬如“小北门”“官厅”“铁柱”，码头石阶上长满青葱荒草，岸边只有三两游人和洗衣妇，发出轻微的响动。遗留的系船墩和灯塔，是江水冲刷之下保留的坚实物证。只有一艘旅游轮渡，在招徕渡江游玩的客人，似乎往昔情形的苍白模拟。

朱汉春是水运衰落的亲历者，在汉江边造了二十多年船。丹江大坝一修建，上游的船就很少下武汉了。而火石岩电站一起，上下游更是直接断航。航运萎缩成为短途，直到旬阳船运社倒闭。

船运社倒闭前几年，朱汉春在船上卖票，亲历了最后阶段的惨淡经营，直至停航。上岸后的朱汉春，无时不怀念船上生活，号子声成了他的寄托。安康地区航运公司的船队被迫辗转到武汉，试图在长江里存活下来，挣扎十多年后终究倒闭。汉江航运博物馆墙上两排老船工留影，在无人参观的寂静里微微发光。

占用原粮食局三层楼房的博物馆里，放满了从铁锚、马灯、纤绳到水缸、油篓和发报机的实物，以及几十种曾在汉江上航行的船只的模型。往昔汉江上的黄金时代，在这个僻静的空间里找到归宿。

襄阳市航运局副局长李冲介绍，绵延数千年的汉江航运“黄金时代”结束，除了公路货运的影响，直接原因是丹江口电站建坝。电站虽然配备有升船机，却明显没有筑坝前方便。2014 年以来，丹江口大坝没有一艘船翻坝。

安康市上游火石岩电站也是类似情形。知情人透露，从建成起，升船机几乎从未使用过。安康市供电局一位人士称，他们有一艘营业船需要安置到大坝上游的瀛湖，因为难以运输，动用了电站的升船机，“这是唯一一次”。

除了没有通道，电站下泄的水量猛关猛放，也扼住了航道的命脉。“有货时没水，有水时没货。”安康市航运局局长许伯昌如此描述火石岩电站修建后安康段汉江航运的困境。

在许伯昌看来，水运并非没有发电重要。运量大，超出公路很多倍。不像公路一样占用耕地，水路是母亲河提供的几乎无条件的恩惠。而在几十年里，这种恩惠却全然被忽视了。直到近年开始重新被发现，却积重难返。

近年来，国家提出了内河航线振兴规划，今年李克强总理视察长江，也提出了“黄金水道”支撑长江经济带战略。这使得汉江的重振水运变得重要起来。从汉口到丹江被规划为三级航道，通航一千吨重船舶。丹江口以上至安康则为四级。除了疏浚航道，最大的障碍是水坝。

李冲介绍，眼下从汉口到丹江口大坝下，已建和规划中的水坝有六座，其中王甫洲为四级船闸，其余都按三级设计。过船闸的耗时，是最大的不确定因素。

许伯昌的办公室摆着一个船舵模型。对于他来说，要实现从丹江口水库上游到安康的四级航道规划，还很不现实。上级已经投入了将近两亿的钱，下游白河电站也规划了船闸，蜀河电站没有修建的船闸却成了死结。

安康下游久不通航的汉江，“被采砂挖得稀巴烂”，从东堤上眺望，成为连片的沙堆，几乎看不出来一条大江的原貌，黄金水道的记忆更是昨日残梦。

生者与逝者

2014 年阴历正月，八十岁的“水娃子”在家乡湖北郧县韩家洲去世。这里地处堵河和汉江的交汇口，是南水北调移民区。

消息传来，客居在随县万福店凤凰山移民村的韩天鹤心情晦涩。在老家时，他和水娃子是隔水的邻居。2010 年 8 月 29 日，韩家洲的村民们渡过汉江，坐上开往异乡的大巴。过渡途中，与运往韩家洲拆除房屋的挖掘机错船而过。

水娃子也在迁徙的人群中，和韩天鹤不同，这是他的第三次移民。第一次是在 1960 年代修建丹江口水库时搬迁到河南省商丘夏邑县，以后自行回流。1980 年代又在本镇后靠迁徙，仍旧没有免于第三次远徙。

或许是由于命里离不开水，“水娃子”再次选择自行回到汉江边，在渔船上度日，最终得病死在家乡。

韩天鹤仍要打发在异乡的日子。在他看来，自从离开家乡和汉水，生活就变了味，跟这里的水一样，“水质很差，碱性强，不爱喝”。这苦味，更多来自心境，像韩天鹤在一首诗里写的“一江清水送北国，两汪苦泉自个儿喝”。

随县万福店属于湖北北部的“旱包子”地带，水少，大年三十停水，不像韩天鹤家乡的江水，唾手可得。偶尔来一场暴雨，又存不住。

生活也完全改变。在韩家洲岛上，生活长年都和水有关。几乎没有人是不熟水性的，打渔游泳是日常生活的一部分，连猪食也有一部分是小鱼煮烂打成粉。上岸则要靠渡船。从供销社下岗，水性并不算出众的韩天鹤，还参加过镇上举行的龙舟赛。

现在的韩天鹤妻子和儿女都在十堰，一个人呆在移民村里，这也是移民村大部分留守老人的现状。很少有年轻人能在这个异乡的落脚地安顿下来。

喜欢诗词典故的韩天鹤发现，移民们迁来的万福店凤凰山，当年是湖北省劳教农场，房子虽然已经倒掉，却还有零星劳教和下放人员的后代留守。沙洋县的移民村更是情形如此。实际上，“文革”及以前，中央在江汉平原上创办的沙洋五七干校和其他地方农场，保留了大片耕地，眼下正好用来安置南水北调的移民。这却让韩天鹤有了一丝“放逐”的感受。

韩天鹤去年回老家看过，“什么也不为，就是看一看”。隔江相望，房屋已拆除，植被封严了。除了上年纪的人，中年人以下几乎都回去看过，却很少有人像“水娃子”，将骨头埋在了老家汉江边上。

作为一个爱读唐诗的人，韩天鹤知道生长在襄阳的“汉水诗人”孟浩然。他遗憾的是，是水娃子而不是自己，更近于诗人孟浩然的晚年梦想。

孟浩然的墓地几经损毁，故居涧南园在襄阳已经无迹可寻，只有博物馆中的一块镌有小像的石碑，保留着他和这座城市记忆的关联。诗中的汉水气韵，更多弥留在汉水左右两岸的岘山和鹿门山。

岘山是孟浩然诗中的登临送别之所，眼下却被工地分割。累累荒坟覆盖了后山，在历代阴森叠压的死亡中，似乎唯独缺少了诗歌的位置。庙宇统治了前山，难以寻觅任何当年遗迹，坠泪碑不知何往。除了“岘山”的公交站牌，实在难以寻觅“水落鱼梁浅，天寒梦泽深”的一丝意韵。

下游鹿门山中，新修了一座孟浩然纪念馆。因为远离市区，尚保存旧日清幽，但亦在紧张进行风景名胜区开发。纪念馆正在翻修，挂着谢绝参观的告示，几处仿古的门楣，虽有意做旧，却缺少时光浸润。在蒙蒙细雨和无人的寂静中，仍旧存留不住当年的隐居气息。

经过门窗紧锁的碑廊和几户农家乐，攀登至鹿门山顶，有座现代修建的望江亭。由于人迹罕至，遍地羊粪，羊粪顺着旋转楼梯延伸到二楼。薄雾之中眺望汉江，正是崔家营大坝下游河段，江面显出微白，水流停滞空旷，只有一两艘采砂船停在江边。孟浩然笔下“天边树若荠，江畔舟如月”的意境，外观仿佛，内里却有什么东西完全换掉了。

在上游几百公里的石泉县，前烤胶厂下岗工人张安明孤居的家里，摆放着各式各样的汉江石，像是他的许多亲人。

汉江清澈柔和的流水，把一块块平常的岩石打磨得细腻，又给了它们灵性。有些被他加上了拟人的名称，却保留着近乎江水的纹路，其中还有硅化木，说明着在地质年代上比长江和黄河更早的汉江历史。

张安明一般是在汉江河道里寻觅石头，他发现汉江里的石头要比支流里的好很多，只有那些质地最纯粹，经受住了打磨的石头，才会汇聚到汉江中来，其他的则在半路淘汰了。每一块经受了淘汰而保留下来的石头，仿佛也具有了某种灵性，可以和人心联结。

近年来随着修水坝和挖沙，沉寂千年的河道被翻转，寻找奇石在这里先是盛极一时，几乎人人参与，而后又黯然沉寂，如今很难再找到好的石头。

喜河镇下游仅剩的一处沙滩，还保留着月亮迂回舒展的形状，和雪白洁净的质地。江水漫过沙滩的五色石子，似乎不存在，却又滋养了那些石子的性命，透露着不可名状的浅紫嫣红，闪动明灭的花纹。把一颗石子从水中拿出来，难免会减色。

张安明喜欢偶尔在这片浅滩上赤脚走走，不为寻找奇石，只任清水漫过脚面，心里知道这片沙滩已经奉献了它的所有。

江水温良的施与之外，连灾难过久了，也会变成温情的一部分。1983 年安康大洪水的记忆，除了官方由保密到搜集整理的转变，也在普通人心中回流延伸。

王耀福是住在东头城墙里的菜农，7 月 31 日傍晚，看着江水沉默却不可遏制地漫上东堤，许多老人却不想离家，因为汉江四百年来没涨过足以冲垮城墙的洪水。他们只是把家什和自己搬上了楼，坐等水退。王耀福和一群断后的年轻人往新城跑的时候，东堤已经决开一个喇叭口，看着水头在身后追逐上来，一直到坡上，水涨一步人退一步，不动声色却令人胆寒地一寸寸吃掉了老城，几乎听不到房屋倒塌和人声呼喊。直到天黑之后，电石厂爆炸，火球一团一团冲上半空，照出水打垮了的草房在漩涡里忽忽打转，还有一些与蛇和鸟兽同栖在树上的人，才知道那黑暗幕布下面的灾难，不知有多少生灵灭顶。

张燕当时是十来岁的少女，在洪水的前一天晚上，她梦见西安的表妹过来玩，两人一起去岸边看水，把脚探进水里，凉鞋被冲走，她在表妹的哭声中醒来，知道江水已经快涨上大堤。

张燕脖子上挂着一个小包，里面放着家中的存折，跟随一辆满载物什的架子车撤离，以后又捂着口罩过汉江大桥往西安疏散。惊慌凄凉的情形，一直留在她的少女记忆里，很多年中她不敢下水嬉玩，担心溺水的鬼魂“讨替身”。

但在她毕业成家，远离家乡到西安工作之后，却一天比一天怀念起家乡的汉水来，想念那个和表妹一起去看水，把脚伸进江水里的梦。有什么东西，随着那只凉鞋永远地漂逝了。

九月初的天气渐凉，安康汉江大桥下表面平静的江水，因为水底沙洲的走向，分别着深浅，成了游泳者们的泳道。

二十多年以前的我，偶尔站在汉江大桥上俯望，看出一幅比今天更清晰的图景。透明的江水，清晰地显出水底的深浅脉络，浅的微白，深的烟青，却都是仅有的一点着色，一阵微风绉皱，即可擦掉。过一刻平静了又回来，弱到使人惊讶，能够承受经过的船只。

眼下的汉江，勉力保持着旧日底色，似乎少年透明皮肤下的血管，细弱又全无防护，经历着一场献血手术。直到献出全身血液，生命衰弱休克，却不足以表明心迹。

剩下的姿势，是祈祷。

哑巴少年跎蹴在泽口段汉江河岸上，一言不发地凝望江水。

丹江口水库大坝下面，撑着小船的渔夫驯养鸬鹚，在激流中讨生活。

南水北调大坝下的江面。

大凉山生活：日常的和忧患的

在大凉山，人群总是晾晒在阳光下，黑暗匿在土屋中。日常的和忧患的，像尘与土难以区分。

种　豆

清晨的雾霭中，果果和母亲可惹拉里挥着锄头，并排在坡顶的一块地里点豆子。

海拔两千多米的大凉山区，四月的早晨略有凉意，但母女都只穿了单薄的衣服。坡地边缘白色梨花开放，花瓣和微红的土地一样，因为昨夜的雨有点潮湿。是适合点豆子的天气。

挖一个小坑，豆子随手丢下去，随即掩没，不用丢化肥。一旁刚刚冒芽的土豆也只用了农家肥。但丢豆子的手法却是高级的：豆子藏在握锄柄的手里，随着锄头的抬高，几乎看不出扬手撒种的动作，不用停顿，出手大致总是五六颗。只是在手心变空时，会从腰篮和衣袋里抓上一把。

母女一边干活一边轻声说话，用外来人一句也不懂的彝语，声音消逝在鸟鸣和掠过的雾气里。

二十岁的果果五年前就跟哥哥出外打工，最初因为年龄不够，身份证都是在东莞街头找小贩买的。今年因为工厂不好找，没和哥哥一起出门。她的父亲早年去世了，一个姐姐出嫁，除了在学前班念书的弟弟，全家人都在这块地里。

去年开始念学前班的弟弟觉力，虚岁已经十八。他是全家人中唯一跨进教室门槛的，得益于山顶新近开了一所支教学校。到美姑县火窝爱慕小学要爬一个小时山路，觉力此时坐在显得过于窄小的座位上，和一帮从六岁到十六岁的孩子们一起，跟着支教老师学唱幼儿歌曲"大王派我去巡山"。

相比在班上略显尴尬的觉力，十五岁的妹妹五果更想上学，但妈妈留她在家里干活，过两年才可以出门打工，为将来的出嫁挣一份积蓄。

妈妈干累了在地头抽旱烟的时候，五果才扛着锄头爬上山坡。她清晨的活比姐姐还多一项，刚刚喂完了家里的牲口。她干活的姿势和妈妈一样熟练，脸上带着一副乐呵呵的表情。

即使有一缕心思，也像妈妈唇边的烟丝，随即消散了，谁也注意不到。

五果和当年的哥哥姐姐一样，向往着只在电视上看到过的外面的世界，"好看"。电视是打工的果果两年前买的，富士康流水线上的辛苦，已经让她蜕去了幻想，但果果仍然约好了伙伴五牛，种完庄稼就出门。

点完这块地，雾气终于退却到远山，郁结成一带青霭，该回家补吃早饭了。五果并不想马上就走，她下到坡地的树林挖折耳根，给不放盐的酸菜汤泡冷米饭添点调味。一株本地特有的刺蓬割伤了她的手指，但这点小伤不足挂齿。

五牛是果果的表姐，中午时分，她在山梁的另外一块地里种豆。土地同样是微红的沙土质。红色是这里沙土的底色，滑坡地带裸露着青黄绿蓝的地皮，虽然经过千年居住，却来不及发育出栽培的腐殖质，只覆盖稀薄的草皮植被。

五果这时把羊赶上了坡，乐呵呵地坐在树上看着五牛点豆。晨凉已经过去，正午暴烈的阳光还没有来临，这是她难得的闲暇时光。

母亲和姐姐则没有这样的辰光，她们吃完早饭就扛上锄头，去几面山坡之外的外婆家帮忙种豆了。外婆家缺乏男劳力，母亲不得不常常回娘家帮农，还随身带一个塑料袋，装着下午吃的冷米饭。

傍晚时分母亲和姐姐才回来。第二天一早，母亲仍旧去娘家帮工，五牛则带着自家妹妹下来帮果果和五果干活，四人一天要把住家下方的一大块地做出来。四个人的活热闹了很多，想着姐姐们不久要出门打工，两个妹妹手里丢着豆子，不断地问外面的事情，很多事大致已经问过很多遍，却总说不清楚。譬如说地铁，两个姐姐其实也从没敢坐过，因为广州的地铁不报站，而她们不认识太多汉字。

海拔更高的耳河乡镰头村二组，虽然近年使用了薄膜，包谷苗仍是刚刚出土。有些初生的胚芽没有能力顶开薄膜。曲笔石布的母亲蹲在田垄间，一颗颗撕开薄膜，让包谷苗露出来，再四周陪护上泥土，大块的泥土需要掰碎，全用手指，无关农具。母亲背上一条腰带裹着一岁多像是小猫的老幺，旁边铺着的一张查尔瓦上，两个小孩在嬉戏，四妹妹学着妈妈的样子抠土护苗。去年四妹妹还在老大曲笔石布背上，今年石布终于和二弟阿萨一同去上学了。爸爸一清早就上山了，砍柴放马。

到了下午的地里，苗出得不好，阿妈手里多了个包谷棒子，遇上空白的窝子，就掰下两颗来按进去。阳光强烈，孩子仍然在她的背上，一会嘤嘤哭泣，一会又笑起来，终究又睡着了。阿妈实在累了，就解开腰带放下孩子，坐在地垄间查尔瓦上歇息一会。远近的坡地里，都有人干着相似的活儿。阳光过于强烈，到了六七八三个月，地里就不能干活了。

昨天傍晚突兀来了一场冰雹，露头的胚芽有些被打碎了，像是被鸡钻进了刺棵的围篱糟践过。这里土壤瘠薄，乍冷乍热，包谷的收成并不好，各户每年下来也就一千多斤，必须搭配荞麦、土豆一起当主粮，出苗更早也更耐事的土豆是大宗。

没有公路，薄膜和化肥背到这山上要穿过峡谷爬两面山，花一整天，贵得不敢多用。家里的背篓巨大，看去和人负载的背部不成比例。不像果果家的低山地带，这里还没有修建猪圈，没有积厩肥的习惯，因此土壤的肥力更低。门口摆着木犁，但地里的土坷垃仍旧很大，春播前缺乏一道打碎土巴的工序，这也是很多包谷苗被压住的原因。

在地里匍匐干活的人们，姿势看去精心又原始，像是从远古保留下来的图景，才添上一二外来的笔触。

火　　塘

晚上吃饭的时候，老四在火塘边的地上睡着了。

屋里是黑暗的，只有柴禾的火苗闪烁着微红的光，大妹妹背着老六掰柴添火，用于引火的树叶发着哔哔啵啵的声音，火苗一下子冒起来，把她和弟妹们的身影扭动地投在地上。身后的一切都是黑的：黑的檩子，什物，墙壁，黑的火炉上方悬挂的猪尿泡。有一盏电灯，但灯光被黑暗吸收了，一点也不反光。在阿萨家的高山地带是几个月前扶贫安装的太阳能灯，一部简易的水力发电机还扔在村庄坎下的溪涧，短短的堰渠覆盖竹叶，保存着过往十五瓦钨丝灯泡明明暗暗的记忆。

屋顶下是长年的炉火熏出的黑暗，只有人的脸被映红了。除了去雷波县短期打工剥笋子的爸爸，所有的家人都在火塘边，妈妈，索布和六个弟妹，还有跟着索布家过的外婆。蹲坐在地上的孩子们像是家里经冬发芽的土豆，簇着炉火围成一圈。

火塘是一个灰坑，安着三具磨扇，磨扇上架着大锅，一切吃的都在锅里，可以架上好几层，最后一个深筒的蒸笼盖住。

今天锅里蒸的是和皮洋芋，扣住的锅盖上贴了四个微黄的荞麦大饼，顶上再加一盆剩的干菜汤。略带苦味的荞麦饼是大凉山区的细粮，不是经常能吃到，对于孩子太多，玉米和荞麦不够吃的索布家更是如此。老四却错过了。

洋芋和大饼蒸熟了，和菜汤分别打到三个大盆里，全家人和两位邻居蹲在地上，或者坐一个矮板凳，围着盆子拿起来吃，用长柄大勺子舀汤喝。有菜的场合，长柄大勺子也是配合手指的唯一食具，用不着筷子和碗。盐吃完了，是从坡下的婶婶家拿的。相比起孩子过多的索布家，婶婶和叔叔结婚不久，没有孩子，叔叔在外做风险高但收入不错的架电线工，经济状况要好得多，电灯也比索布家多上两只。

吃完了饭，索布去缸里舀一瓢冷水喝，客人则抓一把地上的干豆壳擦擦手。趁着人们出门，狗溜到火塘边收拾残局，舌头舔过人用过的盆勺。刚才，它们已经在门前的猪食盆里，舔过了猪吃完的残渣。

没有人叫醒地上的老四。家里的黄猫不知何时来到了火塘边，和他同样在打呼噜。黄猫的毛色明亮，黑暗楼板上众多的老鼠滋养了它，在火塘边它是体型最富态的生物，似乎不该属于这里。

或许老四只是饿得太久。从天黑起，妈妈在忙活家务，二妹妹就替代抱着顶小的妹妹，嘴里用汉语重复地喊着“肚子饿，想吃饭”，这是老大索布教的。索布今年十二岁。但二妹也没有太大胃口，她和老五、老七一样感冒了，挂着鼻涕。

老五不时地在流鼻血。他光着下身坐在地上，有点落单。妈妈和姐姐的精力放在最小的老六和老七身上，不时需要把他们缠负在背上，抚平他们的哭泣。他们的哭泣也总是为时不久，一会儿就忘掉了这件事，照顾他们的姐姐和妈妈也时而忘掉了他们，任意放在地上、矮凳或床上。妈妈的旱烟丝飘散开来，屋里有一股经久的苦味。觉力的妈妈在父亲去世后有了烟瘾酒瘾，“不抽就死球了”，她衔着小烟杆微笑着说，火苗映出脸上层层皱纹，每一条皱纹像山坡的褶皱，藏着一丝岁月的阴影。

矮凳远远不够用，即使加上政府近年发放的两只铁凳，“板凳工程”的字样已经被磨光。坐在地上是更合适的姿势。如果贸然站起来，头会碰到过年时挂的猪尿泡，积着厚厚的油污，很难说清楚为何会挂在这里。

婶婶上来串门了，她还拿了一只鸡蛋，打在一个小碗里，倒上白酒，在火塘边点着了酒。火苗闪闪地烧起来，婶婶把鸡蛋翻面，直到白酒烧尽，鸡蛋也熟了。

婶婶自己吃了两口鸡蛋，又递给外婆，外婆再传给老四和二妹，一共有五个人尝了这个酒烧的鸡蛋。这是治感冒的方子。在石布家里，感冒的福利则是一碗加了糖的荞麦糊糊，分给三个孩子吃。

清晨，门边笼里的公鸡准确地叫了第三道，屋顶下如锅底的黑暗才来得及透出第一丝灰白，阿妈已经起床，抱来柴火点燃火塘。一种叶子密集、烧起来簌簌作响的灌木，是最方便的引火柴火。往年没有气体打火机的年代，保存火种是费心的事，老年人们用本县出产的玛瑙做打火石，还好本地有这种特别容易点着的树叶。

火苗在灰坑里跳动起来，竹编楼顶下浮动一层烟气，土屋里感觉暖和起来，一家大小先后起床，穿着单薄的衣服聚在火塘边，一天就这样开始，就像昨夜在火塘边结束一样。

地处低山一带的觉力家，火塘架的磨扇比索布家的大很多，雕镂着装饰的花纹，出自觉力的爷爷之手。觉力家的床也好过索布家，带着雕花的隔板，像一个个橱柜贴着土墙。隔板后面另有一个空间，越冬的土豆发芽，深得像一片森林。

觉力家的楼顶的储藏也比索布家丰富：梁上悬着的几块腊肉，几袋化肥，大堆的干萝卜缨子，还有一张铺在萝卜缨子上的床，有客的时候，觉力就爬上梯子到这里睡。索布家的楼顶木板稀疏，无处安置床铺，楼板上只有一堆萝卜缨子和一点发芽的土豆，屋梁下只悬着小半截肉皮。最主要的是，索布家的屋顶是木条的，即使在地处高山的这座村子里，也是仅有的一两家了，其他的人家都换了瓦。

白天正午，太阳穿过木条的缝隙，把几道光柱投到黑暗的地面上，像是在勘探这里。晚上下雨，一阵雷声在屋顶上滚过后，索布平时和爸爸睡的床铺上方漏了雨，雨点不偏不倚滴到索布的额头上，弄醒了睡着的他，他不得不把用作枕头的查尔瓦覆在头顶。屋子里其他地方，也不时响起雨点滴下的噗噗声响，却又很快被寂静吸收，几张床上分别睡着的妈妈外婆和几个弟妹，都没有醒来，只是发出此起彼伏的咳嗽，由剧烈慢慢变得缓和。索布头顶的雨点后来停止了，似乎这座古老的木条屋顶能够自我适应，在风雨的夜晚撑过去，咳嗽声也消失了。

索布拿掉头顶变潮了的查尔瓦，村庄里的狗叫猛烈起来，索布家和整个村子里的狗叫声连成了一片。有几次它们凶猛而集中的吠叫，似乎有迫在眉睫的危险迫近着这座彝人村庄，甚至有外来者已经到了屋门，即将闯入。但屋子里的人们毫无所动。他们就在猛烈的狗叫声卫护中，沉睡到天亮。只是凌晨的清寒中，妈妈和外婆床上再次响起几个弟妹感冒的咳嗽。

村庄平安如昨。火塘犹有余温，阿妈点燃它，土屋里才会暖和起来。

牧　场

索布家和婶婶家合有一匹马，是爷爷传下的。

周末放学的时候，牧马的任务由索布担任，一起放的还有两家的牛羊，属于索布家的有两只羊和一头牛。

牧场在家背后嶙峋的石山顶上。索布在小路上跳上了马背，只有在最坎坷险峻嶙峋的路段，他才需要下马。这匹棕色的马对索布来说显得很大，马鬃很整齐，“是爸爸出门前剪的”，正像索布和弟弟们的头发出自父亲之手一样。骑马是这片山区男孩子的通常才能，甚至是站在马背上。九岁的妹妹阿牛也能拿着树枝熟练地赶牛，牛羊走在前面，一直爬上石山顶。

山顶的地带分成两半：一半是围着两道铁丝的土豆地，土豆在浓重的雾气里刚刚出芽，插着很多破布扎的草人；一边是留给牛羊的草地，全村的牧场。相比起邻居家孩子更早赶上山的几十只山羊和绵羊，索布家牲口的数量不到人家的零头。

牛羊散开吃草，由于牲口数量多，草皮比较浅，牲口要走到很远的地方，消失在雾中。索布和妹妹下坡去摘一种野花，一个女人在雾中和索布说话，她的羊渐渐地在雾中现出来，人却没有照面。

曲笔阿萨家的牛羊由爷爷照看，爷爷长年住在山顶上，每星期回家拿些粮食。两个叔叔、两个姑姑和爷爷自己的羊都在一起，有四十三只羊和八头牛，四匹马。

今天爷爷回家来，告诉爸爸和叔叔有三只羊走失了。爸爸和叔叔上山去找羊，越过和雷波县的交界，到了下午都找着了，归到爷爷的羊群中。

爷爷吃了几个土豆，走时扛了两根长竹竿和一卷塑料布，把昨晚漏雨的棚子苫盖严实一些。棚子搭在平缓的地方，用青树枝和干茅草盖顶，覆着一张塑料布，一半像是新的，一半却又似经了长年风雨。棚子里搭了一张茅草铺的床，还有个小小的火塘，一口铁锅里留着吃剩的伙食：冷米饭和洋芋条子，带着几片肉。羊群的过夜处，就在窝棚一旁。

爷爷有权吃得好些，因为他不仅辛苦，还是做毕摩的师傅，能给家里挣钱。今年的羊价并不高，公羊一只千元左右，母羊七八百元。逢集的时候，会一早起床，赶下牛牛坝卖掉几只。

彝人的养殖事业总是受到年节和红白喜事的干扰，譬如小叔叔结婚时亲家来了一百人，婚宴杀掉了三只羊和两只猪。平时来了朋友客人，也不乏杀羊招待之举。一旦家族中有老年人过世，杀牛的数目可达五十到上百头，切割为简单的坨坨肉吃掉，吃不掉的只好扔掉。牲口来自各个近亲家的分派，譬如生母去世，女儿需要赶三条牛回娘家宰杀。

这会使一个家族的牲口群元气大伤。靠近昭觉县的一个村文书介绍，八项规定出台后，政府禁止了杀牛大宴，丧事最多只让杀五条牛，喜事杀两条以下，只能杀猪羊，单吃坨坨肉的风气也添了喝羊汤和炒菜。

山上的雾气很大，爷爷走到山坳里，有两个人在山顶和他打招呼，但看不见人。到了近处，才影绰绰地现出来，是下面村庄的两个年轻人。他们今年没有出门打工，放着几十只羊。

爷爷的羊在山顶上，如果不往崖坡太往下走，越过村落之间的地界，他只需要摊开查尔瓦坐在草地上，抽几口旱烟。羊群走远了，爷爷站起来走到崖畔，打几声呼哨，羊群顺从地跑回来。

两个青年的羊就在山坡之下。山坡的红土层层垮塌，带着浅浅的草皮，看去像是近年修耕的田地，让人疑心先人们把土地种到了这样的高处。

邻居少年阿达的羊群，却从山腰的坡地，爬到了对面更高的一处崖顶，几乎很难望见。

每日早出晚归的阿达，赶着羊群走的是另一路线：翻过村庄左近的小山坡，走一截横坡到达爷爷所在山顶的下方，再穿过一道大峡谷，顺着对面山梁爬到山顶。

十三岁的阿达没有像石布和阿萨一样去上学，因为家里除了他和母亲金固吉哈，没有了别人。

阿达的父亲多年前患病去世了，哥哥则在十八岁时死于一次意外事件：一直没有出门打工的哥哥在牛牛坝晃荡，沾染上吸毒的嗜好，在一次警方的抓捕中跳河淹死。

母亲不断地重复，“儿子没有了，没得办法了”。两个姐姐一个出嫁，一个十五岁出门打工，地里和家里的活要妈妈做，放羊牧牛的事自然落到阿达头上。阿达很少说话，看上去相比人的语言，他对羊群对沉默懂得更多。和火窝村的索布不同，父亲没有留下马背供他驰骋。

阿达出门时背了一个小袋子，里面装着和皮洋芋，洋芋煮了好几天，有点发腻了，中午蘸辣椒面吃。在横坡上照面的另外两个放羊小姑娘，背上也背着同样的小袋子，一个装着和阿达同样的土豆和辣椒面，另一个是一小坨冷米饭。阿达和她们很少说话，三个人都是没有上学的孩子，一时也没法出门打工。

傍晚，阿达的羊群还没有回来，金固吉哈有点担心了。

她走过了横坡路，在一个垭口眺望，只在最高处隐隐看见家里的羊，看不见阿达。隔着大峡谷呼唤，没有应答，只有拖长的回音“阿——达——”，在峡谷间绵延消失，染着暮色和年龄的苍凉。山坡安静下来，两个小姑娘和一个年老的牧人都回家了，夕阳落到了对面山顶，过了通常的时间。金固吉哈决定穿过大峡谷去找儿子。

她走下暮色降临的草地，爬上大峡谷对面的山梁，像一个微小的昆虫，沿着山梁向上攀登。过了很久，她赶着羊群从山梁下来。没有阿达。

金固吉哈回到了家里，把羊关进了圈，烧亮了火塘。火苗没有完全照亮她的脸，一些阴影长年存留在皮肤的褶皱里。

快睡觉的时候，家里的狗猛烈吠叫起来，又变成欢迎的呜咽，阿达走进了家门。他一直在山上找羊，因为没找到，提心吊胆地回来，看到了羊在圈里。

阿妈拨亮了火堆，脸上的阴影暂时消失了。她把装着蒸好的荞麦饼的盆子放到了地上，另一个盆子还装着两坨肉。似乎是预先庆祝儿子平安回来。

尘　　土

正午时分，大家都躺在曲笔石布家门前的地上。

下雨天，穿过院子走向石布的家门很艰难。地上堆积腐殖质的粪土，化为稀泥，一直延伸到门边，来源是大门旁的两个猪窝和院子对面的牲口棚，牲口拉下了粪便，又将一切成型之物践踏为污泥。

在金固吉哈和阿达母子家门前，情形更为困难，对于外来者来说，几块粪水中的跳石成为唯一的途径，稍微干结一点的靠里半截院子被一只充满敌意的大狗占据，它看护的是羊群归家的迂回道路。

这已经是改观后的场景。数年以前，牲口还在屋里豢养，而门前作为沤粪场地是传统。

眼下猪群在门前进食之后，石布的母亲会赶着它们到屋后通向金固吉哈家的小路上去排粪，这条路上全是横亘的猪大便。没有用来沤肥的猪圈。有时候，小猪和怀孕的母猪被叫进屋里去喂食，以免争抢。

人没有厕所，远远近近地到地里去解手。打工的青年和上学的孩子，在上厕所与就地方便之间来回切换，果果和五牛这样的年轻人回家之初会觉得不适，“但没有人去修”。

中午的阳光强烈起来，门前的粪土晒干了一些。歇晌的人们铺开查尔瓦躺下，或者席地而坐，几个孩子坐在院子旁边的柴垛上。每个村子都能看到或坐或躺在地上的人群，散漫地聊着天，话题时有时无，随风聚散。几个妇女在缝着手中的查尔瓦，一件精工的羊毛里子查尔瓦要费上半年功夫，只能在明亮的阳光下完成。即使是在美姑县城里，也四处是这样的情形。

阳光是大凉山最好的东西，远胜于此时屋顶下的黑暗。只要太阳一出来，人们就会席地而坐，聚集在阳光下。阳光和尘土一起塑造了彝族人脸上的颜色，和这里微红的土层近似，难以分离。

下午变天下起了小雨，人群都散了，各自去干活，石布的三弟留守在院地上，一动不动。身边光着下身的小弟弟哭泣起来，被阿妈抱走。老三仍旧坐在院地，直到小雨过去，天色将暮。

索布家的门前，中午聚集了十来个晒太阳的人，妈妈和大大小小的孩子，外婆和婶婶，几个邻居家的大人小孩。一直在感冒的外婆侧躺在一张破旧的查尔瓦上，同样在感冒的婶婶躺在高高的柴堆上。小弟弟躺在门前铺的一件衣服上，鼓起高高的肚皮，照顾他的大妹对着他的肚脐吹气。一会又背起他，躬身在石板上玩一种切野蒿游戏，像阿妈切猪草的样子。二妹则在门口的猪栏上攀爬上下。小妹妹从妈妈背上放了下来，躺在缝查尔瓦的母亲身边。老五仍旧光着屁股，和老四在土里玩梭坝坝游戏。

一会儿，感冒的小妹妹哭了起来，一时无人照看的她拉了屎，并无人觉得应该为她擦屁股，任穿开裆裤的她四处蹭干净，只有家里的黑狗感兴趣地嗅了嗅她的屁股。光着下身的老五又开始流鼻血，和脸上的尘土粘在一起。二妹妹的鼻涕还挂在上唇一伸一缩。有一会老六无人照顾，在门前地上大声哭泣起来，直到大妹妹想起了他，回来哦哦地哄，把他抱起来背着。

大猪从猪栏里牵走，拴在大门旁边的坡上，在阳光下舒服地睡觉，傍晚再回到门前进食。

从这里望下去，整个村子袒露在阳光下，明显没有更靠近低山的觉力家一带干净：小路被牲口踩成了烂泥，烈日也没能晒干，粪水横流，蚊蝇嗡嘤，各家小院都沤着粪泥。路口扔着一堆堆啤酒瓶子，是节日纵酒的陈迹，无人回收。白色的梨花触目地盛开在高处，和地上的情形似乎全无关联。

在一处墙角，三个小姑娘躺在尘埃里，像是在天然的襁褓中，全无戒心。脸庞和头发的尘土近于透明，天生清秀的面目之美，像是节日极尽艳丽的服饰，与触目惊心的脏污合为一体，难于分解。在索布的妈妈和两个妹妹的身上，也有这样的强烈反差，似乎天生如此又令人不安。

家里没有毛巾、洗衣粉，以及其他和洗涤有关的东西。水管在门前哗哗流淌，但没有人想到去洗脸。以前需要走过山坡去挑水，两年前政府出资，各家自己出力把水管接到了门前，但习惯了与尘土相处的人们，多半并不觉得需要改变习惯。

石布的小叔叔有一双塑料拖鞋，晚上会穿过院子去冲脚。虽然没打过工，他却是村里第一个开始洗脚的人。出门打工的果果和五牛，会在一个盆子里洗脚，阿妈和弟妹并不仿效，虽然他们跟着学会了看电视和手机游戏。

下午，索布的婶婶躺在自家的院地旁边，比昨天更为衰弱。她的感冒加重了，但并不打算去医院或吃药。村里没有卫生室。觉力的父亲当年就是突发肚子疼，因为没有医疗过世。

酒是通常的应付之道，昨夜的酒烧鸡蛋或者糖酒，已是精心调制的药剂。感冒一般靠自愈，村中幼儿园的教室里，时常有一半以上的孩子因为感冒缺席，觉力和索布所在的学前班也不能免俗。

对于更严重的病情，办法是做毕摩。索布前几天请了一天假，外婆前一段一直头疼，阿妈请了人做毕摩。

对于大凉山人来说，做毕摩是把日子过下去的条件。大大小小的事情都可以做毕摩：从感冒到卧床到轻重疾病，运气不顺，天气反常，冲犯邪祟，祈求牛羊丰足，婚丧嫁娶，或仅仅是每年例行的祈祷平安，祭祀祖先。按事情的大小、隆重的程度来区分，毕摩需要的时间和报酬也差别甚大，从治头疼脑热的几个小时到驱鬼的三通夜，从杀一只鸡待客到宰一只羊、送几百块钱。索布外婆做毕摩的代价就是一只鸡。

石布和阿萨在山上放养的爷爷，是村里最老的毕摩师傅，也教会了石布的爸爸和叔叔做毕摩。靠着毕摩的能力，爷爷不缺肉吃酒喝，常有零花钱，还能挣到粮食帮衬家里，在村里的威信也高。至今他一月要被人从山上请下来四五次做毕摩。

索布外婆做毕摩的报酬便宜，也是由于来做毕摩的是索布的一个家支叔叔和爷爷。两人都住在村庄的下方。叔叔有一副挂在家里的行头，斗笠帽子和花纹镶边的上衣，外披查尔瓦，最重要的一副长长的野猪獠牙，是他从村后石山上狩猎而得，打磨得锃亮。把獠牙戴在嘴唇上，似乎获得了野猪的某种神力，叔叔开始敲响手里的铃铛，念诵古老的经文，再从手中的木筒中掣出签条，用于占卜吉凶。一本发黄的手抄经文卷子还保存在叔叔家里，用于最疑难的驱鬼法术，是爷爷传下来。

在叔叔和爷爷对外来者的展示中，毕摩似乎不再那么神圣，具有了某种表演性。但它对本地人的权威仍是不可怀疑的。资历更深的爷爷，家中虽然有八个孩子，伙食仍能吃上开花白面包谷面两掺馒头，明显强于资历尚浅的叔叔。他的庭院则更符合一个老式彝族人的传统：粪水溢流，触目皆是黑色，似乎完全不担心病菌孳生侵袭。

没有人觉得，人们频繁的感冒和孩子的大肚子，和尘土或粪垢有关。在山顶上的火窝小学，支教老师们准备了牙刷和牙膏，要求孩子们吃饭后刷牙，进教室之前洗手。但在学校和村庄之间，隔着一道深深的堑壑。

家里最漂亮干净的东西，是每户门楣或显眼处挂着的照片。相框里的人们穿着艳丽的服饰，在照相馆布置的花草楼阁前留影，个个干净漂亮，似乎是特意储存起来的另一个世界，不能轻易触动。

因吸毒感染艾滋病的友色单独居住在堆玉米芯的垛顶上。一个小女孩爬上木梯为他递火机。

艾　滋

友色住在村庄的高处，像一个隐士。

他的住处，是妹妹家用来储放包谷芯子的垛子，四条木柱承着一个木条钉的橱，带一个遮雨的顶，每家都有一座。友色栖身的这座，顶子齐整，加盖了宽大的石板，看起来是专门翻修过。友色的被褥铺在堆满了木橱的包谷芯上，一条查尔瓦做枕头。另一条被昨夜风雨打湿的毛巾被，晾在木头围栏上。

十多年以前，友色在村中第一次艾滋病毒检测中被查出携带病毒，当时他已有多年吸毒史。从那以来，毒瘾和病毒以外的一切，都渐渐离友色而去。

因为吸毒，友色被劳教两次，进过几次看守所；家里的房子卖掉了。妻子忧愁之中开始酗酒，几年前上吊身亡，村中人怀疑她传染上了艾滋病；大儿子十九岁时摔死，大女儿出嫁，次女被亲戚接走，小儿子在县城爱心班上学，从不回来，友色成了彻底的单身汉。妹妹提供了这个安身之处，伙食也靠几个妹妹周济，和自己打零工解决。

友色随身带着政府发放的免费治艾药物，近五年来坚持按时服用，或许因此，他一直没有发病症状。但毒瘾并未放过他，往往在午后时分来袭，驱赶他从栖身的垛子上下来，下山去街上寻找吸一口的机会。失去了经济来源的他，吸毒只能靠借和蹭，吸上一口海洛因的价格高达300—400元，而这已经是大跌一半后的价格。

这是由于吸毒者已经大量发病死亡。友色不是村子里唯一的艾滋单身汉，他的一位同伴虽然没有卖掉房子，却同样失去了家人和财产，妻子染病自杀，剩下的儿女被亲戚接走，屋里除了一堆供躺卧的松针空无一物。紧邻的亲哥哥房子空无一人，两个儿女先后死亡，妻子身亡，男人绝望之下跳了山下的大河，尸体十多天之后才被发现。

友色妹妹家的墙上有一张合影，相片上友色和另外两个年轻人站在一起，身后是打工所在的广州街景，却不经意出现了殡仪馆字样。站在当中带着太阳眼镜，裤腿松松垮垮的表弟已经死去六年，他是当年和友色一起初尝海洛因到共用针管的伙伴。身处异乡，三个年轻人大大咧咧的姿势像是在隐藏什么，又在拒斥什么。

“吸毒的人好像是有钱，有面子，特别是请人吸。另外，譬如表兄吸上毒了，让表弟也上瘾，这样比起只有自己吸，就不害羞。”村中一个老人描述。似乎在白粉的烟雾之后，可以暂时隐匿被格格不入的异乡碰伤的自尊。直到被毒瘾挟持到今天的境地，在生身之地成为寄居的外人，友色的眉宇间才散去了照片上的竖纹，透明的眼神里空无一物，看不出亲人生离死别的痕迹。

表弟留下了妻子和五个孩子，住在村庄最靠下坡的土屋里。长女阿惹记得父亲发病到去世的情形。父亲去世前一段脸色非常不好，嘴唇脱皮，掉头发，手臂上的血管都鼓胀起来。常常咳嗽，没有力气干活，还总是从妈妈身上拿卖玉米的钱去买毒吸，或者借钱，“那段时间家里最苦，妈妈和我们只能吃玉米”。毒瘾发作的时候，爸爸浑身颤抖，脾气很大，妈妈因为不肯给钱还挨过几次打，阿惹和弟妹们都很害怕。“劝他不要吸了，他也想，但戒不了”。有时候爸爸又哭泣说对不起家人，家里人也哭泣起来。

去世那天，妈妈睡着了，阿惹和妹妹也已上床睡觉，爸爸对她们说你们要听妈妈的话。睡意朦胧中的阿惹正在困惑，爸爸拿起种玉米的农药喝了下去。等到叫醒妈妈准备送去医院，爸爸已经断气了。

爸爸去世后没有送上山，就在门前的树林里烧化了，只遗留两块堆柴的石头，看不出骨灰抛洒的痕迹。幸运的是，妈妈经过多次检查，没有感染上艾滋病毒。平时阿惹和妹妹沙衣喜欢坐在爸爸留下的一张木椅子上，这张做工结实带雕花椅背的椅子是爸爸自己做的，两姐妹睡的床也是爸爸生前做的，带着挂帐子的四根柱子。

和爸爸一起吸毒的几个人，都发病了，有两个已经去世。阿惹的舅舅说，以前高峰期，一年村里要死去两三个艾滋病人。村里吸毒的人还剩五六个，大都是四十来岁的中年人，把家里的猪羊牛卖了买毒吸。艾滋的阴影下，年轻人对于吸毒已经不敢轻易尝试，结婚时要双方去医院检查，没有艾滋等疾病才结婚。阿惹邻居家的一个少年去年结婚，就走了这套程序。

吸毒对这个靠近昭觉县的村庄的重创，在眼下仍历历可见：村头坐地晒太阳的人群中，地上坐的两个男人都吸过毒，一个是喝醉了酒吸，一个曾经开商店，别人拿毒给他吸换取赊货，商店在一年前垮掉，本人上了瘾却吸不起；一旁站着的村文书自己也有曾经吸毒之嫌。据文书讲，自从十多年前毒品传入村子，在 2005 年左右达到高峰，共有三十多人吸过，十多人死亡。加上连带导致的各种死亡，几乎没有家庭可以幸免。

毒瘾之外，酗酒和抽烟都是替代。村中的一个年轻人讲，喝酒时不要菜，一两斤酒量稀松平常。在外打工时朋友喝酒唱 K，酒量一般的他要喝掉五六瓶啤酒，人数多的话，每个人晚上要花一千多块。过年回家的连日串门，和平时婚丧宴会上，更要一醉方休，哪里醉哪里睡，成堆的酒瓶在村落中四处可见。友色的“床”上，须臾不可缺的是五块一包的香烟，一天要抽两包以上。旱烟杆也常常叼在女人的嘴上，索布的二妹妹已经在学大人吞云吐雾。

坐在阳光下，点燃一支烟，友色脸上看不出悲喜的神色，像是这个村庄的面目，在经历了如此多的死亡和悲伤之后，仍旧平淡地生活着，领受微风、阳光和出产，也繁衍着众多的孩子。

家住牛牛坝的阿木、阿鲁两姐妹，妈妈和爸爸相继在数年中过世，原因是爸爸在外地做生意期间吸毒染上艾滋，又传给一同出门的妈妈。以前家境不错，爷爷一辈传下来不少临街地皮，父亲因为吸毒需用钱，都廉价卖掉了，连同自家的土坯房。两姐妹从出生以后，一直住在临时的出租屋里，或寄居在奶奶家。妈妈去世时父亲在劳教，家中已经一无所有。阿木和阿鲁“觉得自己跟别的孩子不一样，吃穿不一样”。今天在两姐妹身上，仍显露着营养不良导致身材矮小的后果。

爸爸从劳教所回家，身体已经很不好，两年之后去世。这期间父亲终于彻底戒掉了毒瘾，起因是阿鲁和爸爸之间的一次直接冲突。一个爸爸以前一起吸毒的朋友找他，请他吸粉。为了安抚阿鲁还拿五块钱给她。阿鲁把五块钱和桌上的白粉一起打落，推倒了准备吸粉的爸爸，骂他说，“你还想进监狱吗?”骂着爸爸的同时阿鲁痛哭起来，朋友尴尬地说着“没事，没事”，离开了。以后爸爸再也没吸毒。爸爸很心疼两姐妹，得病后不再带着阿鲁睡，甚至不让女儿们碰一下他的脸。有一次阿鲁闹着非要跟爸爸睡，被爸爸坚决拒绝了。

爸爸去世之前不久，阿鲁曾经一个人陪同爸爸到县医院看病，照看了他一周。爸爸症状已经非常严重，咳血，脱皮，肚子痛，脸色黑得有点瘆人。“爸爸说他好不了了，要死了，让我要努力学习。我有点不相信，就像妈妈去世前一样。”

爸爸去世以后，按照风俗在山上烧掉了，就在以前烧化妈妈的地面。烧化时不让孩子在场，但以后姐妹俩会不时地去探望。

从奶奶住在牛牛坝后坡的土屋出发，穿过干涸布满淤泥和垃圾的涧壑，经过覆盖竹叶的小路和开花的苜蓿地，来到一片铁丝网围住的集体树林，姐妹俩熟练地掀起一个缝隙，从下面钻过去。在有些荒疏的杨树林中走上一截，就到了父母骨灰烧化的地方。荒草中有一小片地面没有覆盖草皮，附近的一棵杨树似乎在火葬中被烧焦了半边树皮，这是仅有的标志。

姐妹俩面朝这片小小的泥土，低头坐着，任沉默的时光流逝，有时会轻轻跟父母说一两句话，又像在心里没出声。手里没有百合香、酒或纸钱，也没有一束野花，只有沉默。这是大凉山彝人悼念亲人的方式。

惊心动魄又饱含痛楚的往事，在微风中消逝了，只留下隐约的气息。在沙衣和阿惹家屋后的小路上，雨后阳光近于透明，对面山坡似乎在一天中变为深青，失去了几个子女的外婆倚在摊开的查尔瓦上，眯缝着眼睛领受阳光，轻轻哼唱古老的彝语歌曲。妈妈在附近缝补查尔瓦，身边偎着最小的两个弟妹。沙衣和阿惹攀上了一棵椿树，采摘初生的椿芽。轻柔的微风和生长的气息，抚平了昨夜的记忆。

彩　　礼

果果的手机里保存着一个一头怒发的小伙子的照片，是在打工中认识的男朋友，眼下在浙江。但回家后她删掉了小伙子的QQ号，两人已经两个月没联系，“妈妈不同意”。

妈妈不同意的直接理由是，小伙子家相距两个乡，果果结婚后不方便回家帮着干活。

果果服从妈妈的意愿，“如果实在妈妈不答应，就算了”。在大凉山，即使一些年轻人在出外打工中开始自由恋爱，仍旧要纳入媒妁之言和父母之命的程序。否则就是“拐”，会引起极大的家庭矛盾直至家支危机。现实中很少有年轻人自作主张，原因是彝人在打工的他乡很难扎根，必须依托家乡的根基。

另一个原因则是，婚姻上附加了沉重的砝码：回娘家和彩礼。

曲笔阿萨的小叔叔已经结婚一年，却过着单身生活。媳妇以前不认识，只在婚礼上见过一面，当天就回到娘家，未曾同房。只有这边有干活和年终毕摩之类的重要事情，才能请人去叫。但媳妇并不愿意前来，而小叔叔也不想去叫，“不喜欢她”，平时两人一个月打不上一次电话。

按照传统，婚礼上夫妻双方甚至可能没有机会照面。媳妇回门之后，需要在娘家呆上三四年，与丈夫只是偶尔相聚，夫妻虽然结了婚，还存在严重的身体禁忌。如果丈夫始终不能抓住机会取得突破，最主要的是使女方怀上孩子，则婚姻有可能成为画饼。沙衣邻居家一个姑娘，嫁人四年仍然呆在娘家，眼下二十二岁，要等到二十五岁才能真正过门。

结婚时一般并未办理结婚证，保障则在于，女方悔婚需要偿付数倍于当初男方交付的彩礼钱。譬如沙衣邻居家的大姑娘悔婚，收的四万彩礼赔了十六万。

彩礼钱是一笔高得令人惊心的数字。眼下像五果这样的女孩出嫁彩礼达到二十多万元，略有文化或有工作的则接近三十万。每年彩礼的价码都在提升，像起楼房一样一年上一层，前年还是十三万，去年涨到十七万。在靠近西昌的地方，彩礼价格更高。而在五年前，价码还在三至七万不等，十六年前阿惹的父母结婚时，彩礼数字是五千元。难以想象，这些高不可及的数字怎样与烟熏火燎的贫陋土屋相联。

很少有小伙子能通过自己打工挣到足够的彩礼钱，彩礼的来源一般要依靠姐妹出嫁的收入来调换。娘家在火窝村的沙吾果大弟弟数年前娶亲，花的七万多彩礼中有一半是沙吾果出嫁的彩礼，小弟弟娶亲的十三万元则一半靠家里，一半靠自己挣。石布小叔叔娶亲的十三万元彩礼钱，连同婚礼花销超过二十万，则来自于家中两个妹妹出嫁彩礼的积累。他的新房床头贴着四个姐妹的照片，媳妇阙如。

在女孩子这头，果果和五牛打工挣的钱，除了平时帮衬家用，积蓄出嫁时是否可以当陪嫁带走，也要看父母的意愿。妈妈给五果出嫁打造的，是一副价值一万多元的红玛瑙挂饰，另外是一副苗银手镯。

假如一个家庭缺少女孩子，男孩众多，娶媳妇就成为几乎不可能的任务。曲笔石布和弟妹们未来就面临这种困局：五个孩子中只有一个女孩，和索布家中情形颠倒。吊诡的是，恰恰是借女孩出嫁索要重礼来保障男孩娶亲，造成了困局。

对于更为贫穷的人家来说，为了免除彩礼的负担，保证男孩娶到媳妇，调换亲和娃娃亲是一种便宜之计，甚至会出现三家调配。沙衣和三弟未来的婚姻，爸爸在去世那年安排好了，和家在西昌的二姑家对调：三弟娶二姑家的一个女孩，沙衣则嫁给二姑父哥哥的一个男孩。这样三家都不用支付彩礼钱。这门娃娃亲显然让正在上初一的沙衣压力极大，提起来脸上就浮现阴云，但更成问题的姑表近亲结婚，似乎无人介意。

由于怀上孩子婚姻才算真正落实，这里每家孩子数目众多，几乎都交过计生罚款，不少孩子没有户口。索布家超生的四个孩子被罚了一万多块，其中一岁多的弟弟罚得最多，现在家里还欠着债。阿萨最小的弟弟和妹妹超生，罚了三千元。

石布的大叔叔家最小的孩子没上户口。和阿惹、沙衣姐妹一起放羊的阿牛，妈妈一直住在外婆家，只是偶尔过来，他家一共六姊妹，包括在外打工的哥哥姐姐，只有两个哥哥上了户口。十岁的阿牛给别人家看着羊，他并不知道，除了贫穷，自己还缺少一份生存的凭证。

上　学

火窝小学建在高坡顶上，被支教老师们称作“云上学校”。

爬坡到校的孩子们，也像暂时脱离了家中的泥土地面，过着“云上的日子”。对于这座山区来说，学校像是一座飞碟，降落在他们的生活中。

几位年轻的支教老师分别来自幼教、工程设计和财会行业，带着来自外界的新鲜气息，教着相对宽松的学前班课程。此起彼伏的咳嗽声中，年龄跨度巨大的孩子们一起学习着从认字数数、做手工到唱歌跳舞的课程，盯着老师照猫画虎的姿势羞怯又奔放，有一种在外界不多见的虔诚。

一年以前这里还没有学校，除了极个别富裕家庭送孩子去乡里，绝大多数孩子目不识丁。入学半年后，觉力已经能够工整地写下全家人的名字，虽说他数数字还要掰手指头，不过对他和很多孩子来说，跨进教室门槛本身就是意义。

学校里的一切都是新奇的，课本之外，还有五颜六色的积木，手工篮球乒乓球，公共厕所和牙刷，围墙上的图画，音箱里的歌曲。周六周日仍有不少孩子来校打球或者找老师玩，带来山坡丛生的红白野花，以至从陡坡冒险攀摘的索玛花，难以阻止。

时常有打工回来的年轻人来到学校张望，回娘家的沙吾果站在学校操场上，望着学生们集体绕圈跳《小苹果》，从早晨站到中午开饭，微风吹动她裹着青色查尔瓦的身影。在相似的年龄，她从来没有机会见过学校，脚下踩着的操场，是她当年牧羊的草地。

学校也带来了实惠，国家营养餐补贴和公益组织配合，给学前班和幼儿园提供了免费午餐，雪白的米饭和顿顿有肉的菜，是孩子们在家里无法经常享受的，这也成了家长把大大小小的孩子送往学校的一个动力，他们很多已是帮衬家庭的劳力。

火窝小学由公益组织兴建，具有公办资格，但全体老师是支教人员，按年度接力。这种体制上的某种不正式其实带来了新鲜气质，附带外界密切的关注，譬如孩子们有公益组织统一提供的校服。而这是达洛小学的石布和同学们没有机会享受的。两座学校中的鲜明色彩和一片灰黑对比明显。

土生土长的达洛小学，是乡中心学校的教学点，只有四个老师，由于教师和教室不够，有两个年级断档。课堂上，前两排的几个好学生能够对老师对提问作出反应，后几排则表情茫然。和火窝小学一样，这里没有彝文教学，但老师授课时会间杂使用彝语。

学校下半年打算新招一年级，负责人说打算放宽年龄段，招一些过了入学年龄的孩子。由于是在教师宿舍充当的临时教室上课，只能招二十个人。

曲笔石布算是过龄孩子中的幸运儿，相比高一级的弟弟阿萨，石布的语文落后，却也能背弟弟班上教的几句唐诗，譬如“远看山有色”，数学还学得更快。每天来回四个多小时的山路，下雨天冲断道路的山洪，也阻断不了他对于上课的兴致。

从学校的附近到遥远的山间，到处可见驱赶羊群的失学儿童。阿达和相邻放羊的两个小姑娘，都只能在电视上学习汉语，他们和父辈一样，说得最好的一句汉话是“听不懂”。

外来的支教公益努力，对这里极为重要，火窝小学和沙衣所在的一座慈善学校都是例子。沙衣就读的慈善学校专门针对单亲儿童，提供一日三餐和换季衣服被褥，管理极为严格。在凉山，支教者受到普遍的尊重，可以得到交通的便利和旅店的打折，“你是来帮我们”的意识已经渗透到普通人心灵中，火窝乡政府对几位支教老师也甚为照顾。

但前一段发生的“最悲伤作文”事件导致的索玛花支教机构的困难，也体现了公益、舆论在和当地体制、民情对接时的复杂敏感之处。索玛花机构的一位成都出资人透露，他们眼下正在逐步修复因为“最悲伤作文”事件受损的局面。

对于孩童一代来说，教育的改变比不久前的上一代甚至只是年长几岁的哥哥姐姐，要实质得多。阿惹一直记着爸爸临终的吩咐，她和班上最好的同学约定，将来一起考上大学。没有妹妹订的“娃娃亲”，她的人生前景上少了一项负担，还可以梦想当“歌唱家”，偶像是电视上的 TFboys 和选秀少年。

她是学校全年级中考成绩的第一名，得到了一张由美姑县委县政府颁发的“优秀学生”奖状和三百元奖金。奖金交给妈妈，换来了家里的两袋大米和化肥。周末，借着大门进来的阳光，她和妹妹沙衣在两只米袋子上摊开家庭作业。

这比当年的爸爸幸运不少：爸爸小学成绩一直很好，却没有学费上初中，在五年级辍学。沙衣的学习在班级中也处于前列。

教育带来了观念的默化。提到家里过年做的“毕摩”，阿惹说是一种“迷信”。她和妹妹都不喜欢查尔瓦的服饰，觉得买来的防寒服和运动服穿着方便。觉力和索布也更喜欢学校的校服。

但是在披起青色或黑色的查尔瓦，戴起高挑的“英雄髻”或鸡冠帽的时候，他们会和父母一样，显出某种不同的气质，不同于在田垄中或火塘边尘埃里的他们。似乎这片土地古老的气息，历经受挫，备尝局促，却并未完全失落，在时光辗转中寻求自己的位置。

（文中友色、阿惹、阿鲁、阿木、沙衣为化名）

大凉山美姑县城街头，披着青黑色查尔瓦的小女孩。

清晨雾气中，果果、五果和母亲在坡顶点豆子。

索布的家支叔叔是毕摩师父，一副野猪獠牙是做法的行头。

正午的阳光下，几个小孩子全无戒心地躺在尘土中。

生死课

海子：死于一场春天的雷暴

1989年2月，正待解冻的密云笼罩未名湖。海子的挚友、北大诗人“三剑客”之一的骆一禾写下了两句诗：

这一场春天的雷暴

不会将我们轻轻放过

诗句准确地预言了那一年的轨迹。一个月后，海子在山海关卧轨身亡，像是平地传来一声惊雷。再过两个月，为处理海子身后事心力交瘁的骆一禾本人，在广场上忽然脑出血倒地，十八天后不治身亡。这仅仅是雷暴季节的序幕。当秋天雷声停歇，庄稼被收割，一个时代已经灯火阑珊。其中逝去的，既有诗人海子年轻的面容，更重叠着整整一代人悲欢交集的面貌。

诗人自此不再是时代广场上的主角，昨天拥有魔力的缪斯诸神，像是一夜之间退位了。但海子却像他自己预言的那样，在野蛮的悲伤之后复活了过来。他复活得就像一朵春天无需穿戴的野花。

二十五年后的初春，北京花家地的中央美院北区略显荒凉，西川的办公室墙上挂着一幅王莽篡汉时期的摩崖石刻拓片，字体古崛浑朴，被他称作“最伟大的书法”。这幅石刻拓自他的出生地苏北海岸，上有文字“东各承无极”。西川轻轻说道：“‘无极’就是大海。——面朝大海。”

这是他少见地提起亡友海子的这句名诗，却并不像今天的地铁站房地产广告那样，缀上后四个字“春暖花开”。相反，那是一片冲击拍打崖岸的怒涛，至今并未从时代的顽石面貌上散开。

“这是好诗，但这不是最好的海子。”已经被无数次要求谈论亡友的他，有些微微激动。更好的海子存放在他的心里，像是扑向永恒天空的一头豹子，更是黑漆漆睡着的财宝。

他和逝者海子一同亲历的1980年代，在许多人的追忆中是一个黄金时代，今天催生了诸多怀旧的文字，但那些最好的东西并不为人了解，其中还多有误解。

从十五岁离开家乡到二十五岁去世，海子在北京的十年，正好与整个1980年代同期。今天在遥远的安徽怀宁查湾，海子蔓生青苔的墓地已经被划为市级文物保护单位。但这不足以安慰他的母亲和那个逝去的十年。为自己的日子/在自己脸上留下伤口/因为/没有人为我们作证。海子预先在一首诗里说。

海子的死，为时代之谜保留下来一件可靠的物证。围绕这件证物，又产生了诸多人事喧嚣，成为一个时代复杂的回声。今天找寻和辨认这件证物，只能遵循海子在那个春天的脚踪。

未 名 湖

我年纪很轻
不用向谁告别
有点感伤
——海子《小站》

臧棣第一次在北京大学见到海子，弱小的身子上顶着一个大头，一圈怒发和络腮胡子围住天生的娃娃脸，给他留下了永远难忘的印象。谈吐起来，臧棣觉得他脑子里囤积的哲学远远超过年龄。

这圈络腮胡子或许是为了掩护过于柔弱的青春。海子的同学回忆，十五岁的海子初到北大时，身高不足一米六，只有一个头显得特别大，像是从乡下田野飞出来的蜻蜓。

开学后不久，季卫东在上课时第一次注意到同学查海生，在课间抱着一本又大又厚的书在阅读，季卫东感觉他稚气的脸庞、矮小的身体和这本大书对比，“很有诙谐感”，因此走过去与他攀谈。此后二人被分别称为“老夫子”和“小夫子”。

起初“老夫子”喜欢摸“小夫子”那又大又圆的头，以后遭到海子不满而作罢。在海子四年的大学生涯中，一直面临这种“被怜爱的尴尬”，直到他在诗歌中找到完全不同的自己。

海子所处的班级，是“文革”后恢复高考的第三届招生，和前两届一样不限年龄，其中不乏一举改变命运的插队知青和街道青工，有人的年龄超出海子的一倍，是从安东尼奥尼的纪录片里走出来的一辈。这个五十来人的班级像是“文革”历史的叠压，1964年出生的海子只是摸到了这份历史的底部。

海子学的是法律，最初爱看的是武侠侦探小说，喜欢的是德意志哲学。但解冻的未名湖溢出的诗歌潮水，不可避免地波及了这个时常坐在岸上草地出神的少年。大学四年级那年，他由浑然不觉转而一头扎进诗歌，面对一个由盛极一时的朦胧诗和纷纷传入的外国现代诗汇成的海洋。

回忆起类似的经历，西川说：“在未名湖旁边坐着，不知怎么就忧伤了，开始写了……有点可笑。”

相比起管理不松不紧的校方，缪斯是这时燕园和未名湖的真正主宰。即使是在法律系的小宿舍里，海子也不是第一个写诗的人。用一句俗语来说，十个馒头砸到北大学生头上，九个砸中的都是诗人。

“三剑客”中的骆一禾、海子和西川来自的中文、法律和西语系，分别拥有自己的诗歌刊物《启明星》《晨钟》和《缪斯》，这远比另一些诗刊产自的系别听起来正常：地球物理系、计算机系、数学系。这些油印刊物只是整个中国弥漫的油墨气味一角，美学家高尔泰形容为“凄红骇绿，异俗殊音”，人人唯恐落后。

大小油印刊物背后围绕着数不清的诗歌朗诵会。对于那时未名湖旁的北大礼堂来说，“水泄不通”经常是个贴切的形容词。诗人之外，自然还有思想界热门人物，“走向未来”丛书主编包遵信，即在未名湖边留下了一张于学子簇拥中激情挥洒的照片。

各种社团招新的讲座信息海报，以及发表意见和争论的大小字报，贴满了北大三角地，在五颜六色裱糊的外表下，隐隐接续着消逝的西单民主墙的余脉，以至北沙滩红楼的五四血统。

曾担任北大五四文学社诗歌负责人的臧棣说，诗歌是一个空间，在中规中矩的校园生活中打开了一个缺口，重要性相当于呼吸。当时齐秦的一首歌“给我一个空间”，因此在校园里传唱。

在那个特殊的年代里，校方对此的态度显得若张若弛。他们需要一种活跃的气氛，但又想限制实质，“鼓励社团活动，但并不支持写诗”。

团委和学生会成了调节的阀门，邀请校外诗人朗诵名单要报他们审批。西川和海子的第一次见面，就在北大团委的一间办公室兼宿舍里。

教室规模的大小，是控制活动规模的一个方便手段。在礼堂的朗诵会可容三千人。一次邀请杨炼来的讲座，却被安排在化学系一个四五十人的普通教室。

这正是在外地同样上演的故事。海子的安徽同乡、诗人叶匡政当时在合肥的高中就读，小有诗名的他，赶上了合肥市教育改革，在小小年纪拥有了多个半官方的头衔：合肥市学校报刊交流中心理事、合肥市艺术中心观察员，可以持证到合肥市各个中学自由听课、走动，“观察”。这些理事和观察员全都是中学生。叶匡政还是官方组织的诗歌夏令营会员，远赴苏州无锡参观。

1986 年上大学之后，叶匡政又是系学生会外联部主任。在一次“自由化”活动后，整个学生会的成员被校方清理干净，叶匡政本人被迫退学，从中学开始的与校方的蜜月期至此结束。

如此气氛中埋头读书，海子可谓不够敏感。但据说他一开始写诗，同宿舍那位开风气的诗人就此搁笔，却把海子介绍给了骆一禾。二人以一次“投名状”式的酩酊大醉定交，以后海子又结识了不喝酒的西川。小圈子里还有一个伙计叫老木。圈子之外海子沉默如昔。据季卫东说，海子经常在教室和宿舍写诗，但从不出声朗读。

这个小圈子和很多别的小圈子围绕诗歌的圆心转动和碰撞，朗诵和油印诗歌，喝酒和争论，讨论哲学和美，很快成了校园里某个嗡嗡发声的核心。三人据说还有写作上的分工：海子写天堂，骆一禾写地狱，而西川写炼狱。海子写诗始于毕业前不久，但离校后他不停回到这里，继续参加圆周运动。

在一次清华大学的诗歌朗诵会上，政法大学学生王俊秀第一次见到海子。在评委席上，牛仔裤络腮胡子的海子和谢冕邻座。当一个女学生上台朗诵时，身为评委的海子听到某一句诗竟拍起了桌子，让王俊秀觉得他“特别暴躁”。海子的暴躁受到了女学生的反驳。当她继续念到一句“我的爱人，你的脸像食堂的烧饼”，海子又开始拍桌子，众评委则掩面大笑。

王俊秀向正好站在身旁的骆一禾打听。骆一禾告诉他这就是你们政法大学的海子。久闻其名的王俊秀这才目睹了真人。

当时也在北京的大学校园里写诗的方向（化名）说，只有在那个年代，你可以把一个人批判得体无完肤而不伤友情。海子就是这样一个毫不掩饰的批评者，同时也受到别人毫不掩饰的挚爱和批判。

据王俊秀回忆，当时他一到清华就被学生围住，问海子来不来，说“不来就没意思”。可见当时海子已在学生圈中成名。王俊秀背诵起海子的“亚洲铜”，还像当年一样眉飞色舞。“祖父和父亲死在这里，我也将死在这里。你是唯一的一块埋人的地方。这太猛了。一般人不敢这么写。”这是海子离开未名湖后不久的成名作。

臧棣在担任北大五四文学社诗歌负责人期间编《未名湖诗选集》，把海子放在第一位。海子也是北大 1986 年度五四文学大奖特别奖的获得者，一同的获奖者除了兄弟西川，还有前辈芒克和北岛。这份手写的奖状，一直保存在海子的遗物里。

对于为激情裹挟的诗人来说，摇篮一样的未名湖，虽然处于校园诗歌的中心，却显得平静。

校园外的诗歌朗诵会现场的疯狂，可以北岛、顾城等人在成都的一次经历为证：在听众的蜂拥冲击下，北岛等人不得不躲进厕所，对搜寻者谎称“我们不是北岛、顾城”，随后翻窗逃跑。即使是学者刘再复和李泽厚的美学演讲，也曾由于听众太多三易讲坛，台下尘土飞扬，索求签名的听众差点掀翻了桌子，李泽厚还由于“讲得太少”遭遇强烈指责，二人在保护中撤走。

全民性的诗歌热，把不同阶层和地域的人混合在一起。“文革”“打倒走资派”和上山下乡造成的各阶层打乱，客观上也促成了这一局面，譬如北岛、芒克都是干部子弟，本身却是工人，芒克以后失业。创办《今天》的团体是包括护士、团支部书记、造纸厂工人等各个出身人群的混合，这在其他的时代是不可能出现的。

《今天》的“管家”鄂复明，是一个从内蒙古插队回来的公交系统工人，自己并不怎么写诗，一走进《今天》就变成了印刷工人和财务、后勤“总经理”，成了朦胧诗人背后的服务者，包括给几乎每一个读者亲自回信。大陆《今天》停刊后，鄂复明继续上班，却始终珍重保存着《今天》所有的资料，包括读者来信和每一期样刊。

多年来他为了避免资料被有关部门拿走，一直保持绝对的沉默，直到近年将手中资料捐给图书馆，“这以后我才敢讲话”。此外，他还管理过为诗人食指募集的救助基金。他从来没有分享过朦胧诗人的荣光，却甘心做了保存历史的“持灯者”（查建英语）。这也说明了那个年代诗歌的巨大魅力。

一个例子是，朗诵舒婷的《致橡树》成为婚礼上的必备节目。北岛的“路啊路，飘满红罂粟”则成了一句港台味儿的流行歌词，被城乡青年不明就里地哼唱。

在喧嚣又热烈的时代面前，北大燕园只是海子诗歌出发的“小站”。些微的伤感之余，“三剑客”终将依次离开未名湖，“到草原去晒黑自己”。从这个时期开始，查海生给自己起名“海子”——草原上的湖泊，或者更像一滴水。连挚友骆一禾，也是几年后明白其含义。

只是，海子没有去到意想中纵马驱驰的牧场，而是到了北京郊外的小县城昌平。

在　昌　平

孤独是一只鱼筐
是鱼筐中的泉水
放在泉水中
——《在昌平的孤独》

2014年3月，昌平西环里15号楼5单元的楼道里，从底楼到顶层贴满了像苍蝇一样密麻的小广告，从开锁、疏通、除尿碱到办证、妇科男科，无奇不有。被京城核心区严密的物业管理逐退之后，它们似乎在这里找到了疯狂的发泄之地。以后海子迁居的中国政法大学昌平校区4号家属楼也不能免厄。

没有任何迹象，显示这里是三十年前诗人的故居，对于逝去的那个时代，连一点点气息的暗示都没有。法大学生也只知海子其人，无人识其旧居。

毕业后一年来到这里，海子像是被那个过分喧嚣的时代放逐了。相比于北京城里的拥挤，昌平校区太过空旷。最初两年没有学生，教师租住在西环里的宿舍，每天回城上课。校区长达数年未竣工，几座贫瘠的小山脚下一片旷野，临时的一圈铁丝网之中，几幢新立起来的教学和宿舍楼里少有人居。一直到1990年代初期，这里才成为真正意义上的校园。

这有点像是邻近的秦城监狱，初创时期同样是一道铁丝网隔开。罪犯们的劳动号子和卫兵吹号，则被共享场地的北京市歌舞团的吊嗓和锣鼓声代替。

地处燕山脚下的昌平，建制始自汉代，似乎从古摆脱不了放逐之地的角色。明代有罪的太监宫女，惯例是发配到偏远的十三陵守墓，老死荒郊。慈禧太后在八国联军攻陷北京时出逃，曾携光绪皇帝在这里的旧庙借宿，啃食玉米棒子充饥。建国以后昌平的建制，在建区和立县之间来回摇摆，难以确定和北京的关系。

秦城监狱之外，关押右派劳教分子的沙河农场、1960 年代“反动学生”和右派下放的南口农场都邻近这里。律师张思之下放到燕山脚下的清凉洞劳动，又在 1980 年代中期离开全国律协再次来到昌平，创办《中国律师》。

法大昌平校区也不免身世疑难。“文革”之后复校的北京政法学院（以后升格为中国政法大学）地皮多被割据，教师宿舍逼仄，年轻教师蜗居于简易棚，终究引起了集体请愿，负责安抚的副校长江平煞费苦心。学校为解决难题在昌平拓殖新区，却也遭到“偏居昌平，会对那里的新生产生什么样的影响”的质问。这些请愿的年轻教师，以后不少人像海子一样迁往昌平家属区。1988 年 5 月，昌平校区又发生了学生罢餐事件。江平当上校长后又在海子去世的那年秋天去职，成为政法大学史上任职最短却又“永远”的校长。

在法大的校园里，诗歌的氛围与未名湖并无二致。1986 年入学的王俊秀作为“星尘”诗社社长，成为与海子交往的人之一。在海子同事李秀云的记忆中，当时的政法大学“校园诗歌就像今天绽放在校园里的玉兰花一样，文学青年写诗，文艺青年弹吉他，革命青年谈民主自由”。

但王俊秀回忆，海子自己慢慢地疏远了法大校园诗歌，这或许已不足以容纳他的文学抱负。当昌平校区土生的“345”诗社在学校蓝屋饭馆里聚餐以庆祝成立，他们并不知道身后一桌上坐着诗人海子。次年海子自杀时，诗社刚刚准备聘请他为顾问。

这或许与一个悖谬的现象有关：海子做校报副刊编辑扶持的1983—1985届法大学生诗社成员，经常在主流刊物《诗刊》《星星》上发表诗歌，海子自己的诗却缺少这种机会。厕身崭露头角的“学生辈诗人”当中，身为老师的海子或许会觉得尴尬。

诗人海子并不适合教严谨的法律，校方将他从校报调入哲学教研室，这算是那个时代“爱护人才”的方式。年轻助教海子的课程中，既有生涩的马克思主义哲学，也有离诗歌最近的美学。前者使他生涩窘迫，后者则助他灵感挥发，在第一堂课上提示学生们将海鸥想象为上帝的游泳短裤。另外的节目还有课间朗诵诗歌。

和不受学生待见的马哲一样，引人入胜的美学，当时同样处于新旧争议的风暴中心。海子和他的一位女学生朱惠萍，就在课堂上发生争执。期中考试“美的本质”的论文陈述中，朱惠萍认为美的本质是一股大力，不由分说地注入人的心灵。海子有些急躁地打断了她的话，引起了她“以海子之矛攻海子之盾”，一位男生也加入，批评海子在压制不同的观点。海子的脸红得“超过了身上半截鲜红的羽绒服”，讨论会黯然收场。

这个发生在课堂上的小小冷场，毋宁是当时美学界白热化争论的缩影。海子崇尚的美学来自希腊与德意志的和谐静穆、理念与感性统一，喜欢的国内美学家是宗白华和朱光潜。这和蔡仪等人的官方美学自然判别，但当时最能引起年轻人热情的是李泽厚和高尔泰。

曾经的夹边沟囚徒高尔泰的名言“美是自由的象征”，和刘再复的“文学主体性”理论相互烘托，成为一个时代年轻人的信条。李泽厚《美的历程》则成为大学生人手一册的经典，书中奔放的辞采和激情令人动容，使人感到注入心灵的“一股大力”。在不同的美学观点之间，发生尖锐冲突，混杂着政治酵母，从 1957 年反右一直延续到 1980 年代之后，高尔泰黯然出国，李泽厚也因为“毒害青年”受到批判，二人之间也由同仁到陌路。

在法律院校教授美学的海子，职称始终停留在助教的台阶上。在北大报考法理学研究生失败后，海子曾在未名湖边散步中对季卫东吐露，他怀有创造“诗意的法理学”或者“法律的诗学”的抱负，但这项抱负显然并未受到体制鼓励。

美学的争端之外，将海子卷入的还有气功潮。这曾经是和改革新星李向南、海灯法师以至钱学森的控制论一同流行的时尚，最著名的文学界卷入者包括柯云路，海子是不声不响的身体力行者。亲历者回忆，发功者第一次来到昌平，当场震倒政法大学的几个学生，带给海子和其他观者震撼。这个反对异化的时代，相信人可以提升自己的身体，将肉身变为超越的“气”，开天眼，甚至散发芳香。海子自信，他已经打通了“小周天”，冬天可以穿一件单衣走在昌平校园里，双脚泡着冷水写作。

昌平的酒馆是宽容的，海子可以和西川、骆一禾以及新结识的伟岸们像叶赛宁一样赊账喝酒。昌平的大街是空旷的，可以容许海子在失恋后夜夜游荡，不必遇到巡警的阻拦。昌平有限的文化底蕴，对海子也是友好的，他生前获得的三个奖项中，其中一个是“昌平县 1986 年业余文艺创作一等奖”。

但昌平不同于北京或莫斯科，这里的酒馆也是孤独的，老板可以赊账，在海子打架时袒护他，却不高兴他朗诵诗歌。爱情从课堂上到来，又在现实中离开他，像渔网中漏掉的水。

这有别于瘦哥哥梵高在阿尔决然的孤独，更近于高更在塔希提。但由于拒绝生活，三人最后走到了一起。或许这正是诗人和时代之间需要的距离。在昌平以外的世界，多数的诗人却和时代走得太近。

1986 年，深圳举办了诗歌大展。这个由红极一时的《深圳青年报》和安徽《诗歌报》联合推出的集体展示，是一次全国各流派诗人成名的机会，过期不候。为此各种门派一夜出世，譬如野牛派、病房意识、超低空飞行、撒娇派，共达八十八个，以后人称“中国诗坛挂起的八十八片尿布”。众多名号奇特的诗人一夜成名，又集体蒸发：京不特、肥山、男爵、泡里根……连好兄弟西川也未能免俗，被人安上一个“西川体”。今天的西川回忆起往事，还不免荒谬之感。

海子却对此似乎浑然不觉。他还缺席了同等重要的“青春诗会”年度展示。

两年后，海子的诗被收入了为纪念这次大展出版的《中国现代主义诗群大观》，同年还获得《十月》荣誉文学奖。海子还入选了重要的《中国当代实验诗选》。但他的长诗和短诗命运不同。在中国作协召开的“西山会议”上，一些体制内诗人激烈批判他和骆一禾等人写长诗。这种鞭挞的疼痛最终变成了海子宿舍里一地的酒瓶。

激烈的批评声还来自前辈朦胧诗人多多。在海子进城参加的“幸存者俱乐部”朗诵会上，多多说海子写长诗是犯了时代性错误，他只在不断重复的诗中听见了一句“蒙古人骑着高头大马飞过天空”。

1980 年代的昌平没有地铁和八达岭高速，不像今天这样近。臧棣有一次和同学相约，骑车去昌平看海子，走到途中轮胎跑气，被迫推车走回来。外地来北京串联的诗人，也很少能够到达这个县城。

对于城里的诗坛，海子出于本能接近，又出于敏感抗拒。就像是昌平北边那些孤独的小山，远远保留着位于地平线上的轮廓，不引人注目却也无法抹去。

德　令　哈

我的灯和酒坛上落满灰尘

远方的路程却干干净净

——《遥远的路程》

出行串联，是海子对于在昌平的孤独的补偿。几年之中，海子先后走过了两趟四川和西藏。西川也曾经在黄河两岸游历七个月，漫无目的，“心中都有个远方。远方，就是未知的东西。”

1980 年代的诗人串联，就像上一个时代红卫兵的串联一样，是时代的风气，也是官方默认的一种大规模运动。

地处湖北腹地的利川师专，小明加入了野夫领导下的诗社，创办一份叫《剥枣》的杂志。那时的野夫远没有今天出名，却写着不折不扣的现代诗。小明参加了无数诗会，最远到长江上下游的君山和奉节。在客轮上，购买五等船票的诗友们嫌底仓憋闷，露天睡在夹板上，饱看沿江风光。在一个叫雪北河的水库，诗友们自带伙食和锅碗连日赛诗，由于粮食储备不足，后几天不得不用剩余的一点玉米面熬粥加土豆平均分配，有限的一点小菜则念诗才能夹上一筷子。

在安徽，高中时期的叶匡政和同学去南京听讲座，为此卖掉了手表，因为他的“文学成就”，得到了校长原谅。腿脚之外，书信是另一种联络方式，他不知怎么就认识了远在湖南隆回县的马萧萧，交往至今。

在小明的记忆中，那时坐公共汽车缺钱，喊一声“我是诗人”竟可免票。这同样类似当年的红卫兵串联优待。一个诗人到了外地，自动被纳入当地的诗人圈子，找到一个人，整个圈子都会接纳他。在北大，西川等人也接待了无数串联的诗人，晚上大队人马从北大游荡到清华，裹挟上清华诗友再游荡到地质学院和钢铁学院，一路走一路聊，彻夜无眠。其中一些个性古怪，操行有亏，但都能靠着诗人的身份凭证被友情豁免。

无形之中，诗人组成了一个全国性的松散联盟。

海子的游历方位主要是四川和西藏，前者是盛产诗人的盆地，后者是远方的极致，两者又都与他的爱情有关。四川的民刊也是很早发表海子诗歌的地方。

在1988年春天的游历中，海子在四川收获了友情，但也领受了事后的苦涩，一个叫尚仲敏的诗人发表文章描述“北方来了一个痛苦的诗人，从挎包里掏出两万行诗歌”，称海子“在空乏、漫长的言辞后面，隐藏了一颗乏味和自囚的心灵”。而这个诗人是海子打算和西川在北京“帮帮他”的。

不留情面的批评，是当时诗歌的风气，李陀在接受查建英的访谈时，对于这种1980年代的遗风甚为怀念。他回忆和马原初见，被直率地指责为不懂小说，争得面红耳赤，事后又出钱请马原下馆子。

但在友情后面，圈子也正在形成。朦胧诗一代的“幸存者俱乐部”，对于海子、西川这样的“第三代”既吸纳又拒斥，后来者加入需要越过苛刻的身份验证；在四川的“非非主义”和北大的“学院派”之间，也存在微妙的话语权分歧。这是海子受到尚仲敏和多多诟病的潜在背景。八十八个流派的旗帜背后，诗人的乌托邦大陆上已经出现诸多裂痕，标注了行政区划。如果对某流派的一个诗人进行批评，也就彻底开罪了这个流派。

“诗歌圈有一种风气，你不能批评谁的诗写得不好，这样你就得罪了所有的人。直到今天还是这样。”叶匡政说。他在2006年发表文章宣称“文学死了，诗歌死了”，随即得罪了所有的诗人，在以往的老朋友圈子里感到了潜在的敌意。

记者近年曾与当年的“口语诗”旧人有所交往，因为无意中在博客中批评了一句“口语诗”，被人看到，引发了朋友绝交和在刊物上声讨的严重后果。这和李陀回忆中描述的情形已相去甚远了。

远方的另一可能性是爱情。海子的爱情都在他的诗里留下了踪迹，第一段是在四川的达州，海子笔下“一条肮脏的河流奔向大海”，恋人的居处像一只船停靠在河岸上，恋人离群索居在一把伞中。海子希望这条大河“越来越清澈，越来越宽广”，如同游历的他本人，容纳无数条浑浊的小溪。这正是远方的真实意义。

但说着“野兽的语言”的海子，终究无法为生活接受，拒绝结婚的他第二次去达州时遭到拒绝。这样的拒绝，海子在两次入川游历之间的西藏之行中已经发生过，它的纪念是将德令哈由一个流放地变为诗歌名词。

地处青海湖以西的德令哈是“雨水中一座荒凉的城”，1988 年的海子在这里的夜晚“不关心人类”，只想念远在拉萨的“姐姐”，一个通信多时的诗友。姐姐最终拒绝了求爱的海子。但德令哈抒情的温柔却保留了下来，代替了它在历史中的荒凉面目。

文献记载，德令哈曾是“文革”前青海最大的劳改农场，劳改劳教人员达五万人，在三年饥荒中有数千人去世。这里地处不毛，终日飞沙走石，当地的犯人和流民都曾发生大规模逃亡。

唯有在这个荒凉地点的抒情，是最动人的。海子“不关心人类”，使人想到“奥斯维辛之后不该有诗”的批评，却也暗示他在抒情背后已经承受了历史。这是海子的动人之秘。他爱的“四姐妹”，听起来也才具有了“比命运女神多出一个”的严肃意义。

1980年代的爱情，是诗歌的孪生物，其间却又含有禁忌。野夫在《1980年代的爱情》中的描述，得到了小明的称许。男女主人公在难得的相处时刻，一夜面对炉火说不出话，“那时候爱情就是这样的”。在诗人群体之中，大家不好意思和某个特定对象谈情说爱，似乎这样是一种堕落。在游历和聚会中，男女生可以同床共卧，却又保持着性别的纯洁，这种纯洁的维护和打破都很微妙，如同男女知识青年初到延安的情形。爱情因而总像是饮不到嘴里的水。

在海子和他的初恋女友，以及拒绝他的“姐姐”之间，也存在着身体禁忌。拒绝着结婚又向往爱情的海子，只能像是拉上岸的鱼筐，存不住感情之水。而他的好友骆一禾和西川，都接受了现实的婚姻形式。

如同诗人间的友情一样，1980年代爱情的禁忌中潜藏着危机。在1989年盛夏酵母的催化下，禁忌的闸门被冲开了，洪水涌流。电影《颐和园》中，人们在校园里昏暗的灯光下朗诵海子的诗歌、跳舞，随后男女主人公来到宿舍的单人床铺上做爱，直到被宿舍管理员查获。

方向在那个多雷暴的夏天也经历了类似的场景，因为家里有淋浴，两个在广场上没处洗澡的女生，先后成了他的女友。秋天来临，他像一个收割的农夫，近乎疯狂地追求以往圈子里任何一个女生，到手后立刻换手，这是圈子里男女普遍的风气，似乎要在这个失败的季节，尽量挽回过去禁忌的损失。但事后却发现，大家这才真的一无所有了。

海子没有得到这种补偿的机会，反而提前做了赎回。西川认为海子自杀的起因之一，是初恋女友出国前的来访，海子觉得自己在酒桌上说了伤害这位女友的话。这种对恋人也是对自己初恋的污损，像是落在灵魂质地上的灰尘，无从清扫，要用自杀来赎回。

据说，眼下流传最广的“面朝大海，春暖花开”，是海子得知这位初恋女友要移居美国后写下的祝福。开篇模仿《诗经》的“喂马劈柴”表达了古老的诚挚情意，幸福的祝福则留给远行者，“面朝大海”包含的更多是望洋兴叹之痛。

二十年后西川再次见到这个女人，面对满脸倦容与泪水的她，只能说一句“把一切放下吧，生活还要继续”。这正是今天诸多1980年代怀旧者的现状，他们已经在一场自我补偿后两手空空，无从赎回自己的青春友爱。

北岛的诗《黄昏：丁家滩》写给一对恋人，原本由于男方要出国，不料女方抢先踏上“红罂粟之路”，二人终究分手。王俊秀同学中的一对恋人，分手后男方在法大跳楼，女友到“天涯海角”殉情自杀，在法大校园里引起了震动。一场梦幻醒来，“告别冬妮娅”成为作别青春的代名词。

海子没有补偿过自己，却也因此不会损失，像远方的道路一样干干净净。

革　　命

和所有以梦为马的诗人们一样

我不得不与烈士和小丑走在同一道路上

——《祖国，或以梦为马》

当海子和西川在未名湖的校园里开始写作时，他们面对的首先是北岛、芒克、多多等人矗立的“朦胧诗”高峰。

1990年的西北大学筒子楼，一位文学青年、也是本文作者的班主任箕踞在单人床头郑重宣布“我们这一代人是吃北岛的奶长大的”。那首写于1970年代的《回答》，扣动了“文革”后时代的扳机。

在臧棣看来，《回答》这首“朦胧诗”代表作一点也不朦胧，既是政治批判，又是道德审判。

这似乎是朦胧诗一代的整体特征。在芒克的向日葵诗中，传统意义上哺育万物生长的红太阳成了向日葵拼死反抗的对象，光线成为系在向日葵脖颈上的绞索，向日葵和太阳的关系完全颠倒。多多的一首诗中，提及“红色恐怖的急促敲击声”，革命的经典用语被直接纳入诗歌。

芒克并不认为自己是在批判反思，他说“文革”是他少年的生活环境，他“只是在表达自己的感受”。西川觉得朦胧诗人们“有经历，有情怀”。朦胧诗的大本营白洋淀，就是红卫兵一代在政治过气后的发配之地，芒克、多多等人的反思和写作正是从这里开始的。

朦胧诗中依稀可见的政治诉求和思想批判，不免招来官方意识的不安。芒克等人曾经尝试为《今天》向新闻出版局申请正式刊号，自然全无下文。以后《今天》被取缔。

朦胧诗也对下一代诗人造成了巨大的道德压力，他们很快在校园里喊出了“打倒北岛”的口号。在他们看来，朦胧诗人们在对“文革”进行控诉批判的时候，身上也暴露出了“文革”烙印，他们自己也成了诗歌“革命”的对象。1986年，曾宣告“中国丢了钥匙”的梁小斌宣告了朦胧诗的“崩溃”。朦胧诗人中的杨炼则转向“文化寻根”的大诗，他走向欧亚大陆深处的路线，给海子、骆一禾带来了直接的提示。

西川觉得，在杨炼、海子、骆一禾等人的“大诗”尝试中，也包含着革命的“宏大叙事”情结。“‘文革’中写诗都是宏大叙事，‘文革’后人们还有这种情绪。”

海子的特点在于，他用抒情诗的方法写史诗篇幅的作品，这是对宏大叙事的继承又反叛，因而可能处于腹背受敌的境遇。

雪莱的一句话在1980年代流行一时：“诗人是时代的立法者。”叶匡政分析，由于经历“文革”年代的文化匮乏和传播手段单一，朗诵或油印的诗歌，成了垄断性的精神食粮，代替了文化、美学、哲学、知识和信仰功能，也成为社会习俗的一部分。诗人被推到了时代的中心地位，有似海子诗歌中的“王”。

荣誉之下，诗人也处于焦灼的压力中。和抒情诗不同，海子的大诗中充满了血腥暴力的意象，像猛烈的豹子，将一些东西摧毁为碎片，重建却未完成。“他的抒情诗具有宏观的结构，长诗却更像是抒情诗的碎片。”崇拜海子抒情诗的王俊秀说。西川则坦承，海子意想中的“宇宙和真理合一的大诗”，只是“一个年轻人的大话”，他并未严肃地对待。

批评海子的尚仲敏，使用着毫不逊色的宏大语汇：“对旧事物的迷恋和复辟，对过往岁月的感伤，必然伴随着对新事物和今天的反动……过不了多久，他会成为我的敌人。”

非非主义宣称要回到个人和前文化状态。但这段批判散发着鲜明的革命气味。从“造反有理”年代过来的1980年代诗人，急切地想要标新立异，打倒先前的诗人和流派，替代其位置，来不及从前人那里继承下什么东西。这是“五四”以来的传统。

“它们反对过去，但一定会带上过去的气味。弄出新东西的方式，还含着过去的基因。”西川说。北岛则在近年反复检讨自己早期作品中的“革命腔调”，甚至否定了《回答》在内的大部分诗作。

在“暴力革命”的外表下，海子想要完成的却是《神曲》《浮士德》那样的经典。他在诗中宣告自己是“一口祖先们向后代挖掘的井”，隶属索福克勒斯、荷尔德林、普希金、叶赛宁、梵高的精神传统。在宣告“朦胧诗崩溃”的年份，他参加了“幸存者俱乐部”。

这使他在“诗歌+革命”的序列中，必然处于尴尬的“小丑”位置，直到死亡使他变成烈士。

相比起1980年代一波波震荡出局的体制内改革派和知识分子来说，对于诗人，真正的政治风险并不迫切，更像是一种有悬念的游戏。西川有次和诗友们在宣武门图书馆搞一场诗歌朗诵会，去了一看，大门上锁了。几个朋友转而到路边一家餐馆，看见一个过来的人，说两排武警把胡同口封住了。“你不是作协组织的，他觉得你是闹事。”西川分析，可能是街道的人告的密。

“人们觉得先锋派气味可疑。艺术就是政治。”西川说。到了1990年代，他和陈东东办的《倾向》，到了第三期也被取缔。无数地下杂志，都逃不过朝生暮死，一半出于经济压力，一半是取缔。

但在“改革”气候下的土地上，它们像地下的气泡，很快又会冒出来。由于“文革”造成的社会阶层混合，新旧的冲突往往发生在家庭内部。西川因为画抽象水墨，把看惯了传统山水画的老爹气极了，“说我明目张胆搞资产阶级这套，要赶我出家门”。芒克因为写诗，三年不敢回家，“没见到妈”。

意识矛盾转化为家庭恩怨，感情纽带无法完全隔断，呈现出尖锐对立又晦涩宽容的面貌，体制内外都存在生存空隙，美学家高尔泰的经历可为例证：在北京期间，一位坚持“以马列为纲”的社科院干部对思想叛逆的高尔泰颇为优容，一心想让他完成《大众美学》，甚至建议由其女儿保管高尔泰囚徒生涯中写作的秘密手稿。

直到最后终于关系闹僵，父亲向女儿索要秘密手稿，却被女儿小雨拒绝。此时女儿已经爱上高尔泰。高尔泰被逐出北京，却也收获了后半生伴侣，成为一场悲喜剧。秘密手稿则在多年后结集《寻找家园》出版。

许多体制内的人物喜欢现代诗，包括了以后的领导人温家宝、吴仪、李肇星。严谨如《燃灯者》中的伦理学者周辅成，也曾在参观巴士底狱的照片背面写下“碑顶巍然自由天使，面向众生庄严高唱”的一首诗作为新年贺卡寄给赵越胜。刘宾雁则是雪莱诗歌的热烈爱好者。

北大毕业后进入中央办公厅工作，从事政治体制改革研究的吴稼祥，当时曾和同乡叶匡政一起在诗歌报上发表诗作，直到今天，在为政改鼓与呼的同时，他仍然在博客上贴出自己早年写的现代诗。一首在 1991 年写下的诗句说：“即使爱的风标没有转向，地上的双脚想已被拖入另一种生活。”

1980 年代后期随着风向转变，诗人的地位正在变化，社会体制也渐次回复稳定，悬念在变成真正的危险。这时出现的新生代对朦胧诗的批判，掩盖着更晦涩的心思。

“后来的人排斥北岛，要求回到个人，本来是逃避体制压力的诗人自我保护，裹上了新观念的艺术外衣，以后却变成了自觉追求。”叶匡政说。

臧棣则觉得这是“垮掉的反抗”。

在 1986 年的诗歌大展中，上海的“撒娇派”坦承：“光愤怒不行，想超脱又舍不得世界。我们就撒娇。”“社会主义制度好，我们撒娇。”

虽然宣称“回到个人”，诗人们在时代的气氛中，并没有放弃自己的“立法者”地位，诗歌的热度一直维持到 1989 年的春天。问题是当时机来到，承担启蒙角色的诗人，并不懂法治为何物。

“我们因为是政法大学的，别人觉得我们懂，邀请我们到别的高校去演讲，我记得还有体育学院。但我自己也并不懂多少。”王俊秀回忆说。

在1986年合肥的学生活动中，参与的叶匡政呼喊着民主自由的口号，“实际我只有个观念诉求，具体内容全不知道”。他心目中是法国大革命，是国际歌，是兰波，却并没有江平、李慎之、顾准这些以后被确立的思想者。

刘再复在邮件中不无遗憾地表示，“如果非得说它（1980年代）不好的地方，那我只能说，这个年代太短，太匆促，它没有提供足够的时间让活泼的思想凝聚成‘学问’的严密形式。沸腾的丰富思想还来不及冷却与凝聚就被新的政治激情冲垮了，真可惜”。这或许是他和李泽厚在1990年代一起提出“告别革命”的原因。

朱惠萍回忆，海子曾在课堂上朗诵过一首题为《枪》的诗。这首诗后来散失了，朱惠萍还深切地记得里面刻画的“枪作为工具为人利用的本质以及对人类造成的极大伤害”。王俊秀则记得他的另一首诗：“什么样的时代将来到？流鼻血的日子会来到，法官的日子会来到。断头台的时代将来到。”王俊秀觉得这体现了海子惊人的预言性，就像海子心仪的《旧约》里那些用诗歌预言世事的先知。

更为人熟知的，则是海子笔下“从大地上升起，遮住了光明的天空”的黑暗。在另一处他写道，“黑夜抱着谁，坐在底部，烧得漆黑”。西川将这些诗句作为他编选的海子诗集的封面。在他心目中，这是最好的海子。

他发现，从1986年开始，海子的诗由澄澈、温柔变得激烈、严酷，充满了血、火焰、刀剑和头颅的意象，由《新约》的宽恕回到旧约的复仇，似乎准确地预知到了时代的气息。这也使海子的诗和死亡一起，成为1980年代猝然结束的象征。

和骆一禾一样，海子预言了1989年的春天。但他并未像一些人推想的，参与其中以求释放，却提前一步剥夺了自己的机会。在诗歌的革命中，他没有打倒别人，只流下自己的血。

诗 人 之 死

春天　十个海子全都复活
嘲笑这一个野蛮悲伤的海子
——《春天　十个海子》

1989年3月26日那天，王俊秀正在图书馆看海子的长诗《太阳》手抄本，被诗中血海、头颅的意象震撼，一个同学慌张地走来，眼睛直直地盯着他说：

“你知道吗？海子自杀了！”

王俊秀的胸口立刻憋住了，透不过气来。似乎诗中意象瞬间化为现实。

月底，臧棣接到西川告知海子去世的电话，第二天把消息带到北大，因为时值愚人节，大家都不相信。臧棣和五四文学社的诗人们组织了为海子办理丧事的募捐。4月底，又在海子学生时代的宿舍北大38楼前的草地主办了一场纪念会，架设喇叭朗诵海子的诗，风尘仆仆的骆一禾到场致辞。骆一禾是到自杀现场操办后事的人，臧棣由此得知海子卧轨自杀的详情：为了不被司机发觉停车，他是趁火车慢行时钻进车轮下的，被斜轧为两截。那是一段适合自杀的地点，此前已有三个人在那里卧轨。

在死前一天写的绝命诗《春天　十个海子》中，海子描述自己“被劈开的疼痛在大地弥漫”。这或许是提前说明自杀的场景。

在海子昌平住处的北边，紧挨着一列铁路线，日夜可以清楚地听见汽笛的回声，和火车穿出隧道的呼啸。西川曾经为这条铁路写下一首诗，描述火车从隧道穿过，“进入时是白天，出来已是黑暗”。这条铁路一定给海子带来了生死的启示。

路北紧邻着绵延的小山，披着贫瘠的植被，裸露着北方赭黄的砂岩。由于采石造屋的需求，它们的正面被剖开，形成巨大的创面，直到今天不能复原，似乎保存着被劈开的疼痛。却也像祭献的场地，挥发神圣气息。

在骆一禾去世前完成的短论中，他将海子比作欧洲传奇中寻求圣杯的骑士，一旦圣杯到手立刻死去。没有人会想到，海子本人会成为一座圣杯，传递到骆一禾手中。

当他们俩相继死去后，保存这两座圣杯的任务传递给了“三剑客”唯一在世的西川，两起接连“强加的事实”让他感到了巨大的压力，却责无旁贷。他为此放弃了像很多人那样一走了之的机会。

当西川开始整理海子的遗稿，他感到自己很可能像骆一禾一样，沉入海子诗中深不可测的黑暗。

“我非常恐惧，觉得自己不能陷得太深。”西川回忆，为了不被海子“吸”走，他只能抄一星期，停一星期，写自己的东西，让自己获得抵御吸引的力量。

“海子从一个反方向上推了我一把，我要向上挣一下，眺望星辰。”这决定了西川以后的诗歌道路：海子、骆一禾写什么，他就不写什么。这几乎是出自保护自己的生存本能。西川也就在这时真正成为自己。

更多的人被海子“吸”了进去。海子是 1980 年代第一个自杀的诗人，却开启了诗人之死的序列，按西川的记载，到 1994 年已有不少于十四位诗人自杀。其中有些人被认为是模仿海子。

“海子之死像个晴天霹雳，一下子大家都木了，反应不过来，只是疯狂地搜寻他的一切文字。接连传来诗人自杀的消息，使我感到极其震动，似乎自己还活着是一件羞愧的事情。”叶匡政回忆。

戈麦是在海子之后自杀的北大诗人，臧棣清晰地记得自己这位好友的死。他在醉酒之后，一头扎入了燕园北边水渠的污泥中，似乎有意选择和海子之死完全不同的寓意。臧棣和戈麦聊过海子的死，两人当时都觉得，海子的死应该是一个意外，诗人有比死亡更重要的事要去做。没想到几年后，戈麦会追随海子离世。

方向和小明的一位诗人朋友，在北京上作家班期间，女朋友移情于一位文联官员，这位诗人寒冬之夜酩酊大醉，在街头冻死。

一时间，诗人自杀成为最热门的一个话题，此后又成为禁忌。臧棣曾在 1990 年代初有段时间研究手相，西川则着迷星座。

在1980年代的“存在主义哲学热”中，诗人自杀曾是一个热门命题，代表人物是法国作家加缪和北大毕业生刘小枫。前者认为自杀是“唯一重要的哲学问题”，后者则专文论述诗人自杀的意义，称诗人自杀为“20世纪最令人震撼的内在事件”，是因对信念的彻底绝望而发出的“求援的呼吁”。

叶匡政回忆，当诗人自杀的高峰期过去，大家似乎有意回避，很少有人再热衷谈论死亡。

海子身后的诗人自杀潮，比之加缪或刘小枫的研讨，处在一个转折性的时代背景上。海子之死也就加上了更多象征，成为一个血色的徽记。季卫东曾面对采访镜头掩面而泣，他觉得“海子的死，象征一个理想主义时代的终结。他以那种方式离世，表达了一代青年身处历史十字路口的无力感和绝望感”。

实际上，1980年代的诗歌，确实从此进入一个完全不同的时期，就像西川笔下的火车，经历了一个时空隧道。记者1990年秋季进入大学，听到的只是上个时代遥远的回声。文学社遗迹犹在，油墨尚存，却少了热烈的气氛，成为单纯的爱好。诗歌似乎失去了它自己，却又像是在回到自己。

《颐和园》的后半段里，黑豹的“Don't break my heart”替代了崔健“新长征路上的摇滚”，成为校园主旋律，反复萦绕着学生们跑圈军训的身影，“也许是我不懂的事太多，也许是我的错”和“从没想过你我会这样结束”的懊悔，取代了先前的意气风发和目空一切。主人公于红在退学后又南下深圳，再次回过头朝向镜头，已是完全不同的一张脸。

在时代的转折中，先前的美学新潮人物李泽厚和刘再复提出了“告别革命”。北岛则在俄底修斯一样无尽的漂泊中，逐渐彻底否定了自己的早期诗歌。王晓明等人苦心维护的“人文精神”，受到王朔等“顽主一代”的无情鞭挞。西川在1980年代后期提出的“知识分子写作”，在商业潮水荡涤下，逐渐退回到有限的个人领域。

紧随邓小平南巡讲话之后，叶匡政在1992年下海，和一帮人到海南省创办广告公司，头一个月就挣了一万多块钱。两年间他停止了写诗，再次开始写诗后风格大变，确立了自己在“中间代”诗人中的地位。

叶匡政回忆，那个时候下海，也不完全是经济利益，其中包含着类似于先前写诗的理想主义冲动，“一帮人做一个事业，并不像现在这么功利”。最著名的例子是1988年韩少功带领一帮湖南作家南下创业。

但这更像一种残存的姿态。更多人从此离开了诗歌，包括小明和野夫。小明随方向来到北京，因为没有户口开餐馆、卖皮包、做大堂经理，干过十几种职业。她诗友们的行当更是五花八门。

1992年的西安街头，记者送别过一位在西北大学作家班就读的家乡诗人，他穿着风衣，拎着人造革手提包在车流中离去，说是即将南下。再次见到他，已经是某家药品公司在西北的总代理，在一个小宾馆里包房，展示几张五千或一万的个人存单。

根据余徐刚著《海子传》，海子在1988年底，由于经济困顿，也曾考虑和一帮朋友南下海南省办报，受到其父亲查振全的强烈阻止作罢，父亲说他丢掉铁饭碗是要“自己毁掉自己”。没想到一语成谶，似乎海子注定要留在诗歌的现场，成为界碑，不能像其他人抬腿迈入新时代。

叶匡政的回忆中，不论如何，1990 年代的前期还是比世纪末好些。1999 年，在北京郊外平谷县的一家宾馆，爆发了“知识分子写作”与“民间立场”之间的“盘峰论争”，演变成圈子对峙和人身攻击，诗歌发生了大分裂，长期以来潜在的矛盾公开化，大众文化冲击了知识分子写作的传统，诗歌以“下半身”“口语诗”的激烈姿态，彻底作别了 1980 年代的理想气息。

以城市为写作对象的叶匡政，也在近年的一首长诗《571 工程纪要》引发朋友主编的刊物停刊后，中断了诗歌写作。

一代诗人行将老去，北岛中风，梁小斌突发脑梗，芒克也因血压高而生平第一次住院。“福利院中的诗人”食指则成为海子之外又一个“疾病诗人、不幸诗人”的象征。食指在邮件中表示，比之“国家不幸诗家幸”，他更愿“诗家不幸国家幸”，所以能够接受自己的命运。王俊秀前去探望过食指，在他看来，食指就像一块鹅卵石镶嵌在诗歌的历史中，一直停在原来的地方。这是疾病的限制，但也是疾病的力量。

海子和他的诗更像拥有不断更新的能力，越过季节轮换，到达此后的一代代读者，仍像清晨碰落的第一滴露水。叶匡政以为，海子在青春时死去，永远保留了他的青春，“他的人和诗完全合一了，保存得好好的，避免了年龄的侵蚀”。而活下来的人不可避免地走向腐朽。

西川指出，海子迷恋“短命天才”的想法，把这类诗人称为“王子”，譬如他热爱的兰波、荷尔德林和叶赛宁。这决定了海子闪电式的写作和人生方式。

这或许不是海子的全部。去世前三年，海子在内蒙古辽阔的草原上写下了两行诗“我相信天才、耐心和长寿，我相信有人正慢慢地艰难地爱上我”。要完成海子理想中《浮士德》那样的大诗，这是唯一的可能性。

但海子所处的分裂时代，完全没有像歌德那样得到这种可能性的机会。或许，发现自己没有可能做诗歌之“王”的海子，选择了做“王子”。

幸运的是，海子的预言实现了。在海子自杀之后的二十五年里，“十个海子全都复活”，告别了死亡“野蛮的悲伤”。

在叶匡政心里，海子永远是清晨的第一滴露水，被人们在每个时代的转折处碰落。

麦　地

打一只火把走到船外去看山头被雨淋湿的麦地
又弱又小的麦子！

——《雨》

母亲操采菊回忆，每次海子离家，她送到公路上坡处，以后正好是海子的墓地。

1989年初的离家，海子执意不让母亲送出门，“他就那么狠心地走了”。

海子的自杀，被父亲视为“不负责任”，白白送他读了多年的书。他因此让家中其他几个孩子一律辍学。在乡土的眼光里，海子的死给自己和家庭带来了耻辱，把先前农家子弟考上北大的荣光抹煞得一干二净，打回到最初卑微歧视的境况。

自杀也违反了乡土的生存本能，背离了五谷养人的恩情。在乡土，活下来是一种近乎神圣的信仰。

北大求学期间，瘦弱的海子肩上，比城里同学们多一份贫穷的负担。他基本不换衣服，经常啃馒头在未名湖旁度过一天。因为经济紧张，近视的他一直没有配眼镜。同学们也知道他的境况，在他做阑尾炎手术时轮流看护，带给他水果和营养品。“我们都知道他不容易。”季卫东说。海子的身体发育和年龄一样落后于同龄人，只有脑袋在书籍的营养下生长起来。

工作之后，海子第一个月就给家里寄回了六十元，从此支援家庭成了他在课堂教授之外的固定科目。种子、农具、化肥成为他永恒的责任，也带来了他与家乡之间延续的情感。他似乎一直与家人隔着遥远的时空生活在一起，“在十八岁那年出门，背着一个受伤的人”。这是他的好友骆一禾和西川都未曾身受的。

在昌平，海子的两处住所附近可以看到北方的麦地。至今登上西环里北边的小山，在房屋、工地和道路覆盖的旷野上，仍可依稀看见零星麦田。海子最初在骆一禾诗里看到麦子的意象，这种他家乡缺乏的作物，比日常的水稻更能引起想象，或许是它质地更为单纯。昌平的生活使海子靠近了麦子。他在县城的小饭馆里写道："我最爱煮熟的麦子，谁在城里快活地走着，我就爱谁。"

在这里，海子逐渐把家乡的水稻和北方的麦子在心里合在了一起。海子笔下的麦子，不像骆一禾的充满男性力量、神性和象征，却总是负伤的、被雨淋湿的、弱小的、绝望的，丰收中包含着荒凉，和家乡的梅雨气候、谷子和丘陵融在一起。也和他爱过的女性融合在一起，是"四姐妹抱着的"。这使他的抒情诗不论使用了多少黑暗、残酷和痛苦的字眼，底子却总是打动人心的温柔。

从第一次乘夜班火车离开家乡，他不论走出了多远，却从未反抗过乡土给予他的这份馈赠和义务，没有放弃过背上那个受伤的人。如果说裁缝的儿子海子成不了真正的农民，那么他正像叶赛宁一样，内心真实的归宿是"薄雾褪去的河岸上，年轻的乡村教师"。或者更理想化一点，是隐居瓦尔登湖畔的梭罗。

和一般的田园诗人不同，海子诗中浓厚得似乎难以理解的黑暗和死亡的预感，也来自家乡的赐予，尤其是母亲。

海子曾经告诉友人王家新，他发现，家乡的黑夜不是从天上降下来，而是从大地上升起的。当时他坐在家门前看书，天空的余光落在书页上，黑影不知不觉升起来。余光忽然消失的时候，他低头一看，土地早就沉在黑暗中。它承受黑暗的时间和历史，要比天空早得多，就像母亲替我们身受的苦难。

海子的母亲操采菊出生于乡绅家庭，本人读过七年私塾和小学，她的文化和文学爱好，是海子天赋的基因。但她的出身在新社会是个灾难。海子的外公在三年饥荒中饿死，死前曾出于饥饿到大街上抢食物吃。海子的两个姐姐先后早夭。海子的亲舅舅因为护送妹妹采菊出逃，被民兵抓获打死。海子的一首诗中，写到他回到家中，在床下摸到舅舅的尸体。这首诗曾让整理他遗稿的西川毛骨悚然。

生养海子的家乡安徽，是中国贫穷的乡村更贫穷的部分，由此产生了农民自发联产承包土地的神话。在这里，土地就像农民本身一样，被掠夺性地种植和收割。海子曾对骆一禾说，你们总是强调土地的丰收，却看不到它在丰收后的荒凉。海子在丰收的谷仓中“看到了阎王的眼睛”。

1989 年初，海子最后一次故乡之行给他带来了巨大的荒凉之感。“有些你熟悉的东西再也找不到了，”他对西川说，“你在家乡完全变成了个陌生人!”也就是这次，海子坚决不让母亲送他到公路旁，甚至不让母亲看着他出门。

1980 年代末，中国乡村正处于大办乡镇企业的时期。联产承包带来的暂时缓解，已不足以容纳膨胀的人口和欲望。或许，贫穷却和平的乡村是海子可以接受的，像亲人含有隐痛的温柔。市场经济暴利的欲望刺激下的乡村，却使海子彻底绝望。昌平和查家湾之间隐秘的关联趋于断裂，海子在卧轨之前其实已经被劈开了，像一棵故乡被折断的花楸树。

海子的自杀，或许是他对乡土责任的第一次逃避，却也由此最终回到了故乡。父母把他安葬在以前送别的坡地上。

这块坡地和北方的小山一样，长着稀疏的杂草和小松树。坟头低矮，合乎乡村一个没有成家之人的规制。没有装饰的墓碑上，一行不工整的字体像飘落的枯萎花瓣。这是真实的海子。在母亲的家里，从前的房子替他保留着，就像他是特意回来和家人一起生活。

以后随着凭吊者的增多，海子的墓地被翻建，直到近年成为市级文物保护单位。坟墓和墓碑都扩大了很多。西川参加了墓地改建仪式，却对扩建并不满意，“墓碑上的字，应该用正楷写得端正，符合对死者的尊重。现在却是行书”。

更真实的海子，保留在母亲操采菊的心里。这个文化并不高的农妇，记下了海子大部分的抒情诗，流利地对来访者背诵《以梦为马》。她还准备记诵海子的长诗。对于一个母亲来说，这几乎就是当年海子开始写作长诗一样艰险的尝试。

1990 年代以后，叶匡政开始写作《城市书》系列，以此成名。但他说自己对城市的描述是反对的、疏离性的。即使出生在合肥的工厂郊区，他从未在内心里接受过城市，“歌颂城市是庸俗的”。

叶匡政提到，整个 1980 年代，诗人们对城市文明的观念受到了斯宾格勒《西方的没落》和艾略特《荒原》的影响，城市等于异化、荒漠化。

不同于“垮掉的一代”，海子并没有激烈地去描写城市的罪恶和堕落。但他从来也没有接受过城市，保留着完全的疏离。西川说，这也是他和海子区分很大的一点。

今天，中国的城镇化运动加速，劈开了海子的疼痛并未消失，反而更形剧烈。海子自杀前身边带着《瓦尔登湖》，但他注定只能做一颗负伤的、被折断的麦子，却无法成为在自己的农场中种植、钓鱼、采集和沉思的梭罗。

但他也像自杀前带着的《圣经》里说的麦种，死去之后，落在地里，长出更多的麦子来，“有三十倍的，有六十倍的，有一百倍的”。

或许，这是他唯一能回报土地的方式。

兰考弃儿

一年半过去，河滩地里长出了初青的麦苗。有处颜色比周围深，似乎含有特别的养分。

那天，老孔骑着三轮车远远来到这里，拿出铁锨挖坑。他身旁的地上，平放着一个“布娃娃”。布娃娃看上去很精致，包扎在新鲜的襁褓中。

老孔挖出了一个小而深的坑，把“布娃娃”放进了坑底。他似乎迟疑了一下，开始向坑里浇土。

这不是“布娃娃”，是一个真的婴儿。一个弃婴。因为严重的心肺疾病，他生下来就被遗弃在兰考县城街头的垃圾堆里，被人送到“爱心妈妈”袁厉害的“花园”之后，挣扎着存活了六个月，还没有名字，就成了尸体。

他本来应该回到垃圾桶里，像“花园”里之前夭折的几十个弃婴一样。在场的摄影师卢广干预了这一结局，要求将他包扎好，送到地里埋掉，并拍下了照片。

这是他短短一生中最干净漂亮的时刻。比起被丢进垃圾桶或扔在乱坟地里的死婴们，他是幸运的。甚至比那七名存活下来的弃婴们幸运——一年半之后，他们在一场大火中罹难。

或许，这里有很多的爱。或许这里的爱太贫瘠，像地上的草根，经不起一点火星。2013 年 1 月 4 日 8 时 10 分，从县医院附近二层小楼里冒出的火苗，使袁厉害的草根收养化为灰烬。火苗灼痛了国人的眼睛，更照亮了弃婴们笼罩灰霾的生存背景。

大路边的慈善

袁厉害妹妹在兰考县人民医院门口卖胡辣汤的摊子，已经停了几天。打杂的智障少年聪聪也消失了。只有一堆桌椅垛在没有门的棚屋里。

这里是袁厉害收养弃婴的起点。二十六年前，袁厉害是胡辣汤油条摊主，兼做医院勤杂工，一项活计是帮助医院把计划生育人工流产的死婴处理掉。处理的地点是医院仓库后身的河岸。一次意外改变了她的人生轨迹，她接到了一个被抛弃在医院厕所的兔唇新生女婴。

对于这条棘手的小生命，医院像往常一样给了袁厉害二十块钱让她打发掉。但这毕竟不是一个死婴，她不知忧虑的笑容征服了袁厉害和教她打烧饼的“师父”崔秀阁。崔秀阁劝她留下孩子，好歹是一条命。袁厉害留下了孩子，取名为盼乐，成为她收养生涯的起点。

留下和送来的孩子越来越多，当盼乐有了最初的记忆时，路旁搭建的帆布棚子里已经添了一堆的弟妹。通铺上睡满了小孩，后来又变成架子床。“妈妈”袁厉害要卖早点小货，照看不过来的孩子像一堆萝卜在棚子内外滚动，大点的盼乐很快就开始拾柴生火，帮弟妹穿衣喂饭，拾掇永远洗不干净的手脸。左邻右舍摆摊卖货的大叔大妈，看不过眼了就搭把手，扶持袁厉害和这群奇形怪状摇摇晃晃的孩子走下来。他们成了兰考街面上的景观。

“脑瘫儿站不起来，扶个板凳爬来爬去。大点的瘸子扶着小瘸子。他有那点命，他就要爬。”街坊靳老头说。

李爱芝是卖馒头的，和袁厉害的胡辣汤摊子挨着。袁厉害经常买她的馒头喂孩子。“没钱买了，没吃的了，小孩子也过来捞，也不能说就不给。”姐姐袁大口也在摆摊卖馒头，一锅三十来个馒头每次要给袁厉害送去一半。

这段经历在盼乐的记忆中艰辛又温暖。“有年下大雪，家里没吃的，我们饿得受不了，妈妈没钱，去别人家讨馒头。讨来半个馒头，我们几个每人分了一点，妈妈一点都没吃。”

袁厉害自己的孩子跟着饥一顿饱一顿，小儿子杜鸣被送到了河北丈夫的老家，袁厉害觉得那边的条件要好点。来兰考上门的丈夫无法理解家里来了这么多残疾的孩子，一气之下也回了河北。袁厉害觉得自己“不靠他”、凭着街面上的人缘就能维持。

收留的弃婴像一个漩涡，一旦转动起来，注定会将袁厉害和她身边的人深深卷入，并且扰动小县城的神经。各种隐秘渠道里被弃的婴儿来到了这里，最近的一例是2012年4月27日，兰考县公安局爪营派出所的民警驱车二十多里将出警时收到的一名弃婴送至袁家。

袁厉害的妹妹、嫂子和母亲都加入了抚养班底，打扫街道、清理垃圾桶的环卫工成了拣拾婴儿和处理死婴的帮手，崔秀阁、李爱芝和其他摆摊卖货的街坊随时客串。长大一些的孩子盼乐、明珠等人也成了袁厉害的生意帮手，在算账卖货方面比文盲“妈妈”更能干。袁厉害像她的名字透露的一样，将一个比她的小摊大得多的摊子逐渐铺开来，甚至得到民政局和110的默认。

袁厉害不是唯一的收养者，有多名孩子归到了崔秀阁名下，她抚养的四名弃婴至今十多岁了，一个已上中学，其他三名在上小学。从起初崔秀阁劝说袁厉害收下孩子，这对“烧饼师徒”的收养事业就难分彼此，她们曾一起养猪糊口。园林工人孔大爷和农妇张喜梅也先后参与。张喜梅的儿子四十岁了没有孙子，她想在袁厉害这里抱养两个孙子孙女，名叫“扎根”和“雨儿”的两个弃婴户口上到了她的名下。作为交换，她在农闲时节帮助袁厉害照料其他的弃婴，“干的活可多可苦，晚上烧火到十二点”。

棚子里已经容纳不下数目和身高都在增长的孩子，一处变成两处三处，以致更多。进入青春期的弃婴们开始走出棚子和板房的阴影，反击欺负他们的街头孩子。“外头打了架，回来不敢告诉妈妈”，袁松说。

人多弥补了他们的身体残疾和心理弱势，草根身世使他们性格强硬，成了大路边不容抹去的存在。在他们齐整的叫唤声里，

“妈妈”袁厉害逐渐成为焦裕禄之外兰考县最有名的人。

娇儿与垃圾

“我的娇儿啊——”火灾之后，兰考县医院三层的病床上，时昏时醒的袁厉害发出呼唤。

这个当地方言和河南豫剧里的爱称，看起来并不适用于棚屋里的孩子。

两口大坛子里的咸萝卜和腌酸菜，是孩子们的维生素来源。长到了十九岁在上高三的杜艳说，没见过零食。记忆中吃得最香的是包饺子，可是这样的时候太少，饺子馅也是菜多肉少。最近的一次冬至开荤，由于从早包到晚，还让袁厉害和家人吵了起来。孩子们的另一种美味是打卤面，可是太费面条也不能常做。

奶粉、尿不湿和煤球甚至是盐的需求，在孩子多到几十个的情形下，都会被扩张到一种平素难以想象的层次。虽然袁厉害庞大的身躯能庇护自己特别疼爱的几个，但实际上所有的孩子都需要努力活下来。尤其是在后来搭建的“花园”里，存在着一种公开又隐秘的生存淘汰秩序。一个孩子如果先天的劣势严重，就很难有机会。

活下来的孩子一般有几个特征：早期被收养，症状是唇腭裂或者白化病、心肺疾病，经过手术可以大体治愈。脑瘫或重症弃婴则性命短暂。他们被送到袁厉害的棚子里，更多像是在从生命到垃圾的历程中添上了一道程序。“最短的几天，最长的半个月。”袁厉害说。

被葬在地里的孩子坚持了半年，另一个同时期死去的孩子活了三个月，已经是奇迹。由于死去的孩子太多，袁厉害已经记不起准确的数字，也唤不起埋葬一个死去孩子的印象。文盲程度的她，没有留下任何关于这些命如草芥的弃婴记录。在那些活下来长大的孩子的头脑里，这些死亡的记忆也被排斥了，他们想不起来曾经见过弟妹的去世。

实际上，死去的孩子高达70%以上，因此所有活下来的孩子都可以确切地叫做幸存者。每年盛夏和隆冬是孩子死亡的高峰期，形同垃圾堆的床褥和四面漏风的砖坯平房或棚屋，使得病菌和严寒可以轻易夺去幼小的性命。

袁厉害本人没有护理知识，虽然她在带孩子看病的过程中学会了扎针，但只是对老父亲尝试过。负责日常照料的孔老汉和张喜梅，都年老迟钝。“花园”里帮助照看弟妹的“五孩”更是一个小儿麻痹患者，他能做到的只是生柴火把一口架在土灶上的大锅里的粥饭熬熟。杜艳也经常到“花园”去，给弟妹们做饭或者换尿不湿，在学校寄宿的她不否认那里的脏。一位慕名前来的志愿者描述那里“臭气让人难以忍受”，“孩子的尿不湿完全粘在屁股上，咳嗽拉稀”。

“花园”地处一个拆迁地带的中心，和弃儿们同居的流浪猫狗，更使这里的情形显得难以接受。

真正震撼外来者的，是其中原始的生死秩序。志愿者九福在2010年的“花园”看到，“一个三个月大的婴儿发烧，在床上奄奄一息，但袁厉害不愿意带去看病，理由是没有钱”。最后志愿者送婴儿到医院，打了一个星期的吊瓶。“我估计她当时是想放弃这个孩子”，九福对媒体说。这种逻辑让他难以接受。有人认为，袁厉害偏爱健康有活力的孩子，对脑瘫之类重症患儿则没有用心，那些不受待见的孩子被发配到“花园”。但也有一个解释是，与袁厉害同住的孩子大多是需要她每天接送上学的。

卢广目睹了一个死去的婴儿被赤身裸体扔进垃圾桶，尽管在断气之前他还是袁厉害名下的养子。

袁厉害解释，起初孩子是埋在县城北边河岸的坟地里，那里也是以前处理流产婴儿的地方。但近年来县城扩建，那片坟地要建成小区，不能再埋孩子。

2013 年 1 月 12 日，这片荒僻的树林周围尘土飞扬，挖掘机和运输车隆隆驶过。很多墓穴已经被挖开，骨殖移走，露着腐朽的棺材板子，乌鸦在松树上留恋不去。离离荒草之下，不知何处葬有无名的弃婴，什么力量能够抚慰他们被弃如垃圾的命运。

死去和活下来的孩子一样是真实的。面对长大成人的杜艳、盼乐和袁松，亲昵着“妈妈”的白妮，或者置身这片树林，外来者不得不来回调整眼光。

在那组光线阴暗的“命若垃圾”图片背后，摄影师的镜头同时收入了“花园”阳光下的情形，孩子们在大灶前排队等待掌勺的“妈妈”打饭，凑拥在久未谋面的“妈妈”周围的床垫和摇椅上嬉闹，几个白头的孩子在空地上玩着跳山羊游戏，在“妈妈”带领之下经过一个积水滩去活动时，走在前面的孩子全都蹦蹦跳跳，高兴异常。即使是平房里凌乱的地铺也透进了阳光，扭曲着身子去够衣物的男孩们显得似乎健康活跃。杜艳回忆说，童年很快乐，因为有很多兄弟姐妹可以一块玩。

这些孩子们中的七个在2013年1月4日早上的火灾里逝去，此时他们的居住条件其实比在“花园”（2011年秋，在《Lens》杂志《命若垃圾》的报道引发社会广泛关注后，“花园”被拆除）里好了不少。生活方式的进化却暗含了风险，面对新奇的电风扇和煤气灶，野惯了的孩子们很难抵制冒险的诱惑。照料孩子的孙喜梅往往拧不开煤气罐的开关，需要大点的孩子帮忙，还有的孩子曾经打开煤气灶让空水壶干烧。由于时常停电，家里放有点蜡烛用的打火机。十几岁的“白妮”回忆，她曾经几次阻止别的孩子们玩火。

好奇心终于带来了灭顶之灾。失事那天，所有的大人都出门了，消防车开不进狭窄的巷道，街坊们也搭不上手抢救。在送往医院的途中，孩子们没有发出一点声响。除了一个呼吸道灼伤仍在抢救的“小十”，所有屋子里的弃婴都遇难了。

被火焰灼痛的

“那些孩子，有的是熏死了，有的烧着了。”袁厉害在病床上说。

1月4日上午，外界在尘霾天气里显得麻痹的良心，被兰考医院附近二层小楼里冒出的火焰烧灼得疼痛起来。

张喜梅或许是被灼得最为心疼的人。那天早上她刚刚给孩子做完饭，去医院打杂，回来半路上就听到“不中了”。那天她正好应袁厉害要求，把要收养的扎根和雨儿带到了县城里，她走时贪睡的孩子还没起床，就此一起罹难。张喜梅眼前立刻黑暗，被送回了杨山寨村，以后八天里她一直在半昏厥之中，粒米不进。

1 月 12 日下午，杨山寨村躺在衰弱的冬日阳光里，人们在村头院门剥花生。张喜梅坐在自家堂屋里，手边也放着一个花生筐，壳子里剥出的红色花生仁，似乎让她想到了什么，眼泪掉在筐子里，忽然大声痛哭起来，“别说了，别说了，孙儿没有了，我还说啥哩”。她的浓重的乡音强调着“别”字，似乎是在挽回着那天早上自己不经意的出门。此前，袁厉害的母亲张素叶曾经来给她下跪，袁厉害也表示愿意养她的老，但这似乎触及不到张喜梅关闭的内心。

丈夫烧掉了两个孩子的手枪和皮球，怕触痛她的眼睛，另外把一包衣物藏在了牲口棚的阁楼上。但张喜梅又从卧室里找出了一条玩具海豚、一个腰鼓，还有两张办户口时的一寸照片。她不准老伴再烧了，“我要留着，念我孙子”。说到这里，她又哭着冲进了卧室里不再出来。四十岁的儿子在院子里沉默地坐着剥花生，手机里藏着两张孩子的照片。

“不想再说什么”的还有郑州市的阳光义工组织。他们和袁厉害的关系，从 2006 年以后戏剧性地由参与转变为冲突。

最初义工们是慕名而来帮助照看孩子。但“花园”的肮脏环境和生存秩序带来的震惊，却使他们对袁厉害产生了质疑。他们开始觉得，袁厉害收养孩子不是单纯出于爱心：偏爱那些身体好症状轻的孩子，是因为可以经过免费手术治愈后出卖给收养者。至于重症的孩子，则是她收养生意的点缀，所以任其夭亡。一个叫王秦朗的义工负责人在2011年初向民政局举报袁厉害“非法收养”。

对于义工们的举报，袁厉害并无怨言，称举报带来了政府的重视。但她坚决否认卖孩子，表示逮住她就枪毙。对于收养孩子的动机，她简单地表示，“听不得小孩哭”。

袁厉害和亲友们都不否认，收养人会付给一些“奶粉钱”，额度在几百元到两千元之间。盼乐出嫁的时候，婆家也“给了弟弟妹妹们一些奶粉钱”。

“奶粉钱”不只是一个借口，袁厉害至今还欠着县城的华联商厦几百块奶粉钱。更重头的则是治病的花费。盼乐被收养后，到邢台做了唇腭裂修补手术，当时没有免费政策。这是她终生感激“妈妈”的原因。早期的孩子们做手术都是自费，张素叶说袁厉害为此搭进了两间房屋拆迁的补偿款，早年的投入超过十万。国家的心脏病和唇腭裂免费手术政策出台在2 000年以后，那时袁厉害的收养生涯已经超过了十年。就在火灾之前不久，五孩的一项康复手术还花去了数千元。为了治病，张素叶将收破烂攒的五六百元都拿给了袁厉害。

免费教育的政策也是在近十年才普及，此前孩子们上学的花费是大宗，袁厉害曾说那比日常开销更让她头疼。即使在普九之后，孩子在学校的寄宿也需要生活费，“一个月吃住要两三百元”，上高中的杜艳说。一个容易被忽视的事实是：袁厉害收养的适龄儿童大都上了学。

杜艳今年面临高考，喜欢画画的她准备考设计专业，打算报考安徽的大学，因为她查到那里有孤儿上大学免学费的政策。袁厉害表示，只要杜艳能考上，“能拿多少我就拿多少”。即使是智力有障碍的袁松，也上到了高二。

在收养弃婴成为事业之后，袁厉害借助影响力办了一些事情。比如被媒体披露的修路和卖小产权房。在被王秦朗举报之后，袁厉害突击给孩子上了户口，并且办理了二十份孩子的低保，其中有县政府迫于压力的成分，但也体现了袁厉害的能力。在计生委这样的要害机构中，袁厉害也拥有王丽兰这样的忠实朋友，在火灾发生之后，她一直在病房陪伴着袁厉害接受媒体的访问，为她的收养事业辩护。

有了名气之后，袁厉害也开始得到一些政府补助和外来捐助。这些捐助和质疑声一起，改变着袁厉害的草根收养模式。知情人透露，袁厉害曾两度试图建造一个比较正规的收养场地。2011 年 9 月，袁厉害在城郊五皓村租了一块地，用泥坯和砖盖了一所房子，还置了一座板房，打算把被拆的“花园”的孩子都搬过去，因为太偏僻而作罢。2012 年 3 月，一个广东老板捐给袁厉害十万元，她在失事的二层小楼和儿子住房之间的一个房子里买了最顶一层，当年 5 月开始装窗户，打算作为长久的安置地点。但不知为何，装修过程到现在仍未完成，有时袁厉害也会带孩子在里面住，打算等装修好了再彻底搬过去，过渡期仍旧住在医院补偿的南院二层小楼里。但火灾的发生中止了这一切。

没有会计和账目，没有登记手续和审计，袁厉害的亲人们和她自己，也说不清她有多少钱，花了多少钱。2011 年之后兰考县民政局的调查，同样也没有理清楚袁厉害的账目，以及是否“非法收养”的嫌疑。

火灾之后的小楼一片漆黑。县政府以惊人的效率出钱装修，但袁厉害并不打算再居住。“我要把过世小孩的照片挂在那里，做个纪念。”病床上，生理盐水和镇静剂经过复杂的监视仪器滴注入她的血管，平复着她升高的血压和过于激动的心脏。在此之前她受到了公安机关的传讯。崔秀阁老人把自己收养的孩子藏了起来，免得像袁厉害的孩子们一样，被民政部门拉走。兰考县的六名官员被停职，宣传部一名官员说：“七条孩子的性命和六个干部的担责，若能换来孤儿救助体系完善及社会进步，我感觉值了。”此句“肺腑之言”再度引发质疑。

火焰似乎灼痛了太多东西，却又没有真的照亮什么。阳光义工的现任负责人赵阳说：“我只是想说，早在一年多之前，阳光发现了问题并向政府反映了，但处理的力度不是我们想要的，现在的结果有关部门应该深思。”

远在北京郊区的“太阳村”村长张淑琴看到袁厉害的悲剧后表示痛心，“太阳村”收养服刑人员未成年子女，同样受到了账目不明和“圈钱”的质疑。吊诡的是，当初举报袁厉害的王秦朗，在阳光义工组织内部向多人借巨款后失踪，借款人报案后却被认为经济纠纷，王以后故伎重演于 2012 年 10 月被捕。一位志愿者强调，“不能因此否定阳光义工”。在草根身份的境遇上，阳光义工、太阳村和袁厉害并无不同。

1 月 11 日，火灾后的一周，阳光义工参与了一个由河南省多家民间组织联合发起的活动，倡议授予袁厉害“河南民间大爱妈妈”的称号。

“她毕竟给了孩子们生命。”赵阳说。

谁的孩子

1 月 14 日，开封市福利院，袁厉害终于在火灾之后第一次见到了孩子们。

此前她的探视要求两次被拒，曾在电话中哽咽，“孩子都没了，我也不想活了”。

袁厉害和开封市福利院的“孤儿争夺战”，在 2011 年就开始了。阳光义工举报之后，开封市福利院要求她把孩子送过去。袁厉害不同意，只答应分批送。当年 9 月，《命若垃圾》报道刊出后，袁厉害送去了五名最小的孩子。据福利院负责人说，他们曾经几十次劝说袁厉害送去孩子。

但在此之前，情势并非如此。袁厉害早年往福利院送孤儿曾一再遭到拒绝。1993 年，袁厉害去开封送弃婴，在福利院门口等了两天见不到人。在别人的指点下，她学习那些把弃婴扔到她门前的人，把孩子往福利院门口一放就跑。这种情形一直到 2006 年一再重复。

这段情节上，开封市福利院负责人的说法是，袁厉害只肯把脑瘫这种治不好的孩子送给福利院，好一点的孩子都不肯送去，留着做了免费手术卖钱。

但这恰恰说明了福利院也不愿接手重症弃婴的事实。

近日媒体报道，湖南省衡东县福利院接连两名残疾弃婴死去，福利院跟县医院只隔一条马路，却并未送医院救治。福利院的说法是“自己治”，但院里只有体温计和注射器等简单设备。该院负责人称两个孩子属于“正常死亡”。

实际上，对于脑瘫等重症孤残儿童来说，不论是处在袁厉害的“花园”还是官方福利院，他们的命运都是黯淡的，福利院并没有动力花钱救治这些孩子。在福利院里和在袁厉害的“花园”里一样，存在着一种隐秘的生存淘汰逻辑，甚至更有一种投入和收益的计算。

根据资料，1990 年代前期，由于没有收养渠道，福利院里的幼儿死亡率一度高达 80%。湖北襄樊的王建武是一个 1980 年代在官方福利院里长大的孤儿，他回忆，幼年在福利院里的伙伴大都在疾病和口粮缺乏中死去了，长大成人后他感到极其孤独。他从十二岁开始为福利院做苦工，包括养十几头猪和烧石灰等，近年来一直为讨回工资而上访。

1999 年，美国人 KAREN 在北京市大兴县青云店创办了“希望之家”，专门接收在官方福利院中得不到救治的重症孤残儿童。十三年来，来自各地福利院的上百名弃婴在这里做了花费昂贵的手术，而在福利院中他们可能早已死去。

经过手术康复的弃婴被国外家庭收养，支付费用一般达到 1—3 万美元，而这笔钱完全归属于福利院，“希望之家”只是纯粹尽义务，不能介入收养的整个过程。

发生在“希望之家”的故事，或许能旁证福利院不愿接收重症弃婴，却在近几年唇腭裂和心脏病手术免费之后，开始争夺这类孩子的原因。2011 年，媒体曝光了湖南邵阳计生部门强夺民间收养的婴儿以及亲生婴孩，送入福利院改换身份为弃婴，让外国家庭收养以获利的事件。

相比之下，袁厉害所在的兰考县没有福利院，再加上她本人在计生部门的人脉，避免了将弃婴被动送走。但火灾之后，她还是在与开封市福利院的“弃婴拉锯战”中完败。

1 月 14 日的会见，开封市福利院只给了袁厉害短短的十几分钟。孩子接走之时，兰考方面许诺给她的“探视权”并无实际保障。对于袁厉害及其家庭来说，火灾之后争取权益的努力只是刚刚开始。兰考县官方的表态，并未完全堵上袁厉害收养的口子。民政部门负责人提出“民办官助”的设想，甚至表示袁厉害可以竞聘建成后的兰考县福利院长。袁厉害的女婿郭海洋表示，这些还很遥远，但对于收养事业，袁厉害并未打算就此放手。

地处开封市北郊的福利院环境偏僻，铁门外尘土厚积，只有一路班次稀少的公交车通往市里，附近没有医院。除了上学，孤儿们和外面的世界没有关联。而在袁厉害的家里和“花园”里，他们可以随时出门游戏，与左邻右舍往来，或者帮助练摊干活。

除了官方组织的一次媒体探访，开封市福利院至今紧闭大门。在公布的视频上，孩子们的住处显得宽敞整洁，但弃婴“白妮”却说她很想家，“就算这里吃得好住得好，我也一样要妈妈”。以往每天睡觉，她都要含着“妈妈”滑滑的衣角入睡。对于那些年纪小忘了家的弟妹，她生气地流了泪。帮助摆胡辣汤摊子的袁松说，他到世上来不是当太子的，重要的是袁厉害给了他“一个妈，一个家”。

14 日的探访中，豁妮、明亮、白妮和几个大些的孩子再次想要跟袁厉害回家，他们告诉袁厉害和亲属们，福利院不让他们多说生活的情形。

北京师范大学社会学教授尚晓援介绍，从国际上来看，发达国家已经不再建设孤儿院，着力于促进收养和家庭寄养。研究显示，孩子在孤儿院成长对他们的性格发展非常不利，如果必须把儿童放在一个集中供养的孤儿院里，数量越少越好，以便保留“家”的感觉。

在管理员和孤儿们纯属工作关系的情形下，难免会出现情感疏离，孤儿会在看似齐备的设施条件下遭遇冷暴力。由于官方福利院的封闭性，外界无从介入。不管是在北京或是开封，阳光义工这样的志愿者组织，都得不到去官方福利院服务的机会。

中国现行的《收养法》出于计划生育的考虑，规定公民收养必须无子女，对民间收养组织更是条文阙如，导致希望之家、太阳村或袁厉害这样的民间收养者都缺乏合法身份。兰考火灾之后，各地陆续报道了和袁厉害相似的民间收养大户，他们都面临“非法”的嫌疑，却是官方福利制度缺失之下的现实存在。民政部回应称，在现有 61.5 万名孤儿中，由官方收养的仅 10.9 万名，其他都散落在民间。类似袁厉害收养的弃婴们，还够不上官方认定的“孤儿”，无份于国家补助。

眼下政府的妥协之道是发展家庭寄养，福利院出资让孤儿生活在代养家庭中，譬如大同的“乳娘村”。但最终的解决之道，仍是公民收养的普遍推广。

1 月 12 日，一个女子来到开封市福利院紧闭的铁栅门前，几番逡巡之下上前叩门，自称替无子女的朋友打听，能否收养福利院里的孤儿。

铁门没有为她打开。

高墙内外的留守

“没感觉。”

南方沿海某市的男子监狱车间办公室，门外传来犯人们操作缝纫机的轧轧声浪，门内穿着工装的姚义秋按狱规坐在小板凳上，努力回想对襁褓中母亲出走的感受。

顿了一会儿，他又说：“会想她。”

隔着三十八年的时间，和从湖北乡下到滨海高墙内的遥远距离，姚义秋仍旧没有找到讲述童年情感的语言。就像二十岁那年徒然的寻找：偶然听人说在大冶市街头看见了母亲，他和哑巴大哥一起赶去，辗转三天一无所获。

在这座南方监狱的高墙里，羁押着大量像姚义秋这样的犯人，他们入狱前的角色令人生畏：飞车党、抢劫犯、毒贩、人贩子、盗贼。但再将视角前推，他们在或远或近的时光里，都曾经拥有一个共同的身份：留守（单亲）儿童。

国人开始注意到这个名词时，他们其实已经长大了，在各处角落挣扎求生，谋生的方式千差万别却又无例外地琐碎、卑下，没有闪光之处。

当他们偶尔在社会新闻栏目惊扰人们的目光，多是触犯了法律和人生的红线。而后他们进入高墙，开始了更长久的沉默。少有人的目光落到他们身上，张丹丹是例外。作为北京大学国家发展研究院的经济学者，有留守儿童经历的服刑人员成了她近年来关心探究的群体。她发现这些犯人都有一个明显的共同特征：在十六岁之前有留守或单亲背景的比例相比于普通的农民工要高出一倍多，达到近 20%。这让张丹丹吃惊不已，她设计了对多所监狱的调研方案，试图寻找出留守儿童通向高墙轨迹上的线头和转折。

研究结果显示：留守儿童背景，对犯人的暴力倾向、情绪不稳定性和感受不公平等方面，有着重要影响。这些人的生活轨迹粗砺凌乱，以致抛物线式的沉沦，或许从父母离家那天就已限定。持续城市化的背景下，中国的留守儿童数量仍在节节攀升，“留守儿童犯罪”问题也成为热门话题，但他们步入成年后的轨迹，仍旧处于晦暗中。

2015 年 9 月，我和她一起走进高墙，见到了这些“身世特别”的犯人。

在这个特殊的环境里，抽出往事的线头并不容易。但那些人生经历的转折与死结，内心与外界的冲突和断裂，却是真实存在的，也只有在人生时钟被强制拨慢的高墙内，才有机会回顾打量。

在冗长的服刑期后，他们走出高墙又重新没入人海，即使狱方也很难追踪到他们此后的行踪。

姚义秋们是大陆第一代留守儿童。透过高墙，一种无形的线索开始代际传递：姚和其他一些犯人的孩子正在遥远的乡村，重复他们童年的经历。

砖头和面具

邓晖的固执，一望可知，即使在这座“文明监狱”的炼炉内也没有化开。

他似乎从幼年起，一直在抗拒着什么，却连自己也说不明白。譬如对于父亲存殁的答案，监狱管教干部的信息是，邓晖的父亲在他两岁时坐牢，之后越狱失踪。而邓晖重复了两次的回答是：父亲在他生下来半年后死去，爷爷奶奶没有告知死因。

引起邓晖抗拒的可能是一句话，或一个词。去年年底，一个犯人小组长责骂了邓晖，邓晖一直暗暗忍到过春节，找机会用地上砖头拍了小组长的脑袋，缝了好几针。事后邓晖被升为“严管”，会见时他的胳臂上带着标记。邓晖心情沉重，但“硬气”着不肯低头。在“硬气”背后，是他对自己的失望：“跟同改关系都不是太好，孤僻，容易发火。”邓晖盼望着早点出去，却又对自己获得减刑没信心。

“一块砖头”式的铤而走险，横亘于曾经的“留守儿童”和今天的囚徒身份之间。记者接触的十几位犯人中，年龄大多是80或90后，罪案绝大多数和暴力相关：

邓晖，原为“飞车党”，在团伙抢劫作案中担任摩托车手，发展了两位女孩入伙，判决时被定为首犯；

姚义秋，伙同他人入室抢劫，用衣服蒙面，手持菜刀逼迫已上床入睡的受害者交出保险柜钥匙；

佘念武，和其他四名留守儿童背景的农民工结伙，拦路抢劫六次，打伤反抗的受害人；

崔凯，因为受同事欺负，手持红酒开瓶器捅瞎对方眼睛；

吴金森，受表哥教唆，组织妇女利用改装的运沙船，偷渡出国卖淫，被定为拐卖妇女罪。

王飞，拦路抢劫团伙成员，敲诈勒索，持凶器拦路抢劫，有次开车撞倒一个摩托车女司机，临时起意顺道抢劫，造成女受害者七级伤残。

……

在张丹丹的调研中，拦路抢劫和故意伤害是农民工最大宗的犯罪行为，高于民众印象深刻的强奸等罪行，经济智力犯罪比例则很低。这和她研究得到的结果一致：有留守背景的农民工犯罪群体受教育程度低，年纪更轻，在情绪不稳定、暴力倾向、不公平感等几方面都更严重，而在性格外向性、亲和度、负责任能力上都低于农民工群体的平均水平。这和他们童年生活在留守或单亲背景下，缺乏人性滋养和人际交往能力培养，人格塑造乃至受教育机会缺失有密切关系。在张丹丹课题组对这个人群发放的问卷调查中，51%的服刑人员表示：童年曾经对于父母不在身边感到不开心。

公安大学犯罪心理学教授李玫瑾在长期的犯罪案例跟踪中，得到了和张丹丹相似的结果：留守或单亲家庭的背景，和成年后的暴力型犯罪有着密切关联。她接触的近十起死刑判决案件，犯人在童年都没有母亲陪伴，由爷爷抚养成人，成年后发生暴力犯罪。

张丹丹曾组织上千名犯人们做过一个“搭档分钱”游戏：两个人分为一组，每组发给一张百元人民币，其中一人扮演领钱者，负责分钱，领钱者有权决定自己分多少，留给同伴多少；同伴则有权接受或者拒绝。领钱者的分配决定一旦被同伴拒绝，这百元人民币将被收回，两人都将一无所获。游戏结果说明，第二个搭档对自我得到公平的意识很高，而第一个人却较少考虑同伴的公平待遇，导致将近40%的犯人搭档最终分钱失败，以一无所获告终。

用留守儿童背景犯人崔凯的话来说，“觉得全世界都欠我的”。

在入狱后的悔罪教育和心理矫正下，多数犯人看起来能顺利谈及自己的过去，以致对自己的成长经历和个性缺陷的联系有某种认知，有人甚至可以侃侃而谈人生哲学。但这种在强制矫正和评分减刑体系下的反思，有时近乎另一种乐观的面具，他们内心的某些阴影并非真的可以如此轻松面对。

对于参与入室抢劫的经历，姚义秋始终不愿接受自己是主犯，强调自己是“帮忙”，虽然是他拿刀胁迫已经睡下的受害者。而另一宗拐卖妇女出国卖淫的犯人吴金森，仍然觉得自己只是在表哥怂恿下“跟着玩玩”。

邓晖在“飞车党”中的角色是开车，“我技术好，摩托车后座可带四个人”。案发后主犯之一脱逃，被抓的邓晖作为主犯被判决，入狱后他认为自己并未直接动手，一直想不通，“后来想，案子总要有个说法，认了”。实际上，邓晖被定为主犯的理由是，案子中两个从犯的女孩子，都是邓晖叫去入伙的。

很多犯人和家人真正的交流，是在进入高墙后开始的。他们童年时长年在外打工的父母对孩子步入牢狱内疚不已，而犯人们自己最感内疚的对象，却是抚养他们的祖父母。

邓晖和相依为命的祖父母感情很深，他之前在外打工时，会常和老人们打电话，听到邓晖的声音，老人们高兴不已，鼓励他在外面好好干。可“最终我令他们失望了”，这负疚成了邓晖在狱中沉重的精神压力。浙江台州人杨道德十岁之前也由爷爷奶奶抚养。他二十四岁是因抢劫入狱，父母只能瞒着年老多病的老人们，说杨道德刑期短很快就将出狱，而实际上还有五年半。杨道德不知道祖父母是否还等得到这一天。

更多人遇到的情形则是失望加上路途遥远，家人很少探视。

对他们来说，回归高墙外的社会，摆脱早年滑落的人生轨迹并不容易。学习电梯等特殊行业操作技能，是监狱为他们提供的职业准备，但在心理上，走出成长年代的“留守阴影”是他们沉重的课题。

一旦走出高墙，“刑满释放犯人”的面具仍旧戴在他们脸上，和内心艰难完成的自我清理和认同产生矛盾，受到更大的挫败。监狱很难联络释放的犯人，“有联系的都是好的，坏的就没有下文”。再次获知情形，往往是犯人几年之后重新犯案，而且一般是回流到这座沿海城市犯罪，被重新抓进这座监狱。

这是高墙内的管教矫正体系无能为力的。

玩偶的阴影

姚义秋的童年世界缺少声音：父亲是哑巴。妈妈离家出走，三兄弟中大哥是哑巴，二哥对于淘气的姚义秋，更多用拳头来说话。妈妈离家的时候姚义秋刚刚知事，虽然家里找不到一张妈妈的照片，但他脑子里一直刻有妈妈最初的样子。

姚家穷，米饭不够只能吃红薯，邻里乡亲不大看得上他们，春天插秧时，耕田的牛都借不到，只好自己用锄头挖地。到姚义秋读书的年纪，家里连一个学期二十块钱都拿不出来，他只念了一学期的书就回家打猪草、做饭。

生长在全是男人的环境中，姚义秋习惯了使用拳头，却一直渴望有个姐妹。直到十五六岁时，大哥找了个身体残疾的嫂子，家里才有了女人的气息，但这点弥补来得太迟，姚义秋已到了出门打工的年龄。

童年时，崔凯和外公外婆呆在甘肃白银市下面的村庄里，他三岁时没了父亲，母亲一直在城里卖服装供养他和弟弟。母子只能个把月见上一面。每次的见面和分别，距离都扯动着崔凯的心，到现在他都记得，那时最向往的事就是和母亲在一起。

九岁那年，他真的进了城，和母亲住在一起，却发现自己仍然像是孤身一人——妈妈忙于生计，没时间理他。他像在乡下时想念母亲那样，开始强烈地想念外公外婆，只要有时间就回乡下呆着。外公外婆虽然也不善言辞，却能给他更多的温暖，相比之下，妈妈似乎只负责提供食宿。

乡下的生活并非全然愉快。童年的玩伴们会有意无意提到崔凯“孤儿”的身份，为此他不止一次地打架。进城后母亲没有心力管束，崔凯打架的习惯变本加厉，渐渐发展为学校之间拉帮打群架。

驱动崔凯打架的动力并不是无畏，而是恐惧，“别人打我，我咬着牙说打得好，你等着”，实际上心里唯恐下次遭遇。有时睡着了崔凯也会梦见自己和人打架，打完后被抓，醒来非常郁闷。高考那年，他和一个身高体壮的同学分到同一个考场，从头到尾提心吊胆，出考场后那人果真截住崔凯，揍了他一顿。即使现在回到白银市，崔凯觉得自己的恐惧感也没有消失，为了战胜这种恐惧，他就想法报复回来。

在和母亲的关系中，崔凯逐步由淘气犯错误后的挨打，变为反抗，到后来他开始推搡母亲。“初三以后她打不动我了，只能一边骂一边流泪。”很多年中，对于母亲招惹是非的寡妇身份和生计应酬，崔凯甚至有一种模糊的嫌恶和愤怒，同时又嫌恶自己。

母子之间的情感高墙，直到崔凯进入现实的高墙之后才有机会拆解。服刑期间，监狱管教干部了解到他的心理问题，出路费安排了母亲远道前来探视。

“第一天一小时，第二天两小时。头一天我说，她听，把从小到大，想说的基本上都说了，包括怨。第二天听她说，她跟我讲，妈这样肯定是没做好，但能力范围在那，做不好。妈妈的眼泪像瀑布。我当时撑着，回到监号也流泪了。这次见面后，心结就打开了。”

和解之后，母子之间每个月会通信，有机会就打电话。信中母亲问及崔凯以后作何打算，他告诉母亲，出去后要脚踏实地生活。

“90后”佘念武是河南光山县人，父母每年到山东打工，过年才回家，祖父母一边种田，一边照顾他。对于聚散离别，童年的佘念武感受特别强烈。过年过节父母回来时，佘念武高兴得哭，走的时候又难过得哭。“我哭着不让他们走，他们不说什么，妈妈也哭。”

在梦里，佘念武经常看见爸妈回来，带着玩具和衣服，他在这样的梦里才会笑出来。小时候佘念武的学习还好，上初中开始泡吧，逃学，爷爷奶奶不知情，只知道塞给他钱，要钱就给，一周给五六十块，佘念武也记不得在网吧里花掉了多少钱。

初三上半学期，佘念武辍学了，父母商量接他去山东，佘念武又舍不得爷爷奶奶。到山东后他插班读书，跟不上学业，和父母发生了严重争执，并在十八岁那年离家出走。父母辗转把他寻回来，可他终究还是辍学回到河南老家。直到犯罪前不久，佘念武的生活轨迹一直在爷爷奶奶所在的河南老家和父母生活的济南之间往返。

吴金森的童年看起来要惬意一些。他家住在广东河源，父母和几个亲戚都在珠海打工，父亲当协警，母亲承包饭堂，在城里起了房子，经济条件不错。吴金森小时候在河源和爷爷奶奶生活，之后去珠海上民办学校，寒暑假仍旧时常回到老家。在乡下，他呆不住，问爷爷奶奶要了钱，自己坐火车到处逛，没钱了就被警察遣送回家。

吴金森的父母重男轻女，作息时间又和他相反，平日里不怎么管束他，只是不断地给钱。在学校里，吴金森和一帮本地同学一起欺负湖南、四川的外籍同学，这些少年本与他同命连枝：父母都在珠海打工，童年都是留守儿童。吴金森就是“看不得他们跳，听见他们说话大声，就过去打”。

打伤了人，妈妈赔点钱了事，告诉他自己没吃亏就好。声名狼藉的吴金森上了当地学校的黑名单，四个月换了三所学校，每到新校，就带一帮人去挑战先前的“老大”。

初一他终于辍学了，这是早晚的事，他从小学六年级就由开迪吧的表哥带着吸食冰毒和麻古，几天就要“麻”一次。一直到他入狱前，父母对此都不知情。

在张丹丹的调研中，“留守儿童”背景的犯人与父母分离的时间平均超过八年。按照人格阶段发展理论，当时他们正处在人格形成的矛盾冲突期，而留守或单亲儿童在自我冲突中孤单无助，还受到外界来的心理伤害，几乎不可能打赢这场“一个人的战争”。

中科院心理研究所2009年的调研表明，中国留守儿童严重自卑，对自己的智力和外貌评价偏低，却又有明显的自我中心倾向；情绪不稳定，容易出现恐怖、偏执、敏感等症状，对父母有怨恨和逆反心理；性格内向容易受欺负，不公平的感觉强烈；容易厌学辍学。陪伴他们成长的，不是温情与引导，而是恐惧与伤害的玩偶。玩偶的阴影，难免会投射到他们的成年人生中。

下坠抛物线

杨道德成年后的人生轨迹，近似一条逐渐下坠的抛物线。

高一辍学后，杨道德在家呆了两年，2007 年到深圳，最初做模具学徒，学了几个月，没学会。改学电脑编程，编程课要读一年，他觉得很辛苦，又换成到理发店上班。这个生计他认为还算轻松，但他理发技术始终不太好，赚的工资不够花，他就向家里要。

时间长了，他嫌理发赚不到钱，离开理发店到街上晃悠，在罗湖区地面儿四处贴包小姐广告，替人介绍卖淫场所，赚取差价。“当时没觉得这不是好事，能赚钱就行，有时候挺多的，一天五六百。”

在发小广告时期，杨道德认识了两个朋友，其中一个是同乡。杨道德知道他们干拦路抢劫的勾当，却还是入了伙，跟着他们出道一天抢了四个人，得了四千块钱，然后一起去 K 歌喝酒。十天后他就被抓了，付出十一年刑期的代价。

“怕吃苦，小时候受宠，爷爷奶奶没要我干过活。感觉自己从来没认真地做过一件事，谈恋爱也是随便谈一谈。”杨道德觉得，这是自己不知不觉中沉沦的原因。他做事很少思量，连去抢劫都没有觉得想过后果，不知道会坐牢。他后悔当初没有继续学做模具，希望以后出狱还有机会。1987 年出生的杨道德，还剩五年半的刑期。

和杨道德差不多的抛物线存在于多数人的成年经历中。佘念武即是其中之一，在山东期间，曾经到蓝翔技校学开挖掘机，毕业后回到河南老家做城市拆迁。但他嫌乡下寂寞，操作挖掘机太枯燥，半年后终究放弃了这份收入不错的工作。

2010 年，佘念武到了广州，没有找工作，靠着积蓄和几个同乡四处晃。那年他十八岁，出入 K 厅酒吧，找小姐。到第二年，几个同乡“兄弟”的钱都花光了，又无人想工作，终于想到结伙拦路抢劫的“职业”。他们这个抢劫团伙全部由当年的留守儿童组成，越抢越胆大，在六次作案之后被端掉了，“兄弟”们全都进了监狱。由于脑筋好使，佘念武在团伙中起着“军师”作用，被定为主犯，获刑十四年。

崔凯的人生，则像是一块表层光滑的冰面，突然破裂。2006 年崔凯考上了兰州大学计算机系，大学时代崔凯和同学们的关系有所改善，不再打架，靠勤工俭学支付自己的学费。从前的自卑敏感看似减弱，却以别的方式显现——和同学们一起出去玩，崔凯总是放不开。

临毕业前崔凯没有四处应聘，而是拿到毕业证后回家呆了四个月，在父亲亲戚的煤场看厂，“熟悉社会”。家人看着心急，安排他到广州另一亲戚开的酒店做客房部主管，在这里崔凯遇到了一位深圳来的老板请他去公司做电脑设计。2011 年制造业不景气，崔凯失业了，开始跑人才市场，应聘到一家国有远洋贸易公司设计部，工资一千五百元，开始也就打杂，一年多后才有了设计产品的机会，薪酬增长，也渐渐受到重视，成为实际上的设计主管。崔凯没有多少烟酒娱乐的花销，一年下来有了十万元积蓄。

手下一位员工对崔凯心有龃龉，这人身材高大，崔凯唯恐和他正面冲突。一天晚上，同事们一起K歌，那人喝酒后走到崔凯跟前："要不咱俩练练，我看你很不爽。"接着就开始动手。刚开始崔凯不敢反抗，但对方不肯罢手，一瞬间高考那次面对大个子同学的恐惧又浮现了："非常愤怒，心想一定把他打趴下，让他看看我发了火是怎么样。"

崔凯随手抄起一个红酒开瓶器，直接捅进了对方眼里。同事的眼睛瞎掉了，崔凯走进了监狱，并把所有积蓄赔偿给对方装假眼。在狱中，崔凯还常想象着出狱后再揍那人。直到妈妈前来探视，他才平息了心底的愤怒，那时他忽然意识到，自己的愤怒并不源于"个子将近一米八"的同事，而是自童年起深藏心中的恐惧，在那一刻爆发，使他的人生急剧坠落。

在这些农民工犯人中，何涂源是不多的"成功人士"——曾和人合伙开有加工厂。1981年生于湖南祁东县乡下的何涂源，一岁时母亲就因心脏病过世，父亲和五个姐姐照顾他成人，身为幼弟，他深受姐姐们的溺爱。十五岁那年，何涂源辍学到东莞跟随姐夫在工地上干活。他"不喜欢累，吃不了苦"，没干多少活儿，一年后去惠州电子厂上班，拿着三四百元的工资又觉得不够花，没意思，回湖南家乡呆了两年后，去另一个姐夫的采石场里帮忙。

没多久他就觉得家乡沉闷，要趁年轻跑一下，再次到了东莞，二十岁那年，"喜欢混社会"的何涂源在自己的胳膊上文上了一条龙。他跟人修过一阵子发电机，逐渐取得老板信任。四五年后，他和朋友合伙开了一家抛光机蜡加工厂，每月收入达到三四万元。这期间何涂源也成了家。

生意兴旺，日子愈发多彩起来——他认识了各路老乡，有开赌场的、有贩毒的，何涂源混迹其间，“吃喝嫖赌不在话下，冰毒K粉也玩，刚玩时三天两夜不睡觉”。他在外包房，甚至个把月不回家，夫妻感情坏了起来，甚至孩子出生他也没什么感觉。花在厂里的心力少了，他的生意也渐渐下滑。何涂源想过戒掉毒瘾，却不能自拔，每月要花掉一两万在毒品上。如果不是因替人藏匿制毒原料被捕，他可能会把所有家底都吸进去。

入狱后厂子归了朋友，妻子带孩子回了娘家，好在二人没有离婚，妻子每月还和何联系，等待剩余两年多刑期后的团聚。何涂源人生线头还有重新搭接的可能，如今回想当初，何涂源一阵阵后怕。

在这条逐渐下沉或者遇到外界力量急坠的抛物线中，最常见的情形是不知不觉的滑落。像杨道德那样“从来没想过”是其中常态。即使进了监狱之后，二十三岁的吴金森也习惯性地回避警官让他“反思人生”的要求，他自认为“年纪小，不知道怎么反思”。

这种蒙昧从他们的童年已经发端。2015《中国留守儿童心灵白皮书》显示，留守儿童最大的问题是迷茫，对未来没有信心和方向感。迷茫感会一直延伸到他们的成年，没有进入主流的意识，在社会边缘辗转飘荡，很多人或早或晚，一脚踏空。

情感的破口

当留守或单亲的孩子长大，情感世界始终有一个无法缝补的破口，令他们无从拥有一份圆满的感情。张丹丹的研究显示，监狱内的留守儿童背景罪犯，结婚率明显低于农民工群体，尤其是暴力和抢劫犯要低一倍左右，绝大多数人成年后的情感都是支离破碎的。

崔凯考上大学后，一个家境好的女同学主动接近他，不时给他买东西，崔凯心里喜欢她，觉得把她带在身边很有面子，心理上有满足感，“填补了空虚”，表面却报以冷遇，害怕表白后被拒绝。他的逻辑是：“我喜欢你，你就得对我更主动。”女同学最终失望而去，崔凯遭受重创，“比一般的事更难受，只能克制自己好好学习”。

崔凯总觉得自己很多感情表达不出来，不知对谁抒发，亦不知抒发对不对。看看书里写的和电视上演的，他能在心里筹划一百种情节，真正去做，又害怕了，一种办法都没有。

入狱后他很是后悔：“再遇到有意的女生，不管成不成，一定要主动。这是进监狱后想通的。”

佘念武在老家开挖掘机期间认识了一个当地的高中生女孩，两人谈了恋爱。佘念武失业期间，女朋友考上了大专，劝他找个正经工作，佘念武当时听不进去，两人因此断了联系。

入狱之后，佘念武思念女友，两人恢复了通讯，但在漫长的刑期和分岔的人生道路前面，这段感情终究无疾而终。对出狱后的期待，佘念武最渴望的是有一段好的感情，一个家。但他与这个期待之间，还隔着近十年刑期，和沉重的犯人履历。

邓晖似乎从没有放下过对同居女友的敌意。两人1998年在邓晖初次去东莞时相识，直到2005年7月才在一起，当时邓晖在快递公司，女友则在手机厂任主管。女友是四川德阳人，家中八兄妹中排行最末，儿时家里养不起把她送了人，长大后她从不提自己的本姓。女孩出身苦，却难得的开朗活泼，主动追求邓晖，二人常去蹦迪、吃宵夜，两年后女友怀孕生子。

邓晖觉得女友同居前后判若两人，什么都要顺着她，让邓晖无法忍受。女友则觉得邓晖寡言少语，性格不好，两人常有争执。邓晖打过女友几次，孩子出生几个月后，两人闹矛盾，邓晖再次出手，女友提出分手。邓晖也不难过："她跟我说明了，我说你走吧。"两人分手后，邓晖将小孩送回家里由爷爷奶奶抚养。

邓晖被抓前三个月，女友忽然打来电话说自己在老家养病，让邓晖给她寄两千元。邓晖认为当时女友要么走投无路，要么是试探他是否还念旧情，他则给出了一生中最"硬气"的回答："你家里两千块找不到？我有钱，不寄给你。"邓晖回忆说，尽管在同居生活中他曾屡次动拳头，但"扪心自问，我没什么对不起她"。

被抓之后，邓晖甚至怀疑遭到女友举报，但内心也知道根本不可能。邓晖被捕后，女友去过邓家想看望孩子，却被邓的祖父母拒之门外。

对于女友的敌意，或许潜伏着当年对母亲的怨恨。小时候邓晖偶尔看到其他孩子有父母在身边，觉得自卑。回家问爷爷奶奶：

妈妈去哪儿了？一听这话，爷爷奶奶就泪水纵横，邓晖不敢再多问。

“当时我一直在心里问自己，为什么你（母亲）走了，把我一个留下。心里想她，又记恨她。”

邓晖从前并不太顾念孩子，“他生下来到现在七八岁，三岁时见过一次，当时我回家乡去看他。以后我五年没回老家”。但现在，儿子是邓晖对高墙外世界最大的念想，“很想他，睡觉要想到天亮”。

姚义秋婚恋经历之丰富，堪称一本“教科书”。小时候渴望姐妹的姚义秋，成年后陷入“你究竟有几个好妹妹”的情感泥沼。在福建鞋厂打工时，姚义秋和一位漂亮的湖北同乡姑娘恋爱，在几位追求者中胜出，四年后两人有了小孩，回老家办了结婚。他与妻子感情融洽，但同时却不断地和另外的女人产生纠葛，甚至追求妻子姐夫的干妹子。风言风语让妻子伤了心，两人协议离婚。

妻子去广州打工，重交了男友，姚义秋则去了河南，承包工程赚到几十万块钱，更加一发不可收拾：那些年与他同居过的女子不止十个，最短的几个月，最长的三四年，“很多是玩玩”，但让他至今“念念不忘”的仍然有四五个。

姚义秋曾和一个离过婚的女了同居，还想介绍她到建筑工程队，被老板娘以影响不好为由拒绝。姚义秋因此辞职，过后这女子介绍姚义秋和她叔叔合伙包工，姚义秋不识字，合同上签署的都是女人叔叔的名字，结果姚义秋投入了手上所有的积蓄，却没有权利参与结账。姚义秋这才明白自己被坑了，即使如此，这位女子去九江打工后，姚义秋仍然赶去看她，看到她另有了人才作罢。

尽管用情不专，姚义秋最在意的仍是妻子。妻子去广州后，姚义秋仍然给她父母打电话，想争取妻子回来。姚义秋有一张妻子的照片，在狱中仍会时常翻看，“想起她，心里就难受，错在我”。如今，和儿子的联系是姚义秋难得的安慰，也是和妻子之间唯一留存的线索。“他性格活泼，打电话的时候，有时会说想我了，但他跟妈妈关系更好。”

当年在孩子刚出生时，姚义秋曾经屡次和妻子商量让孩子呆在身边。“想到了自己小时候，母亲不在身边。孩子在一起，感情会好些。”可惜妻子要出门打工，孩子最终被送回乡下外公外婆抚养。

回忆往事，姚义秋猜想，“如果小孩带在身边，可能两人不会分手”。

隐忧的链条

最近，邓晖接到了老家爷爷奶奶托人写的信，说家里没钱，拿不出曾孙上小学的费用。爷爷奶奶都已年过七旬，没有收入，邓晖回信说，实在没钱，就不要让小孩上学了。

这是从事心理矫正的管教干警最担心的事情。留守儿童背景的犯人入狱之后，孩子不仅成为第二代留守儿童，而且抚养他们的老人趋衰老，辈分间隔更大，经济情形更差。八岁的孩子很可能像邓晖当年一样在三年级辍学，继续重复父亲的轨迹。

这是一条隐秘的链条，在隔代之间传递，超出了监狱心理矫治体系的边界。

监狱内的犯人年龄不少是70—80后，留守儿童的代际传递正在他们入狱前的儿女身上发生。和父母当年近于无声无息的成长不同，6 100万留守儿童的社会现象，包括犯罪问题，已经成为社会的中心话题。

从2006年开始，陆续出现研究留守儿童犯罪的学术论文，以及政法机关的专题调研。但这对多数公众还是一个新生话题，甚至有些耸人听闻。

2007年，最高人民法院研究室主任邵文虹曾透露，从2000年以来，中国各级法院判决生效的未成年人犯罪人数平均每年上升13%左右，其中“留守儿童”违法犯罪问题已经不容忽视。此外，本世纪初中国青少年犯罪研究会曾经有一个统计，当时未成年人犯罪率约占犯罪总数的70%以上。这两个并无直接关联的数据被媒体和公众有意无意地归并，造成“留守儿童犯罪占未成年人犯罪的70%”这个流传甚广以讹传讹的说法。

实际上，在一些地方的调研中，确实发现了留守儿童犯罪率高出普通儿童的现象，山东省社会科学研究规划项目2010年抽样调查显示，该省留守儿童犯罪率高达近13%，高出普通儿童十一个百分点。但在全国层面并无相关数据。

主持完成2015年度《中国留守儿童心灵状况白皮书》的李亦非称，调研中并未确证小学生的留守背景与犯罪几率有直接联系，但留守儿童在成年后，出现犯罪的几率会更高些。这个问题眼下尚未进入公众视野。

这和监狱管理方的担心一致。一位管教狱警判断，留守儿童背景的犯罪尚未到达高峰期，因为中国打工潮出现在1995年前后，留守儿童现在大都在二十岁以下，“他们成年之后进入社会，才是更令人担心的时期”。相比起1980年代的早期打工者，1990年代进城的民工普遍没有原始积累的机会，缺乏将孩子接到身边安置或者回乡创业的能力，因而留守问题在他们的孩子身上会更趋严重。

值得注意的是，张丹丹研究的犯人群体大体处于75后到90年代前期出生的阶段，在这个时间段，普通农民工群体的留守儿童比例只有9%。而在她2011年做的九个省农村入户调查中，留守儿童比率已经上升到43%。

联系前述“农民工服刑人员留守比率远远高出普通农民工”的调研结论，预示着未来成人犯罪的前景更不容乐观。

（为保护当事人隐私，本文中所有犯人均为化名）

砷冤的赎价

龚兆元腰际有一块莓苔，就像吴家坪院子里那些塌了一半的老屋，苔藓已经侵入土墙内部。

墙壁在慢慢腐烂，最终倒塌，有的烂穿了，大张着豁口的洞眼。陈年的毒性，先是由外向内腐蚀，长年积累后，又由内而外穿透。龚兆元觉得自己快要烂透，倒地成泥。没想到的是，妻子吴琼瑶倒在了前头。

大年初四，吴琼瑶在家因为胆道癌过世。前年秋天，我在鹤山村的石拱桥头见到夫妻二人时，赶集归来的龚兆元背负着一个挎篮，腐烂的腰间无法约束皮带，半吊着一根裤腰带。吴琼瑶的情形看起来要好一些，但从内部开始的摧毁更为急剧。

腐蚀来自于一种叫做砷的物质，它和雄黄、鹤顶红、砒霜、硫酸这些在视觉上同样怵目却相去甚远的化合物有关。对地处湘西的石门县鹤山村民来说，这串晦涩或鲜亮的字眼背后，是亚洲最大雄黄矿在建国后大跃进式开采的深重历史，与癌症村的晦涩现实。

除了有据可查的六百余条矿工性命（数百名村民死因未统计），以及比比皆是正在被腐蚀的身体，这里的其余一切也是含毒的：村中无人摘拾坠落腐烂的柚子、只有茅草能够生长的昏黄山头、不能饮用和洗濯的河水、被砒灰腐蚀失去繁育能力的土地。甚至逝者坟墓的砌石，也显露着雄黄的暗红。

这是一桩分量太沉重的典当，很难有等价物可以赎回。即使是数年来的社会舆论介入、当地政府补救、国家到地方的环境修复项目也不够。即使是环保组织不懈的投入和志愿者众筹的爱心，似乎也还不够。毒性仍在挥发，难以立见消解。死亡的高潮已过，但人声消失后的沉默更令人心悸。

2015 年 6 月 27 日，鹤山村村委会里响起了一位村妇对乡政府官员刺耳的质问声，而这是一次砷中毒村民健康救助仪式，现场为三十位砷中毒重症患者发放每人两千元的药物救助卡。发起者是长沙市曙光环保公益发展中心。

开会前几天，曙光环保理事长、90 后女生刘曙一直呆在鹤山村里入户调研，住在小旅馆和一户村民家里，吃够了毒蚊的苦头。这里的蚊蚋受了含砷的村民血液滋养，引起外来者的皮肤过敏。2014 以后，曙光环保开始关注鹤山村民群体，眼下启动的这场健康捐助，是刘曙和机构小伙伴们十余次奔波的成果。

当天的到场者除了村民，还包括国土资源部、中科院专家、维权律师、医生和石门县白云乡官员。据到场的湖南省人大环资委监督室主任刘帅说，这是中国第一次由环保组织发起的受害者健康救助。首期十万元的捐款额背后，是两千多名网友的众筹心力。

但现场的质疑声显示，这里的救赎只是刚刚开始。

开　花

肺癌晚期的熊德明躺在一张沙发椅上，鼻孔里插着输气管，地上一台家庭制氧机没有间歇地工作，维持他的呼吸。到达一个小时的关机时限，他就拿起身边的遥控器，重新启动一下。

一旦制氧机故障或是停电，就会出不来气，“闭死”。

十四年前发病时，熊德明是皮肤癌，大腿和背部溃败到了俗语“开花”的程度。需要用牙膏涂抹脓血的疮口，再用吹风机吹干，才能穿衣服。四十五天放射治疗后，体外的疮口愈合了，留下疤痕，癌细胞却发生了转移，“入了内”。

氧气是眼下唯一的营养，食物已成奢侈。毯子下的两条腿退化成了竹竿，提前作别了血气。接下来头脑的退场，日子屈指可数，却又无比冗长。和尘肺病人一样，他没有一秒钟可以入眠，只能眼睁睁数着黑夜度过。

“人吃亏得很啊。”

他无力的声音里，还有一种不甘心。枯索而炯炯的双目深处，似乎另有一个能量来源，出自刺激中枢神经的砷本身，却无助于搭救他，也阻止了安静无声的死亡。

砷中毒的死亡一般是暴烈的，使人不愿意去深究。在龚兆元的堂屋中，妻子吴琼瑶的寻常遗照，隐匿了临终痉挛的胆道剧痛。

这座土屋外表如常，却处处少了一种东西，一股求生的心气。

凌乱的卧室里，显眼的是桌上搁着的几只塑料袋，里面装着桂圆、大枣，窗台上有几盒芝麻酱软饮。光线阴暗的灶屋里，多日没开火，案板上摊着一些切开的腊瘦肉丝，泛着微红。

“吃点好的。”相对于熊德明的“吃亏”，这是龚兆元在世上仅剩的活头。刚吃过饭的他，带着湿润的嘴唇从隔壁女儿家出来，说心情还好，过一天算一天。

他腰间的莓苔暂时干结，没有恶化，这或许是他胃口不错的原因。周身遍布的灰黑斑点，暂时可以忽略。

鹤山村三组组长唐纯勇撩起衣襟，眼睁睁看着腰上一块褐斑颜色日渐加深。色素沉积，是砷中毒身体变异遵循的固定程序，缓慢而不可逆。

“起初生白斑，还不太要紧。变了色就不祥了”。最终会发黑、溃烂、化脓、流血，“从里面出来，长成一坨，再在外面开花”。

在曙光环保拍摄的纪录片镜头里，一位老奶奶下意识地挪动手掌，遮住右手腕上花骨朵一样的疮口。

七十七岁的赵启兵双臂皮肤全然角质化了，被怀疑为皮肤鳞癌。他抱着双臂像两段风化的木料，但敏感一点也没减弱，需要用水果刀刃刮痒。身上起红疔，要用牙签刺，用火柴头的粉末烧，唤起锐利的疼感来止痒。

灼烧、瘙痒、疼痛、针刺，这些是在看着自己的身体腐烂或风化时不能消除的知觉。没有一项程序会撤销。阳光需要躲避，会带来伤疤的灼痛。穿衣成为磨难，衣料的刮擦近于刑责。

吴家坪的老屋子里，五十多岁的龚兆雄费力地脱下裤子，向我展示他白净屁股上像半个包袱的褐色印记。我不知如何面对这个成了他日常负担的屁股。

相对肺癌和其他内脏的癌症，皮肤癌中毒患者的生存时间最长，症状也最惨烈。鹤山村和毗邻的黄厂街每个人的衣襟下面，都带着累累的斑点、莓苔和花朵。

救助仪式现场领卡的周泽中，背上有一个四方的疮口，露着鲜红的腐肉，在众目睽睽下展示。

像是命运之手强行加盖的印戳，无从辩驳。

失　声

吴家坪村口一片寂静，林中的柚子无人摘取，默默成熟，坠落，腐烂。

透过关闭的门户往里看，各处屋子里空荡荡的，陈年家什落着尘土。院坝石板缝隙长出青草的胚芽。磨盘缠上了牵牛花蔓，关闭的水龙头留着湿润。

龚兆元老屋的门楣上，还贴着以往下白云乡下发的“五星家庭”牌子，龚家得了四星。此外还有爱卫会的“清洁”标签，铁质的星星生锈，标签也已褪色。一张陈旧的领袖年画，被横七竖八的泛黄胶带粘在墙上，威严又漠然的眼光，注视着吴家坪的世事变迁。

相比于寥寥的几个老人，村落显出大而无当，来不及跟上人群减少的速度。

古稀之年的龚兆元经历过早先的热闹。1958 年大跃进，“这里搞的有食堂，门口是大队部”。从前村里有八十多人，现在算上出门打工的只有三十多人。龚兆元这一代的人基本死光了。

吴琼瑶的坟埋在屋后树林中，是村民坟山中新增的一座。半个世纪中，坟墓领地无声扩大，数目渐渐超过了村中的活人。

村民墓地和雄黄矿职工坟山遥遥相对，区别在于后者大多有墓碑，前者却贫陋无言。

或许受制于公家人身份，矿工的陈年墓碑大多刻意隐晦，直到少数晚近者打破忌讳。

一篇墓志的主人公盛明生于建国以前，自幼助父母推谷舂米。成年后参加抗美援朝，战后转往荆江分洪区抢险，水中数次晕倒险些遇难，获准加入“先进组织”，1957 年转业到雄黄矿，在井下炼厂工作三十余年。溢美先人之词的铺垫后，话头一转说“自古好人多磨难，长期生活毒区，不幸身染顽疾，多方求医，未得回生之药。万般施救，苟且延缓生命之垂危，于农历 1994 年五月二十日寿终，享年六十有一”。

另外的墓志，包括一位地质勘探师、一位创办矿区的元老和一位矿区子弟学校教师，都是长年染毒患绝症身亡。墓志的叙述欲言又止，在性命物化之际，仍旧含有顾忌。陈年荒草的遮掩，加深了内情。

数目不少的矿工坟墓佩戴着金箔纸钱和花圈，烫金字点缀着

“爱岗敬业”、“先考先妣”的名目。相形之下，鹤山村村民坟墓的无言隐忍似乎讲叙着更多。两座墓地之间的山头上，矗立着砒粉生产厂的高大烟囱，像是所有逝者共同的墓碑。

相比于荒草掩映下延绵膨胀的坟山，山下长达近一公里的黄厂街，从2001年雄黄厂倒闭以来，和吴家坪村一样显出沦落衰亡。

石门县城到黄厂街的往返班车上，坐至终点的人寥寥无几。车站小餐馆只有三道本地菜。过去的八方采购人流早已退潮，撤退的还有乡村罕见的工商银行、曾经新潮的高保真录像厅，以及“小香港”的显赫名头。自然，还有村民曾经依托黄厂享受的经销粮补助待遇。

街上只有闲聊打牌的老人，年轻人都远赴他乡。连黄厂小学健身场地上嬉玩的孩子也知道，他们需要离开这里，怕长大成人后，隐藏的砷毒在自己身上显露。

曾经风光的黄厂招待所，客源断流倒闭，眼下为几户职工混住，只有门口的毛笔字招牌，保留过往的印记。以往的西式门灯只剩下生锈的灯罩，几个小孩在长出青草的台阶上游戏。

盛况的遗迹还有电影院、澡堂和职工活动中心，眼下电影院关门，澡堂成为仓房，活动中心的四层大楼门厅锁闭，只有几个大妈傍晚跳一会稀落的广场舞。以前的厂部、眼下社区大楼的门面也像一级县政府。这些高大气派的建筑，像是在时代变迁中遭遇了不公平待遇，在眼下的街面上格格不入。

晚上八点之后，街上行人消失，住户早早关门。没有路灯，曙光环保的伙伴们调研晚归，有时不得不就着月光走路。随着各家灯光熄灭，街道沉入完全的黑暗，像一个蹲在路旁来历不明的人。整个夜晚，没有一盏车灯掠过，擦亮他的身体。

山上传来夜鸟的啼叫。比起高处犹有活气的坟山，黄厂街已更早死去了。

毒 性

黄厂街上游的王家台选矿场旁近，渣土上覆盖了一层黄土，长起了青色茅草，一群白色的羊羔在埋头吃草。附近田地里玉米成林，背负正在成熟的青涩果实。

这片和平景象底下，是被荒草湮没的“严禁放牧、严禁种植农作物”的警示标志。村民透露，掘开两尺厚的泥土，其下尽是砒灰尾渣。

这里没有事物可以免于毒性，即使是无辜的羔羊。

为治理尾渣修筑的水泥挡墙，经历十余年侵蚀已腐朽剥落，透露微赭暗红。投资一亿余的治理工程颇为粗放，以前的污水池暴露干涸，时而可见露天的灰白色矿渣。在矿渣之上仍有遗留的工厂宿舍，一个男人远远出现在锈蚀的阳台上，是羔羊和玉米地的主人。

选矿场附近，是已经封闭的两个老矿洞。似乎由于采掘雄黄的严重，回避了“洞”这样的平常词汇，标着“一号窿”和“二平硐”这样的古老名称，且在两旁画着庇护的龙纹，似乎千年采黄祭祀仪式的延伸。

这里，是矿区整个庞大地下世界的入口，黄厂街和鹤山村灾祸的开端。半个世纪中，成千名矿工从这里出入，接触含毒和偶尔起火的雄黄矿脉，领受他们在国家矿业布局下的命运。十余年前矿洞最终封闭，如今只在石壁上留下淡淡的白色印记，似乎命运之手轻描淡写的落笔。

封闭之后，一号窿仍旧长年从水泥罅隙中流出暗红色废水，经检测砷超标165倍，眼下只能用管道接引，输往下游尾矿区专设的小型处理厂净化。

半个世纪以来每日五十多吨含砷废水直排于河，砒灰尾渣则由东方红拖拉机推下河道，沉积为晦涩河床，无从清理。村民的回忆是“前二十年流脓水，后二十年流血水”。近年开始的环境修复工程，只能以水泥被覆沉疴的河床，“硬化”流经黄厂街的河道。晦暗的红色，仍旧在雄黄矿上下游河床上存留着，河水含砷超标平均61倍。

这条从《水经注》的卷册中发源的小水，流淌过石门、慈利两县数个村镇，像一个长年患病躺倒的村民一样，无法排走自己血液里的毒素，成了一条完全的死河，再也无力供养两岸的生灵。村中骑摩托车的砷中毒男子回忆，他的母亲由于长年在河里洗衣洗菜，双手侵蚀糜烂见骨，十余年前身亡。黄水溪中幸存的小鱼，嘴角也长出两朵类似皮肤癌患者的“肉花”。

位于黄厂街下游的砒霜冶炼厂，造就了最大规模的毒化现场。山头两座高大的加工厂烟囱，是历史最显眼的标记，眼下仅余其一。昏黄的旧照片上，山坡浓烟滚滚，远近覆盖一层白灰，似乎世界已在一场失事中焚毁，只余灰烬。

在庞大烟囱飘散的雄黄烟雾和砒灰粉尘之下，整座山体都腐化粉碎了。页岩质的山体变得过于细致，没有一块完整有硬度的石头，指尖轻轻一捻，过心化为粉末，比一颗脆弱的人心碎裂得更为彻底。

近处一带山头上，冬天现出意外齐整的褐色，像病人化疗后脱发的头顶，和远方保有青绿的天际线判然有别。山脚四处是残留的雄黄矿石，混含的硫在泥水浸泡中化为血红，似乎一触之下即可致命。

致命的是土法烧制雄黄矿石后产生的砒霜，成分为三氧化二砷。这位面无表情的杀手，终究使村民们在白娘子传说的忌讳之外，熟悉了陌生的化学元素“砷”，领会到它包含的恐惧、战栗与麻木。

国家“十二五规划”的环境修复项目已在此施工三年。厂房脚下的土地浸透毒素，被全部挖走填埋，以防渗薄膜逐层固定，形成一个庞大的白色广场，却无一个活动的人影。

更难处理的是村庄的耕地。砒灰四处飘散的年月，土地失去了供养作物的能力，庄稼菜蔬和人一样凋残死亡。近年来，农作物开始恢复生长，但产量畸低，且含砷量高危，譬如大米超标4.6倍。村民栽植食用的叶子蔬菜，含砷量更高。

由于土地吸纳的特性，经曙光环保检测，这里的土壤砷超标远甚河水，达到惊人的279倍。对于剧毒的土地，前两年修复的办法是铲走旧土，运来新土覆盖。但中毒面积达到数千平方公里，核心区即达8 000亩，新土不敷使用，仍旧不能放心种植，旧土的处理又难于措手。

没有办法把一个村庄的土完全换掉，就像不能移植一个人全身的皮肤。

砷的毒性之下，少有幸存者。2015 年元月，鹤山村村民接受了砷中毒检查，800 余人中有 505 人砷中毒，疑似癌症患者 20 余人。相邻的望羊桥村有 100 余名砷中毒者。黄厂社区职工则有 1 100 多名中毒者。一溪之隔的慈利县邻矿村尚未披露体检结果。

对于外来者，这是一块不祥之地。没有事物是免于毒性的，土地、河水、作物之外，每个村民和矿工都成了砷毒的一部分。在这里吃饭饮水、踩踏渣土，与村民握手和交换呼吸，都需要心力。

甚至无力拾起一根村民含砷的头发。

命　案

黄厂医院的陈年表格上，蚊蝇似的名字和纸张一起发黑了。

这些名字是 1961 年以来患癌症死亡的雄黄厂职工，到近年为止，一共有六百多位。

但癌症不是最先到来的灾祸。鹤山村出产高品质雄黄历时千年，建国后成立了大型省属雄黄矿。1956 年设立保密单位 113 研究所，用土法烧制雄黄提炼砒霜，死亡的大幕借大跃进开启。

熊德贵的记忆中，鹤山村矗立起了上千座土法炼砒炉，飘散黄色、白色和黑色的烟灰。禾穗绝收，植被见风枯萎，炉工会在烟熏下猝然倒地死亡。

龚兆元当时在矿上干临时工，砌土炉子。他回忆，砒霜的烟雾一来，当时就呼不出气了。雄黄厂老厂长杨振凯生前透露，每炼一千吨砒灰，要死去三名工人，年产量约为五千吨。

进入1960年代，死亡潮席卷了鹤山村。公社食堂实行瓜菜代，洗菜用的是倾倒了大量砒灰的乳白色河水。人们也在变成乳白色的河水中洗衣和游泳。一个孩子把矿洞中的支撑木拿回家当柴烧，围炉取暖，一户六口人当夜身亡。

"一年死了四十几个，不知是饿死，还是中毒死的。"龚兆元回忆。唐纯勇说，当时三组一个月可以死去近二十人，陈家坪就在那时空下来了。

没有在矿上干活或者在陈家坪食堂吃大锅饭的村民，也难于幸免。熊德明的妻子文金娥回忆，当时四组的耕地靠近黄厂街，每天下地干活要经过烟囱山。刚刚嫁过来的文金娥，路上总是透不过气掉队。晚上还要去大队部开会，一天往返四趟。眼下文金娥除了患有宫颈癌，身上也遍布大小疤痕。

黄厂医院的表格上，连续的癌症死亡序列从1969年发端。这一年，一名炉工和一名运输工分别死于直肠癌和肝癌。第二年有两名炉工死亡，此后每年都有二到三名矿工患癌死去。这份统计只包括正式职工，而几乎所有附近的村民，都在矿上干过长短不一的临时工或合同工。

"文革"末期，大规模死亡引发了矿工联名上书，终于换来了国务院副总理谷牧批示的通知，雄黄矿停止生产砒霜，转产硫酸和磷肥。

但癌症死亡的高潮，在 1980 年代才真正到来。仅在保留下来的黄厂医院单张表格上，1984 年的死者即已超过 10 人，分别死于肺癌、淋巴癌、皮肤鳞癌、肝癌。死亡的曲线急剧上升，从 1979 年到 1999 年，职工共死亡 432 人，平均死亡年龄 54 岁。雄黄矿改制至今，死亡人数攀升到了 600 余人，其中死于癌症 400 余人。

表格显示，从癌症诊断到死亡，常常只有几个月到一年的命限，密麻麻的死亡日期，似乎催动性命的鼓点，鼓手则是名目繁多的癌症。在这场由砷导演的戏剧中，所有出场的角色逐一遇难，剩下空白的表格在延伸。

熊德明以前是雄黄矿的职工，在井下做了六年钳工，又在砒灰厂工作九年。他所有的工友都死去了。龚兆熊作为临时工装卸过三年砒灰和近二十年雄黄矿石，他所有的同伴也都病故了，他自己由于有心特别防范，“穿两层工作服，戴三个口罩”，带着砷中毒感染的屁股活到了知天命之年。

村民中的癌症死亡高峰和矿工同步，大都在潜伏期 20—30 年后出现。“一般在五十多岁，很少有六十岁以上的活人”，唐纯勇说。多数村民生前未经治疗，死因无从确认。一份民间的统计资料显示，从雄黄厂破产改制到 2014 年，确诊癌症死去的村民达到 157 名。

赵光明医生在黄厂医院坐了三十八年门诊，保留下来完整的癌症患者死亡记录。雄黄厂倒闭之时，他把这份标注为“机密”的名单移交给了接手的私营企业，“他们竟然弄丢了，我很气愤”。眼下流落在村民手中的零散表格，就是这份名单的一部分，成为仅有的一手材料。

一张保留下来的旧照片上，雄黄厂召开 1987 年国庆文艺晚会，聚光灯下缀饰彩带的舞台上，一群外地分配来的大学生身着时髦的白衬衫窄脚裤，梳着前卫发型，拉着似乎来自另一世界的小提琴，背景则是一群飞翔的鸽子。美妙悠扬的曲调与和平鸽飞舞的帘幕背后，是正在大规模发生的无声死亡。

2015 年春节前后，鹤山村有近十名村民辞世，包括曙光环保拍摄的《砷冤》纪录片中数位出镜者。八十二岁的覃文继受访时腹部已经开花流脓，十天以后即去世。辞世的还有自称为“罪人”的老矿长杨振凯。

相比过往像瀑布倾泻的大规模死亡，眼下的零星病逝更像是不紧不慢的沙漏。但性命的细沙一直在流失，无从遏止。

赎　价

健康救助启动的前一天，黄厂街医院的第 11 号病房里躺着三位村民，药瓶里的液体缓缓注入他们遍布斑点的身体，试图驱走沉积多年的砷。

治疗为期十八天共三个疗程，花费三千元左右，由政府免费提供，治疗期间食宿报销。这是鹤山村村民第一次享受免费驱砷，此前这项福利只属于雄黄厂原职工。

但这项总花费不菲的福利，只是洒在鹤山村焦渴土地上的毛毛细雨，无法挽回多年积欠的干渴，弥缝人心的裂隙。

6 月 27 日的救助现场，一位村妇情绪失控地向到场的白云乡官员抗议，自家老人病情沉重不适合驱砷治疗，但三千块的人头经费却没有发下来。相比于黄厂医生“社保资金实报实销”的解释，她更情愿相信是钱拨了下来而被贪污了。

她的意见代表了一部分癌症患者和亲属的诉求，有七位村民当场退回救助卡。八十二岁的卓从保是年纪最大的一个，也是唯一最终没有领取救助卡的一个。

他们谢绝救助卡的理由是：自己已经无药可医，宁愿接受现金，“吃点好的”。

更深层的需求，则是针对难得到场的政府官员，不计后果地倾泻积怨。

砷中毒近似一种绝症，不管是对中毒的土地、河流、作物，还是人。鹤山村和黄厂街的历史创口已经太深，一旦开始清理，面对的是剧烈的疼痛和迸发的积怨。那些看似已经完全失声的死者，此时像是一齐从坟墓中站起来抗议。

2003 年国有雄黄矿完成改制，村民失去了先前的些许福利，却要承担深重的污染后果，抗议之声随即清晰可闻。当年七十多名村民去常德市上访，一位村民在市政府门前自杀。一位出身白云乡、亲戚有人患癌的湖南省人大退休老领导也长期内部反映，促成湖南省高层开始重视此事。

2011 年，污染严重的私营硫酸和磷肥厂最终被关停，国家立项的环境修复工程于次年启动。2014 年初，公益人士邓飞的介入，使石门县鹤山村砷污染真正为外界所知。上千条人命长久叠压的沉默，找到了一个宣泄的出口，却又更觉如鲠在喉。

同年3月，刘帅来到鹤山村开现场协调会，在修复工地上被村民围堵三小时，原因是“村民们要求先救人，对于先救地感到不满”。

实际上，当地政府先后出台了癌症和砷中毒患者一次性补助、砷中毒特殊门诊政策、村民大范围低保政策，以及提供两次体检和驱砷治疗。但雄黄厂职工的待遇使村民感到落差，譬如工人们长年享受的免费驱砷和治癌，以及廉租房安置。继续生活在毒区，一次性的驱砷治疗其实意义有限。

另一方面，廉租房的地段和狭小户型并没有令雄黄厂职工满意，入住率奇低。今年鹤山村民接受驱砷治疗后，雄黄矿职工的免费驱砷同时停止了，这又引发了疑虑。下岗的窘困、微薄的养老金和加剧的病情，使他们生活无望。

国有雄黄矿的破产转制，以及此后私人企业的关停，还使村民们失去了寻求损害赔偿的对象。半世纪叠压的历史欠账，似乎找不到债务人。

当外界关注的潮水逐渐退去，曙光环保的伙伴们留了下来，他们像是进入过往巨大雷区的排雷者，一不小心会被攻击为“骗子”。长年病痛和失望的叠压，对于国家各种科研项目的疏离，使村民们倾向于不信任任何外来者。在数位村民退回爱心救助卡后，刘曙当场失声痛哭起来。

事后，绝大多数村民收回了救助卡，并且开始学习使用。曙光环保成员高亮重返鹤山村安装刷卡系统时，先前急于发泄的村民显得失落，唯恐外界的关注就此离开这里。他感到，这是第一次，村民们对于明天产生了胆怯的希望。

实际上，即使是处境无望的晚期癌症患者，对人世的念想也并非“吃点好的”这样单调。曙光环保曾经收集了重症村民的生前愿望，有人希望去泰国看人妖，自己的妻子能好好活着；另外一人的愿望是回北京一个公园游玩，他十多年前在那里侍弄过花草。

2014 年，中科院地质研究所来到鹤山村调研，决定在原来的土壤置换之外，另寻治愈土地的蹊径。他们找到了一种本地的野草，在砒灰渣堆上生长兴旺。

这种叫蜈蚣草的小草，具有持久的砷毒吸附能力，能够净化土壤。地质所开始在上百亩的耕地上，利用种植蜈蚣草来医治患绝症的土壤，试图经过 4—5 年的种植，使土壤砷含量达标。村民在得到每亩三百元的补偿之外，还有种草的工资。眼下试验田正在寻找资金，准备在全村铺开。

这种本地生长的小小杂草，如今被珍重地大面积栽植，靠着自己的单薄茎叶，来抚平半世纪的重创，挽救形同弥留的气息。这或许是最微不足道的力量，却可能是唯一的方式。

作为湖南本地的环保公益从业者，刘曙一直记得初来鹤山村听到的一句谚语：哪块地中毒深，哪里就有解毒的药草生长起来。这也是她和伙伴们甘愿与村民们同处毒地的原因。

“为了‘砷’（伸）冤，必需付出代价。”

已经封闭的雄黄矿入口，带来过工业的繁荣和人命的衰亡。

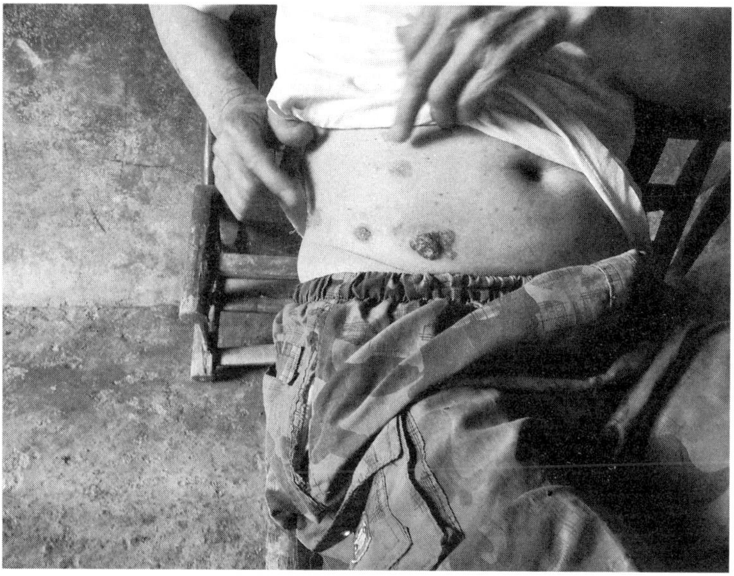

村民肚子上的皮肤癌创口，像是砷中毒开出的恶之花。

已经废弃的炼矿厂高炉，是悲剧性历史的最后见证。山头保持着半世纪的荒凉。